TÚ DENTRO MÍO

SIMONE BEAUDELAIRE

Traducido por
SANTIAGO MACHAIN

AGRADECIMIENTOS

Me gustaría dar las gracias a mis editores: Next Chapter, al equipo y especialmente al propietario Miika Hannila. Gracias por arriesgarse conmigo. También me gustaría dar las gracias a mi dedicada lectora beta y querida amiga Sandra Martínez, que siempre hace las preguntas difíciles. Por último, me gustaría dar las gracias a mi marido, Edwin Stark. Es tan buen compañero como lector, escritor y padre.

SKEON, UNA PEQUEÑA CIUDAD, ESTADO CERCA DE LA FRONTERA SUROESTE DEL REINO ANTIGUO DE EGIPTO. 2680 A.C.

Con un rostro sombrío, Leontios se puso de pie y sus sandalias se hundieron en el suelo delgado y fangoso fuera de la muralla de la ciudad interior de Skeon. Con una mano, aferraba un gran pergamino. Con la otra, utilizaba un trozo de cuarzo brillante para trazar símbolos mágicos en el aire.

"Deprisa", instó Ellani. "Date prisa. Llegarán pronto".

"Lo hago lo mejor que puedo", le espetó a su mujer. "Si quieres ayudar, recurre a algo de tu magia lunar y refuerza lo que estoy haciendo".

Ella le agarró la muñeca, y él pudo sentir la energía de la luna fluyendo desde el cielo, a través de ella y dentro de él. El sol, que seguía en el horizonte, llenó de energía a Leontios. Completado el circuito, murmuró: "Yo dentro de ti".

"Tú dentro de mí", respondió Ellani.

Juntos cantaron: "Por el poder de la luna y el sol, todas las cosas (a través de nosotros) pueden hacerse".

Una tenue luz amarilla se encendió. Leontios no necesitó mirar para ver cómo se iluminaba Ellani. No necesitó ver su brillo dorado más intenso cuando la magia del sol lo iluminó.

"¿Qué estamos tratando de hacer?" preguntó Ellani.

"Ocultar la ciudad interior de la vista", explicó Leontios. "Mi hermano no puede defender la ciudad exterior (y mucho menos las granjas), pero no podemos dejar que los egipcios tengan el cristal".

"Ni la piscina", aceptó Ellani. Se le quebró la voz. "¿Sobrevivirá alguno de nosotros?"

Sacudió la cabeza. "Como esclavos", sugirió. "Al menos, lo harás. ¿Quién sabe? Quizá el hijo del rey se quede prendado de tu belleza y te haga su reina".

Ellani sollozó. "No me queda corazón para volver a amar".

"Lo siento", le dijo Leontios, sin detenerse en el lanzamiento de su hechizo. Aunque podía parecer un momento inapropiado para tener la conversación, sabía que tenía poco tiempo para expresar su arrepentimiento antes del final. "Nunca quise interferir con tu familia".

"Sé que no lo hiciste. Desearía que Kel hubiera podido sobrellevar nuestra... relación. No fue tu culpa".

"Por favor, di que me perdonas", instó Leontios. "Puede que no tuviera intención de hacer daño, pero el daño se hizo de todos modos".

"Te perdono". Ellani lloró. En la extremidad de su emoción, el poder sangró de ella.

"Con calma", instó Leontios. "Todavía podemos sobrevivir. No lo des todo".

"No es para ellos", respondió Ellani, sus palabras serias como una profecía a pesar de su continuo llanto. "Si vivo, podrán tener posesión de mi cuerpo, pero mi magia será siempre sólo para Skeon".

Leontios forjó un último símbolo, y un resplandor de calor se elevó en el desierto. El muro que rodeaba la ciudad interior brilló por un momento en oro y amarillo, como arena líquida. Luego, el brillo se apagó y el propio muro desapareció.

"Ahora todo lo que necesitamos es la llave". Leontios se volvió hacia el cristal que tenía en la mano.

Los gritos resonaron en la ciudad exterior. Las cuerdas de los arcos zumbaban. Las flechas pasaron zumbando.

"Apúrate, ahora, esposo". Ellani instó. "Date prisa y huyamos al desierto. Deja que el sol me lleve y que la noche de luna reclame tus huesos. Estos egipcios nunca podrán tenernos".

Otra andanada atravesó la ciudad exterior.

Ellani se atragantó.

Leontios se volvió para mirar. Una flecha había entrado en la espalda de su esposa, justo al lado de la columna vertebral, atravesó el centro de su cuerpo y salió entre las costillas. Sus ojos se abrieron de par en par, y cayó en el polvo.

Leontios ofreció una rápida oración por la mujer que había estado con él durante tanto tiempo. El amor que se profesaban mutuamente (aunque no era tan valioso para ella como el de la compañera que había elegido) seguía mereciendo pena. Lamentablemente, no habría tiempo.

El tiempo. Necesito más tiempo. No importa lo que nos depare el futuro, tenemos que estar cerca para cuidar el cristal.

La energía lunar de su esposa brillaba como la luz de la luna sobre el suelo; su presencia aún no se había ido. Leontios la recogió y la metió, sana y salva, en el pequeño cristal. Brillaba débilmente en azul con su energía vital.

Contento por haberla salvado tanto de los egipcios como de la propia muerte, Leontios utilizó una ráfaga de energía solar para aumentar su poder mientras lanzaba el cuarzo hacia el desierto más allá y detrás de los enemigos invasores.

"¡Mi maestro!" Una voz interrumpió los oscuros pensamientos de Leontios. Ni siquiera se giró.

"¿Qué es, Eithon?"

"Han traspasado las defensas exteriores", soltó el joven (el aprendiz de Leontios), jadeando con fuerza. "Por favor, Maestro. No dejes que me lleven. Ya sabes con qué brutalidad ejecutan a sus enemigos".

"¿Qué quieres, hijo?" preguntó Leontios, apartándose por fin de la pared, ahora invisible, para mirar al joven. Su pelo negro y brillante goteaba de sudor que hacía que las hebras fueran fibrosas. Su rostro leonado se había enrojecido por el miedo y el esfuerzo, y una embarazosa mancha de humedad estropeaba la parte delantera de sus pantalones.

"Mátame, Maestro", suplicó Eithon. "Mátame rápida y suavemente. No temo a la muerte, pero... pero sí al dolor. No dejes que me golpeen... o algo peor".

Leontios consideró la petición del joven. Seguramente tenía la capacidad de acabar con la vida de Eithon tal y como había solicitado. Extendió la mano y tomó la mano sudorosa de Eithon. "El poder del sol fluye a través de mí y te infunde. Ahora eres más. Más grande. Perteneces al sol. El sol te pertenece. Te protegerá y te salvará".

Eithon comenzó a brillar. Brillar más y más. Por un momento, pareció que el propio sol se había apoderado del muchacho. Brilló, chispeó, y las chispas se fusionaron en una bola de luz pura. El cuerpo de Eithon, desprovisto de su fuerza vital, se desplomó en el polvo.

Leontios se volvió, buscando un objeto conveniente para empotrar a su protegido.

Los gritos y los choques detrás de él se hicieron más fuertes. Leontios se atrevió a mirar por encima del hombro. Un grupo de egipcios gritones agitaban lanzas en el aire, una de ellas adornada con la cabeza ensangrentada y boquiabierta de su hermano, el príncipe de Skeon.

Mi tiempo ha llegado a su fin.

A su alrededor, sus compatriotas caían uno tras otro bajo una lluvia de flechas y lanzas. No podía hacer nada para salvarlos, y la impotencia ardía como el sol del desierto.

Entonces, llego demasiado tarde, demasiado tarde para escapar. Demasiado tarde para luchar. Como Ellani, no viviré como esclavo de los egipcios.

Con sus últimas fuerzas, Leontios se abrió a los últimos rayos del sol poniente. Recurriendo profundamente a su dios, liberó una ráfaga de luz solar que vaporizó a los enemigos, a los compatriotas y a todas las casas y jardines de Skeon (todo lo que estaba fuera del muro oculto) hasta convertirlos en polvo. No pudo salvar su hogar, pero no permitió que los egipcios lo tuvieran. Ahora, sin la mayor parte de sus puntos de referencia, el oasis permanecería, con suerte, oculto hasta que pasara la amenaza. Hasta que pudiera volver y poner las cosas en su sitio.

Eres un tonto, sacerdote, le rezongó la razón. *Puede que estos egipcios se hayan ido, pero vendrán más. No será seguro entrar en el oasis durante generaciones. Tal vez siglos. Hasta entonces, es mejor que no sepas nada, como Ellani. Y si el cristal finalmente entra en erupción, te alejarás silenciosamente de la existencia, sin saberlo.*

El sol se hundió en el horizonte, enviando un rayo directamente a sus ojos. Leontios comenzó a brillar. Su luminiscencia superó rápidamente al sol poniente. Los símbolos de su pergamino se iluminaron con la misma intensidad. Un momento después, su cuerpo abandonado cayó en la arena, con el pergamino a su lado.

CAPÍTULO 1

ATENAS, 1909

"¡*V*ioleta! Es hora de irse".

Violeta Warren, de diecinueve años, suspiró y miró por encima del hombro a su padre, Hiram, que estaba de pie en la puerta de la tienda, mirando su ostentoso reloj de bolsillo con aire de impaciencia.

"Un momento, padre", instó Violeta, frotándose las manos para disipar el polvo arenoso que se había acumulado al tocar un objeto fascinante tras otro. "Todavía no he seleccionado mi recuerdo".

"No entiendo", dijo su madre Charlotte, con la cabeza apenas visible por encima del hombro de papá, "por qué no has podido encontrar un recuerdo en las tiendas y mercados que ya hemos recorrido. ¿Qué tiene de especial esta vieja y polvorienta trampa de fuego?"

El propietario, que estaba reorganizando fragmentos de jarrones en el escaparate de la parte delantera de la tienda, resopló con rabia entre sus enormes bigotes.

"Esas son baratijas para turistas, madre", dijo Violeta. "No me interesa traer algo hecho la semana pasada y pintado para que parezca antiguo".

"Bueno", dijo el padre, "el barco sale en dos horas, estemos o no en él, y mi objetivo es estar en él".

"Lo entiendo", aceptó Violeta, "pero ya he hecho la maleta esta mañana y la he bajado con el portero. Sólo dame diez minutos, ¿quieres, por favor?"

"Cinco", dijo el padre, "y ni un momento más".

Poniendo los ojos en blanco, Violeta estornudó con la nariz llena de polvo y echó un vistazo a la estantería, buscando frenéticamente cualquier cosa que le hiciera recordar las maravillosas sensaciones que había tenido al explorar todas aquellas ruinas antiguas.

Por fin, algo atrajo su mirada: un trozo de cuero leonado, casi oculto tras una estantería llena de fragmentos de cerámica rotos. Deslizando la cerámica de color rojo apagado y azul intenso a un lado, metió la mano en las profundidades. Revolvió al menos dos telas de araña y dejó un dibujo en forma de brazo en el polvo antes de que su mano se cerrara en torno al cuero.

Sus dedos hormiguearon ante el material caliente como la carne. Lo sacó, le quitó una gruesa capa de suciedad y miró la superficie bruñida. Ahora que podía verla con más claridad, no se parecía en nada a la piel humana. También se sentía como una piel (fina y rasgada), con una superficie estampada con símbolos que nunca había visto. Parecían una forma primitiva de hierática egipcia, pero los símbolos no se correspondían con ninguna hierática que ella hubiera visto.

Con el corazón palpitante, Violeta abrió suavemente la tapa. Las bisagras de cuero crujieron, pero aguantaron. En su interior, las hojas de papiro, desgarradas y desiguales, contenían un texto en la misma extraña hierática junto con lo que parecía ser un conjunto de dibujos sofisticados y a la vez primitivos, como los que había visto en un artículo sobre una cueva en España. Su belleza le robó el aliento.

"¡Violeta!" Padre gritó, "tu tiempo se acabó. Vámonos".

Violeta inhaló para responder y una espesa nube de polvo se levantó, haciéndola toser. Cerró el libro con reverencia, lo llevó a la entrada de la tienda y se lo entregó a la dueña para que pudiera sacar su pañuelo y limpiarse los ojos.

"¿Quiere comprar esto?", preguntó el hombre en un inglés muy acentuado.

"Sí", respondió Violeta en un griego aún más roto. "¿Cuánto es?"

El hombre le dio un precio que la hizo atragantarse de nuevo, pero sin reservas, sacó un rollo de dólares y se lo entregó.

La avaricia iluminó los ojos oscuros. El hombre cogió el dinero, se acarició la barba y extendió el libro.

Violeta lo cogió y corrió hacia la entrada. "Ya estoy lista, padre", roncó.

El padre miró el libro con una expresión agria, frunciendo su delgado bigote. "¿Esto es lo que me has arrastrado por toda Atenas para encontrar? Has ignorado las estatuas, las pinturas, los tejidos (cualquier cosa con algo de belleza o estilo) y has comprado un libro. Violeta, me temo que nunca encontrarás un marido a este ritmo".

Violeta se encogió de hombros. "No me importa".

El barco silbó, su llamada resonó en todos los edificios de la ciudad.

"Démonos prisa", instó el padre. Tomó el brazo de su esposa y la acompañó por las calles irregulares.

"Démonos prisa, pero con cuidado", respondió mamá. Todavía tenemos más de una hora para caminar sólo unas pocas cuadras. No hay necesidad de tropezar".

"Sí, estoy de acuerdo", añadió Violeta, con los ojos pegados a su libro, sin mirar por dónde iba.

"Concederé la necesidad de tu madre", dijo Hiram sin rodeos a su hija, "pero no la tuya. Puedes quedarte mirando ese maldito libro durante semanas mientras navegamos por el Atlántico. Mientras tanto, pisa fuerte. Has arrastrado a tu madre por esta ciudad más de lo que es bueno para ella en su... cond..."

"Hiram, detente", instó Charlotte. "Los médicos dicen que mi enfermedad ya está controlada. Es probable que me recupere por completo".

Violeta escuchó la falsa confianza en la voz de su madre. No lo *hará,* reconoció con tristeza. *Se debilita cada día. Este será nuestro último viaje como familia. Yo ya soy mayor, y mamá es...* Su mente se desvió de ese pensamiento indeseado.

Se dirigieron a los muelles y se unieron a una multitud de turistas sudorosos y preocupados por cargar para el largo viaje de vuelta a casa.

Este va a ser un viaje largo, triste y pesado, pensó Violeta. *Al menos tengo mi libro para hacerme compañía.*

CAPÍTULO 2

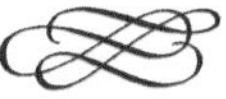

PITTSBURGH, 1919

"Violeta, ¿estás lista? Ya casi es hora de irnos", llamó papá desde el pasillo.

Violeta se congeló, dejó su libro a un lado y metió el pie en su bota. "Casi, padre", dijo.

Hiram llamó a su puerta y entró. "Deja de juguetear con ese maldito libro y prepárate. Tú eras la que quería ir a esta fiesta", le dijo a su hija. "La gripe no está ni mucho menos resuelta, a pesar de la relajación de las normas de cuarentena. ¿Por qué nos arrastras a una fiesta a la que ninguno de nosotros quiere ir en medio de una epidemia?"

"*Deberías hacer acto de presencia por el* bien de tu reputación", señaló Violeta mientras se ataba los cordones en un moño y buscaba a tientas en la cama para recuperar su máscara de gasa. "No te has abierto camino tan alto en tu empresa sólo para fundirte en casa como una reclusa. Tu reputación se basa en tu red de seguidores. Tienes que salir y reunirte con ellos de vez en cuando. Además, nadie en nuestros círculos ha enfermado, y tú ya ni siquiera te relacionas con los trabajadores de la fábrica. Sólo bebes té en la terraza. Ponte una máscara, trae un pañuelo y ve a mezclarte".

"Pensé que ibas a reunirte con ese pretendiente tuyo", rebatió Hiram. "No necesito que un desliz de una chica me diga cómo hacer mi trabajo".

Violeta puso los ojos en blanco. "No te estoy diciendo lo que tienes que hacer. Te estoy recordando lo que solías hacer. Y no tengo ningún pretendiente, padre. Espero que no te refieras a ese idiota que invitaste a cenar la semana pasada. Ni siquiera *trajo* un pañuelo. Estornudó sobre las servilletas buenas". Ella se estremeció.

"James Wilson es un joven bueno y sólido. Una estrella en ascenso en el negocio del acero. Espero que podamos retenerlo y que no decida ir a competir contra nosotros".

"¿De ahí que intentes arreglar una razón para que se quede con la corporación Carnegie?" adivinó Violeta, poniendo los ojos en blanco.

Hiram se encogió de hombros, arrugando su traje y su frente en un solo movimiento.

Un violento suspiro salió del pecho de Violeta. "Padre, tendrá que encontrar algún otro incentivo para mantener al señor Wilson a bordo. Es ocho años más joven que yo, demasiado joven para ser un pretendiente serio, demasiado mayor para que yo le enseñe a comportarse correctamente. Eso suponiendo que quisiera hacerlo, cosa que no hago. Y todavía cree que puede mandarme. Definitivamente no es alguien que me interese".

"Sabes", señaló Hiram, "las probabilidades de que encuentres un hombre que te deje ser la cabeza de familia son extremadamente bajas. Deberías considerar si deberías comprometer ese deseo antes de quedarte sola. No eres ya una adolescente".

"Exactamente, padre", dijo Violeta. "No llegué a la gran edad de veintinueve años sola por estar desesperada por encontrar una pareja. Me siento cómoda siendo soltera. Si mi destino es convertirme en una solterona excéntrica, no me importa. Tengo un trabajo bastante especial que me satisface mucho. Tengo amigos y no me interesa ser la cabeza de familia, sólo una compañera en igualdad de condiciones".

Hiram se rió, aunque no tenía mucho humor. "Buena suerte con eso, princesa. Si tu madre estuviera aquí, estoy seguro de que se apresuraría a desengañarte de esas tonterías. No me cabe duda de que, con su orientación, ya estarías casada desde hace tiempo. Tal vez incluso una madre".

"Qué mundo", dijo Violeta, alterando intencionadamente la sensibilidad de su padre, "en el que la mitad de la población está relegada a sólo unos pocos de los objetivos posibles, y sólo a los que menos se respetan".

"No vamos a empezar esto de nuevo", gruñó Hiram. "Ponte en marcha. Nos vamos en cinco minutos".

Frunciendo el ceño, Violeta se ató los cordones de la máscara detrás de la cabeza y se puso el sombrero. En el último momento, cogió su libro, lo metió en su bolso)una gran cartera de cuero muy decorada con elaborados abalorios) y se dirigió a la puerta. *Aunque sea, puedo esconderme en un rincón y estudiar estos extraños jeroglíficos una vez más. Tal vez una iluminación diferente revele algo que no haya notado antes.*

Un suntuoso salón de baile bullía de conversaciones. Las bebidas fluían libremente y los lujosos tentempiés, todavía escasos tras años de racionamiento en tiempos de guerra, adornaban varias mesas pequeñas en una esquina. Violeta reprimió una sonrisa al ver que la gente miraba la comida cuando creía que nadie estaba mirando. *Había que parecer digno ante los petit fours de chocolate, los pasteles rellenos y el ponche de ron.* Todo parecía tan artificial. Si la fiesta no hubiera sido organizada por el jefe de su padre, se habría saltado la fiesta. *Cualquier cosa por el negocio familiar,* pensó, poniendo los ojos en blanco. *Espero no coger la gripe por culpa de algún idiota que tosa en el ponche.*

Agarrando una taza en la mano como camuflaje contra la amabilidad no deseada, su libro un peso reconfortante en su bolso, se alejó de la pared y circuló al azar, acercándose a una multitud y luego alejándose de puntillas.

Randall. Maldición. ¿Por qué tiene que estar en todos los sitios a los que quiero ir? Su antiguo pretendiente lucía una elegante cicatriz que le atravesaba la ceja izquierda. Su pelo castaño y salvaje, que a Violeta siempre le había encantado, se había peinado hacia atrás con pomada y ahora tenía un aspecto poco natural. También estaba grasiento. Su traje marrón de corte entallado resaltaba una figura que había sido transformada por años de duro trabajo en el extranjero, pasando de una juventud esbelta a una forma más completa y musculosa.

Las mujeres con vestidos elegantes se agolparon a su alrededor, y él absorbió la adulación con una sonrisa de suficiencia que hizo que Violeta tuviera arcadas.

Menos mal que no me casé con él, pensó. *No parece que la madurez le haya mejorado mucho.*

Sacudiendo la cabeza, se acercó a otro grupo.

"Violeta", gritó Hiram desde el centro de un nudo de hombres y mujeres jóvenes, en su mayoría su equipo de trabajo.

El estómago de Violeta se apretó. "Hola, padre".

"Mira quién está aquí".

Violeta suspiró. "Hola, Sr. Wilson".

"Jim, por favor", instó el joven. Sus dedos, con las uñas mordidas, revoloteaban como si quisieran alisar su pelo engominado, pero finalmente no lo tocó. Se aclaró la garganta y tosió, pero no hizo ningún movimiento para coger el pañuelo del bolsillo del pecho.

Nervioso, y no es de extrañar, con el padre rondando su hombro. Aun así, los nervios no son excusa para propagar gérmenes. "¿Cómo va el trabajo?", preguntó ella con indiferencia, sin aceptar su invitación a usar un nombre más íntimo.

"¡Tenemos quince cuentas nuevas este mes!", exclamó el

joven. De nuevo, intentó tocarse el pelo y se obligó a llevar la mano a su lado. "¡El final de la guerra no ha perjudicado en absoluto al negocio! Y a pesar de la gripe, el negocio prospera. Nos está costando contener el contagio en las fábricas porque necesitamos muchos trabajadores para mantener la demanda. Están hacinados como sardinas".

"Qué bien por ti", dijo sarcásticamente. *Antes no tenía nada contra el chico, aparte de que era demasiado joven y demasiado mandón. Ahora, su despreocupación por el sufrimiento no me impresiona. Eso hace que me interese aún menos que antes.* "Si me disculpan, padre, señor Wilson, debo ir a saludar a un amigo".

Girando ligeramente hacia un lado, se alejó. "Esta fiesta es aburrida", murmuró en voz baja mientras se acercaba a la ponchera. Aunque quedaba más de la mitad del líquido en su vaso, añadió un chorrito de todos modos. *Tal vez un poco de alcohol ayude a suavizar la velada.*

"Srta. Warren, ¿Está todo bien?" murmuró una voz en su oído.

Violeta miró por encima de su hombro para ver los rasgos puntiagudos y refinados de su jefe, el profesor de lingüística Miles Owen.

"No esperaba verte aquí", dijo mansamente.

Miles levantó una ceja oscura. "Tu padre me invitó".

"¿Lo hizo? Me pregunto por qué". Al ver unas galletas en un plato junto a la ponchera, cogió una y se bajó la máscara para poder darle un mordisco. "No creo que, a un grupo de magnates del acero, ávidos de dinero, les interesen las lenguas del mundo".

"Al contrario", protestó el profesor, "siempre están buscando nuevos mercados y nuevos clientes. Con el tiempo, se quedarán sin territorio en Estados Unidos. Eso significa que es importante aprender nuevos idiomas para poder expandirse".

"Interesante", dijo Violeta, acomodando su máscara alrededor de su cara. "Así que, desde el ámbito puramente académico, has conseguido captar el interés de los capitanes de la industria. Es todo un éxito".

"Creo que sí", aceptó Owen. "Puede que acabe dependiendo aún más de ti para que continúes con la catalogación y traducción de documentos antiguos, para que yo pueda ocuparme de asuntos más... provechosos".

"Estaré encantada", respondió Violeta. "Soy capaz de leer el hierático sin guía, y mis jeroglíficos son casi tan buenos como los tuyos. ¿Crees que, si todo va bien en el próximo año o así, podría obtener algún crédito para las traducciones?" Terminada la merienda, se acomodó la máscara alrededor de la cara.

"Es posible", dijo Owen. Se sirvió un vaso del potente ponche. "Veremos qué nos depara el futuro". Se bebió la bebida de un solo trago, tosió y se sirvió otra. También desapareció rápidamente.

"Jefe, tal vez quiera tomarse con calma el golpe", sugirió Violeta. "Es bastante fuerte. No querrás quedar mal delante de todos estos magnates del acero".

Owen enarcó unas cejas pobladas, pero dejó obedientemente su taza en el suelo. "Entonces, ¿estás aquí con alguien?", preguntó, con un aliento a fruta y alcohol. Ella podía olerlo a través de la gasa de su máscara.

"Sí", dijo Violeta.

La cara de Owen cayó.

"Con mi padre", añadió.

Sus ojos oscuros se iluminaron.

Algo en su expresión alarmó a Violeta y se apartó rápidamente de él, murmurando una vaga excusa en su dirección.

Molesta por toda la fiesta, Violeta se retiró al pasillo, donde hacía tiempo que habían dejado de aparecer los que llegaban tarde. Aunque la falta de ventanas en este espacio interior impedía que la luz de la luna llegara hasta ella, encontró un lugar debajo de un aplique eléctrico donde la luz le bastaba para ver su libro.

Sacó de su bolso el volumen andrajoso y mal encuadernado, y volvió a examinar la cubierta de cuero. Con sus extrañas marcas de hierática en relieve que no podía leer ni entender, la frustró.

"Algún día, aprenderé tus secretos", susurró.

El cuero parecía palpitar bajo sus dedos. Lo acarició.

"Oh, aquí estás. ¿Qué tienes ahí?"

Violeta levantó la vista para ver a Miles Owen de pie junto a ella. O más bien, apoyado. Su hombro se apoyaba con fuerza en el papel pintado de flores amarillas.

"Un libro", respondió Violeta. "Lo compré en unas vacaciones en Grecia hace varios años, y desde entonces he intentado leerlo. ¿Has visto alguna vez marcas como éstas?"

Con cuidado y con gran reticencia, extendió el volumen a su jefe.

Examinó la cubierta con los ojos entrecerrados y luego la abrió con menos cuidado del que le gustaba a Violeta. Con los labios fruncidos, Owen pasó los dedos por la hierática desconocida. Luego sacudió la cabeza, cerró la cubierta y le devolvió el volumen a Violeta. "Parece que te han engañado, querida". Una suave exhalación y una bocanada de alcohol parecieron un eructo.

Violeta frunció el ceño. "¿Qué quieres decir?"

"Eso no es una lengua escrita de verdad", respondió sin rodeos. "Parece como si alguien hubiera encuadernado una colección de garabatos de niños y lo hubiera encuadernado todo en una piel de cabra, quizá como regalo para una abuela. No hay nada que ver aquí. Espero que no hayan gastado demasiado en él".

Violeta cogió el volumen y lo metió en su bolso sin decir nada. Su opinión la molestaba, pero ¿por qué dejar que eso se notara? *¿Qué esperaba, en realidad? Ya sabes lo que piensa de sí mismo. Si no entiende algo, debe ser falso. Así es el Sr. Owen hasta la médula, y en el fondo lo sabe, por eso le deja hacer la mayor parte del trabajo mientras él se lleva el mérito.*

"Señorita Warren..."

Violeta levantó la cabeza ante el tono que se había colado en la voz del señor Owen. "¿Sr. Owen?"

"Miles, por favor, Violeta".

Levantó una ceja.

"Fue muy inteligente de tu parte salir al pasillo".

Volvió a bajar la ceja. Bajó a una postura de sospecha. Con la mano libre, buscó en el interior de su enorme bolso y tocó la incrustación de nácar en la empuñadura de su Derringer. "No estaba disfrutando mucho de la fiesta", dijo sin rodeos. "No estaba tratando de ser inteligente; estaba tratando de escapar del ruido".

"Como yo", dijo. "Como ambos queríamos escapar del ruido, se me ocurren varias cosas tranquilas para pasar el tiempo". Extendió la mano.

Dio un paso atrás. "Dudo que su esposa apruebe este pasatiempo en particular".

"Con tantos amantes como ha tenido, dudo que le importe", le dijo sin tapujos. "Te puedo asegurar que no".

"Yo sí", respondió Violeta. "No tengo ningún interés en usted, señor Owen. Está usted casado y no olvidemos que también está muy pagado de sí mismo. Yo hago el trabajo y usted se lleva la gloria. ¿Qué parte de eso te hace pensar que me atraes?"

Volvió a avanzar, frunciendo los labios y agarrando las manos.

Violeta se hizo a un lado.

Borracho y desequilibrado, el Sr. Owen tropezó y cayó de bruces al suelo. Un ronquido surgió.

Violeta negó con la cabeza. *Espero que no recuerde este intercambio. Me gusta mi trabajo y me gustaría mantenerlo un tiempo más.* Dejando a su jefe con su siesta inducida por la bebida, volvió a entrar en la molesta fiesta, con la intención de encontrar a su padre y decirle que se iba a casa. *Cuanto más viejo me hago, menos disfruto de este tipo de eventos. Debería comprar una casa y organizar mis propias fiestas. Sólo invitaría a gente educada e inteligente, sin importar su estatus. Nada de capitanes de la industria. Nada de patanes egocéntricos. ¿No sería bonito?*

Desde el interior de su bolso, su libro descansaba contra su muslo, una presencia reconfortante en una sala llena de gente que quería poseerla sin molestarse en entenderla.

Nunca me poseerán. Nunca.

❧

"¿Intentó *sujetarte*?" chilló Marjorie, bajando su máscara para mostrar la totalidad de su cara de asombro.

Cuidado, se advirtió Violeta, recordando cómo Marjorie creaba interpretaciones no implícitas en las pruebas si la historia no era lo suficientemente interesante. "*Lo intentó*", dijo Violeta, frunciendo el ceño de forma ostensible y asegurándose de que Esther y Julia estaban mirando. "Le dije que no me interesaban los hombres casados unos dos segundos antes de que se desmayara borracho en el suelo".

"Deberías casarte", dijo Marjorie. "Los borrachos grotescos seguirán ahí, pero estarías en tu derecho de alejarlos".

"Ya lo soy", señaló Violeta, "y hasta ahora no he encontrado a ningún hombre que merezca la pena. Todo lo que quieren es un adorno para decorar su brazo... o una conexión más estrecha con mi padre. Deberías ver al joven tonto con el que intenta emparejarme".

"¿Es James Wilson realmente tan malo?" preguntó Julia. "Es bastante guapo y debe ganar un sueldo decente". Acomodándose cómodamente en su asiento en la mesa, bien separada de sus amigos, se quitó la máscara, la metió en su bolso y sacó un pañuelo, que puso a su lado.

"Todo eso es cierto", dijo Violeta. "Siempre que puedas tolerar sus descuidados hábitos con los gérmenes. ¿Quieres que te presente?"

Julia se sonrojó, revelando su interés.

Excelente. Con una sonrisa, Violeta se sentó en su silla, una silla de madera ridículamente adornada en una mesa ridículamente adornada cubierta con un paño de satén escarlata que hacía juego con las cortinas del comedor de Marjorie. Dejó caer su bolso a su lado.

Una lámpara de araña poco iluminada parpadeaba en lo alto, proyectando misteriosas sombras sobre las dos matronas y las dos solteronas que se habían reunido para su diversión favorita: el espiritismo. La luz de la luna entraba por varias ventanas (abiertas al frío invernal para aumentar la ventilación) y proporcionaba una iluminación adicional.

"Ven a tomar el té algún día", instó Violeta a Julia. "Le invitaré y podrás quitármelo de encima. Eso haría felices a todos".

"Todos menos tu padre", señaló Marjorie.

Violeta se encogió de hombros. "Se ha pasado toda la vida haciendo exactamente lo que quería, a pesar de que sus padres inmigrantes no lo entendían. Hizo una fortuna, consiguió un puesto influyente en una empresa muy importante y todo. Yo puedo elegir mi propio camino, aunque él no lo entienda".

"Tal vez", sugirió Esther, mocosa como de costumbre, "se opone a mantener a una pariente que se niega a hacer lo que tiene que hacer y le crea una carga financiera para su propio beneficio egoísta".

Violeta enarcó una ceja hacia Esther, desafiando en silencio su grosería. "Eso es inexacto, y tú sabes por qué, pero no importa. No hace falta que te lo vuelva a explicar. Mi vida tampoco es tuya para determinarla, aunque no la entiendas".

"¿Veis?", comentó Esther a la sala, segura como un predicador en un púlpito, "cómo se niega a defenderse".

"Veo", habló Julia, inusualmente audaz ante la desaprobación, "que le has tendido una trampa a Violeta. En tu opinión, el hecho de que se niegue a defenderse ante ti (y tú no tienes autoridad sobre ella, así que no tiene necesidad de hacerlo) confirma que tienes razón. La última vez, cuando intentó explicarse, rechazaste sus razones. No creo que te preocupe en absoluto Violeta, sino imponer tus puntos de vista. Es una elección extraña dado que nos hemos dedicado a encontrar y considerar todas las verdades del mundo".

"De solterona perezosa a solterona", dijo Esther con sorna. "Si buscas en el mundo, encontrarás una verdad ineludible: una mujer necesita un hombre. Una mujer sin un hombre es una carga".

Violeta se rió. "Esa puede ser tu verdad, Esther, pero no es la mía, y dudo que sea tan universal como crees. En cualquier caso, como no respondo ante ti, creo que será mejor que dejemos el tema. Estamos aquí para ver a quién trajo Marjorie para iluminarnos, no para discutir entre nosotros".

Esther frunció el ceño, creando profundos surcos alrededor de su boca. Aunque sólo tenía unos años más que Violeta, ya había comenzado su transformación en una vieja mojigata.

No deja de promover el matrimonio, aunque el suyo no sea ni mucho menos feliz. Prefiero ser una solterona con una educación, un trabajo y toda la libertad que nuestra sociedad permite a una mujer, que estar atada a un hombre controlador y violento.

A veces, pensaba que podía estar protestando demasiado.

"Entonces, Marjorie", se dirigió a su anfitrión, sacudiéndose los pensamientos inquietantes, "¿qué medio has encontrado hoy? ¿Tendremos otra sesión de espiritismo?"

Marjorie se burló. "Después de la forma en que ahuyentaste a mi última médium, nadie más vendrá. Esto es algo diferente".

Violeta levantó las cejas. "Bueno, si dejaras de emplear charlatanes, sería mejor".

Marjorie suspiró. "Violeta, no sé si son charlatanes hasta que los probemos, pero si les das una oportunidad..."

Violeta se rió. "Yo sí. Es que... algunos son tan terribles". Entonces, se dio cuenta de lo que estaba haciendo: trasladar su disputa con Esther a Marjorie, que no era responsable de ella. "Pero claro, tú tampoco lo sabrías y los charlatanes también necesitan ganarse la vida. De acuerdo, intentaré ser amable con tus... animadores en el futuro".

"Al menos por un tiempo", respondió Marjorie, sonriendo. "Si son terribles, eres bienvenido a decir algo... una vez que hayamos obtenido el valor de nuestro dinero".

Violeta le devolvió la sonrisa justo cuando sonó un ligero golpe en la puerta del cómodo salón en el que se habían introducido una mesa y unas sillas.

"¿Señora?" Una de las muchas criadas de Marjorie asomó la cabeza por la puerta.

"¿Sí, Sarah?"

"Tu... invitado... está aquí para verte". La joven frunció los labios con desaprobación.

"Hazle pasar", instó Marjorie.

La joven sirvienta dio un paso atrás y se alejó de la puerta. Con paso majestuoso, una extraña figura de baja estatura entró en la habitación. Vestido con una túnica de color azul brillante adornada con brillantes estrellas metálicas, un sombrero de terciopelo puntiagudo y unos zapatos de terciopelo azul que se enroscaban en los dedos de los pies, el extraño se acercó a la mesa y se sentó con una floritura en la silla vacía, mirando fijamente al grupo con ojos azules entrecerrados. "Soy el Gran Marvolo", entonó el hombre con una voz extrañamente aguda.

"Bienvenido, Marvolo", respondió Marjorie con su voz de anfitriona perfectamente modulada. "¿Qué tienes que compartir con nosotros esta noche?"

Desde su asiento junto al místico, Violeta examinó al hombre con detenimiento. Algo en la barba incipiente de su labio y su barbilla, la forma de sus rasgos, la curva de su vientre corpulento le pareció extraño a Violeta.

"Estoy aquí para mostrarles las maravillas del universo", proclamó Marvolo. "El misticismo y la magia de civilizaciones muertas hace mucho tiempo. Conocimientos antiguos perdidos para el hombre moderno".

"Eso nos dice mucho", murmuró Violeta, tratando de

contener sus ganas de reírse. "¿Tienes algo *sustancial* que añadir a esa afirmación?"

Marvolo sacó los labios.

Violeta entrecerró los ojos. "No eres un hombre en absoluto, ¿verdad?", soltó.

Marjorie gruñó y se inclinó hacia ella, golpeándola en las costillas.

"Lo siento", dijo Violeta, sin el menor arrepentimiento, "pero no lo es. Mírala".

El místico frunció el ceño.

"Vamos", instó Violeta. "¿Cómo esperas que confiemos en tus conocimientos de otro mundo si ni siquiera eres sincero con tu identidad?"

"Puedo contarte tu pasado, tu presente y tu futuro", entonó la extraña criatura, apartando un mechón suelto de pelo negro rizado de su frente.

Violeta se rió. "Adelante, pero escucha, Gran Marvolo, todavía me gustaría que te limpiaras los cosméticos de la barbilla. La barba postiza me distrae.

Marvolo suspiró. Recogiendo un buen puñado de su holgada bata azul, se frotó la barba cuidadosamente dibujada, dejando una mancha marrón oscura. "¿Mejor?", preguntó, con una voz repentinamente femenina y con acento de Nueva Inglaterra. "Sí, soy una mujer, ¿de acuerdo? Me llamo Layla. He tenido algunos problemas con clientes que no me respetaban por no ser hombre. Sin embargo, realmente tengo conocimientos. También, una abuela siria que me ha dado acceso a algunos objetos bastante interesantes que me gustaría mostrarte."

"¿En venta?" Violeta adivinó.

"Por supuesto". Marvolo enarcó una ceja y luego se quitó el sombrero para revelar el pelo rizado y corto que se erigía en una espesa mata alrededor de sus orejas.

Ahora que el místico daba muestras de ser honesto, Violeta se relajó, dispuesta a apreciar su perorata. "Muy bien, Marvolo. Impresióname".

La mujer sonrió. "Empezaré contigo entonces, ya que pareces ser el escéptico residente".

Violeta se encogió de hombros. "Estoy dispuesta a que me convenzan. Sólo me opongo a que me manipulen. Muéstrame lo que puedes hacer".

"Una orden alta". Muy bien. Eres una mujer fuerte. Una mujer que no teme romper los límites si ves el valor de hacerlo. Quieres un futuro en el que te respeten más que la ilusión del amor, pero el amor te está esperando."

Violeta levantó una ceja. "¿Tú crees?"

"Sí. Tu león. Fuerte, pero no prepotente. Está esperando donde menos te lo esperas, pero la mayoría quiere encontrarlo". La mujer bajó las cejas en profunda contemplación. "Juntos, haréis algo tan importante que podría cambiar... cambiar tanto. Mejorar tanto... Está bloqueado. No se me permite ver qué es lo que vais a salvar, pero..." sacudió la cabeza. "Dudarás, pero si al final no rechazas la cercanía en favor de la independencia, habrá grandes recompensas para ti y para el mundo".

"Interesante", murmuró Violeta, sin saber qué pensar de la predicción.

"Ah, y también necesitas esto". Metiendo la mano en su túnica, Marvolo sacó un trozo de cuarzo blanco muy pulido que tenía una base facetada y tres puntas que sobresalían, cada una de las cuales parecía apuntar en una dirección ligeramente diferente. La pálida luz de la luna centelleaba en la profundidad del cristal y los pálidos arco iris bailaban en la pared opuesta.

"Es precioso", dijo Violeta, extendiendo la mano. En ese momento, nada podía parecer más atractivo que sostener aquel trozo de cristal brillante. En el momento en que tocó la palma de su mano, un shock la atravesó. Se sintió... se sintió... "¡Viva!", respiró.

"¿Qué quieres decir?" Preguntó Esther, suspicaz como siempre.

"Sí," Marjorie estuvo de acuerdo. "¿Cómo puede estar vivo un trozo de roca? ¿Qué quieres decir con vivo?"

Violeta negó con la cabeza. "No lo sé exactamente. Es como..." se inclinó hacia delante, y la sensación eléctrica del cristal se desvaneció. Parpadeó. "Ha desaparecido. ¿Qué es esto, Marvolo?"

"No lo sé", admitió el místico. Recibo cajas de chatarra al por mayor de varios pequeños vendedores que conocí por casualidad mientras visitaba a la familia de mi madre. La mayoría son trozos y fragmentos de cerámica antigua. Este cristal venía con algunos tarros y parte de una estatua cubierta de símbolos que nunca había visto. De alguna manera, sabía que tenía que traerlo esta noche. Tal vez estaba pidiendo venir por ti".

"Quizá lo fuera", murmuró Violeta, dispuesta por fin a dejarse impresionar por el Gran Marvolo.

Los jadeos al unísono revelaron el asombro de sus amigas ante su repentina credulidad, pero a Violeta no le importó. El cristal brillante le hablaba de un modo que no podía entender. Lo único que sabía era que lo quería. Se movió en su silla y un rayo de luz de luna brilló a través de las persianas de la ventana del salón de Marjorie y golpeó de nuevo la piedra. Un cosquilleo subió por el brazo de Violeta y le hizo vibrar los hombros. *No me iré sin este cristal, cueste lo que cueste*, pensó soñadoramente.

"Bueno, ya que te has ganado a tu escéptico", dijo Marjorie, con la ironía bien modulada en su voz, "¿qué hay de mí? ¿Tienes algún pronóstico fascinante para tu anfitrión?"

Violeta apartó la mirada de su fascinante adquisición para ver la ceja de Marjorie levantada de una manera que revelaba surcos crecientes en su rostro.

"Bueno", dijo Marvolo, sonando de repente tímido, "odio decírtelo, pero nunca tendrás un hijo".

Marjorie jadeó.

"Perdona que sea tan brusco. No eres tú. Es tu marido. Es incapaz. Pero no te preocupes. Encontrarás muchas maneras de llevar la luz al mundo. Habrá algo de dolor mientras te adaptas, pero al final, estarás satisfecha con tu legado".

Marjorie gruñó.

"En cuanto a ti", la extraña mujer se dirigió a Esther, "tu camino está nublado. Si aprendes rápidamente a moderar tu falta de amabilidad, tu futuro es brillante. Si persistes en ser una chismosa grosera y áspera, perderás todo lo que amas. Amigos, hijos, hasta que sólo quede tu marido. Y ya sabes lo que pasará si te aísla por completo. Piensa bien si el mezquino disfrute que obtienes atacando a tus amigos y familiares vale más que su presencia en tu vida."

Esther siseó y se levantó de la silla. "No tengo que escuchar esta basura", gruñó, dirigiéndose a la puerta.

"Ten cuidado", instó Marvolo. "Has venido a hacer la pregunta. No rechaces la respuesta. Marcará la diferencia entre morir feliz, rodeado de tus seres queridos, o morir solo con la bestia que te atormenta."

Esther no se detuvo en su loca carrera hacia la puerta.

Julia soltó una risita. "Eres buena en esto. ¿Y yo?"

El Gran Marvolo se volvió, su sonrisa malvada se convirtió en tristeza. "Lo siento mucho, querida". Se acercó a Julia y le acarició la mano. "Tu futuro es muy corto".

Julia se atragantó. "¿Qué quieres decir?"

Marvolo asintió. "Creo que ya lo sabes".

Los ojos de Julia se clavaron y su mano revoloteó hacia su vientre. "¿Puedo hacer algo?"

Marvolo negó con la cabeza. "Lo que estás planeando no te ayudará. Esto tiene que ser así".

Julia tragó saliva y le tembló el labio inferior.

"No intentes escapar de tu destino. Sólo empeorará las cosas para ti..."

"Ya es suficiente", espetó Marjorie. "Te traje aquí para entretenernos, no para herir los sentimientos de todos".

Marvolo levantó las cejas, que había dibujado densamente para parecer algo tupido y masculino. "A veces, la verdad duele. No sabía que querías lecturas falsas para reírte".

"Deberías irte ya". Marjorie se levantó de su asiento y señaló la puerta.

Marvolo suspiró. "Muy bien. Lo necesitaré". Le arrebató el cristal de la mano a Violeta y se volvió hacia la puerta. "Volveré mañana para recibir el pago que me has prometido. No intente engañarme, señora. No soy fácil de engañar".

Marjorie resopló.

En cuanto la puerta se cerró detrás de Marvolo, Violeta se levantó de la silla y salió corriendo tras la mujer, ignorando los gritos de sorpresa de sus amigos.

En el pasillo, encontró a Marvolo esperando.

"Te esperaba", dijo la mujer sin tapujos.

"Seguro que sí".

"Seguro que quieres saber por qué no te he contado tu destino, ¿verdad?"

"Sí". Violeta cruzó los brazos sobre el pecho y se apoyó en la pared.

"Eso es porque no lo sé". A la tenue luz del candelabro superior, el rostro de la mujer parecía misterioso y perplejo a la vez. "Nunca he visto nada como tú, Violeta Warren. Tu futuro está tan nublado. No es seguro, como tu amiga Julia, que morirá en el próximo año, o tu amiga..." esta vez, la ironía goteaba de su voz al pronunciar el nombre, "que morirá a manos de su violento marido, odiado por todos. Incluso tu amiga Marjorie, que no puede elegir tener un hijo, pero sí ser feliz con lo que tiene o desgraciada con lo que le falta. Su destino es diferente".

Violeta levantó una ceja marrón dorada.

"Podría contarte una historia sobre un misterioso desconocido y un viaje a través del mar, pero dudo que eso te impresione. En su lugar, te sugeriré que, hagas lo que hagas en el próximo año, te lleves *ese* libro. El libro y el cristal, que tendré que insistir en que pagues antes de que nos separemos".

Violeta se puso de pie. "¿Qué sabes de mi libro?"

"Te he dicho que tengo la vista. Puedes creerme y mantener

tu libro cerca, o puedes dejarlo y correr el riesgo de que te pille desprevenido en una situación de la que no puedo advertirte."

Violeta pensó en esto. Lo pensó durante mucho tiempo. Tanto tiempo, de hecho, que Marvolo empezó a golpear la extraña punta de su zapato bordado en el suelo.

"¿Cuánto?", preguntó por fin.

La sonrisa de Marvolo casi le parte la cara en dos.

CAPÍTULO 3

"¿Qué es lo que tienes ahí?" Preguntó el padre de Violeta.

Violeta levantó la vista de su asiento en el salón. La luz del sol entraba por la ventana a través de su nuevo prisma en forma de tridente en una de las páginas de su libro. El arco iris resaltaba una mancha de hierática garabateada. Era bonito, pero no revelaba el significado.

Entonces, la sombra de Hiram Warren cayó sobre la página, borrando las bandas de luz de colores.

"Nada en particular", respondió Violeta. "¿Por qué lo preguntas?"

"Ninguna razón".

Violeta percibió la nota en la voz de su padre. Escudriñó su rostro, buscando más información. "¿Qué te preocupa?"

"Sólo un rumor que he oído".

Levantó una ceja. "¿Te has puesto a escuchar rumores?"

"Sólo cuando vienen de ciertas personas".

"¿Quién?"

"Oh, Jim. Ya sabes, mi protegido". Hiram se hundió en un sillón y cruzó una pierna sobre la rodilla contraria.

Violeta suspiró y cerró suavemente la tapa de su libro. "¿Qué tiene que decir Jim para sí mismo?"

"Que te vio en el pasillo de la fiesta, a solas con tu empleador, y no le pareció... bien".

Violeta negó con la cabeza. "Sí, Miles Owen estaba allí. Tú le invitaste, ¿recuerdas? Fui al pasillo principalmente para escapar de él. Había bebido demasiado, y sí, se estaba comportando de forma indecorosa. Eso es, hasta que se desmayó por la bebida, y me fui por la noche".

Hiram frunció el ceño. "Y, sin embargo, has ido a trabajar con él todos los días de esta semana".

Violeta se encogió de hombros. "Es una de las razones por las que no me gusta ir a esas fiestas. Todo el mundo se comporta de forma diferente cuando no hay presión y el alcohol fluye, y suele ser inquietante. El tiempo dirá si la Prohibición (una vez que entre en vigor) marca una diferencia en la seguridad de las mujeres. Mientras tanto, el Sr. Owen tiene mucho más que perder que yo si se porta mal. Además, no se comporta así en el trabajo".

"¿Pero sigues trabajando con él, incluso después de que se haya comportado tan mal?"

Violeta se encogió de hombros. "Me gusta mi trabajo. ¿Dónde más puedo poner en práctica mi capacidad de lectura multilingüe?"

"Ojalá hubieras elegido una afición más femenina", murmuró Hiram.

"No es un pasatiempo, padre", le recordó Violeta, "igual que vender acero es tu forma divertida de relajarte el fin de semana. Es mi profesión. Creo que has olvidado (una vez más) que no soy una baratija inútil que vive del té y los chismes. Puede que lo prefieras, pero nunca lo será. ¿Puedes aceptarlo, o es hora de que busque un hogar propio?"

"Solo", murmuró Hiram, sobre todo para sí mismo.

"Sí, sola", confirmó Violeta. "Todavía no he conocido a nadie con quien quisiera compartir un hogar, y antes de que preguntes, no me casaría con Jim Wilson ni aunque fuera el último hombre de la tierra. Ya te lo he dicho antes. Tengo una amiga a la que le gustaría conocerlo".

"No entiendo por qué la sola idea del matrimonio te incomoda tanto, Violeta. Eres una... persona interesante. Eres inteligente y extravagante, y todavía te ves bastante bonita. Seguro que le gustas a alguien lo suficiente como para dar el paso".

"Esa persona tendría que aceptarme tal y como soy", respondió Violeta, esta vez con suavidad. "No con la esperanza de ganarse su favor. No exigiendo que sea su ama de llaves, su calientacamas y su fabricante de blondas".

Hiram escupió ante la franca confesión de Violeta, pero ella continuó de todos modos. "Soy una lingüista entrenada y traductora de documentos antiguos. Eso significa más para mí que la promesa de un plantel de sirvientes a los que dar órdenes y un montón de hijos a los que criar".

Hiram frunció el ceño. "De toda la descendencia que podría haber tenido, me tocó la más extraña".

Violeta se rió. "Lo hiciste. Al menos, la hija más extraña. ¿Si hubiera sido un hijo?"

"Seguirías siendo extraño, pero creo que sería más fácil de entender".

Colocando su libro en la mesa auxiliar, Violeta se acercó para acariciar la mano de su padre. "Entonces no te preocupes por entender. ¿No puedes aceptarme como soy?"

Asintió con la cabeza. "Siempre lo he hecho, ¿no? Puedo hacer sugerencias, pero no te he obligado a nada".

"Es cierto, y agradezco su paciencia".

La pareja se quedó en silencio.

"¿Sabes algo?" Dijo Hiram.

"¿Qué es eso, padre?"

"Me siento inquieto. Solíamos viajar mucho. Cada año o dos".

"Lo recuerdo. Siempre aprecié esos viajes".

"Como yo. Como tu madre. Creo que..." su voz vaciló. "Creo

que a ella le gustaría saber que no renunciamos a nuestra tradición de ver el mundo".

"Y ahora que la guerra ha terminado, y la gripe parece estar disminuyendo, al menos en el exterior..."

"Sí", aceptó. "¿Dónde te gustaría ir?"

Violeta sonrió. "Egipto. Siempre he querido ver el origen de todos esos artefactos que he estado traduciendo y catalogando. Tenía miedo (con la guerra y la gripe española arrasando con todo lo que quedaba) de no tener nunca la oportunidad de visitar las pirámides. ¿Crees que podemos conseguir que nos aprueben los papeles para viajar fuera del país? Entre la ley de pasaportes y las cuarentenas, querrán una muy buena razón para dejarnos salir".

"Estoy seguro de que puedo conseguirlo", dijo Hiram. "Si digo que es para los negocios, todo lo demás debería encajar, y no me costará más que un par de conversaciones con los líderes locales de la industria".

"Perfecto".

CAPÍTULO 4

"¡Violeta, ven!" exclamó Hiram, con la punta pulida de su bota golpeando en la calle a la entrada de otra tienda llena de trastos y antigüedades. "Vamos a perder el tren".

"Deberías cambiarte los zapatos", contestó suavemente. "Esas cosas elegantes no durarán ni un día en el desierto".

"El tren", le recordó.

Violeta estornudó en un pañuelo, apartó una nube de polvo de su cara y miró a su padre con ojos llorosos. "El tren sale dentro de dos horas. Nos están cargando el equipaje en la estación. Puede que no tenga otra oportunidad de ver Alejandría, así que no me pierdo nada. Si no quieres estar aquí, ve a por una taza de té, pero yo no me voy todavía".

Decidida, volvió a centrar su atención en los estantes que tenía delante. Lugares como éste, con sus revoltijos de cerámica rota y pilas de pergaminos de piel de cabra, nunca dejaban de encender su sangre. Aquí, además, la mayor parte de la mercancía estaba escrita en árabe, lo que, aunque ella podía leer, no era su verdadero objetivo.

La sangre le hormigueaba en las venas como siempre lo hacía cuando algo verdaderamente antiguo se cruzaba en su camino. Por eso se había dedicado a su trabajo. Por eso su habitación estaba llena de fragmentos de cerámica con inscripciones y papiros desmenuzados. *Y por eso nunca me casaré,* añadió, mirando a través de un grupo de trastos rotos en busca de tesoros ocultos. *Cualquier marido razonable querría que, como mínimo, organizara a los sirvientes y creara un hogar. Todo lo que quiero es aprender nuevos idiomas y traducir viejos documentos, y si no quiero caer en una pena paralizante, debo permitirme seguir.*

Y así lo hizo. Agarrando su pañuelo a la boca y a la nariz para minimizar el polvo, miró a todos los rincones de la polvorienta tienda. La sensación de pinchazo se intensificó al llegar a la esquina de la habitación, donde varias ollas grandes y unas cuantas ánforas de estilo romano yacían sobre sus costados en un grupo de colores poco complacientes.

Violeta se quedó mirando el batiburrillo, con una ceja baja, entrecerrando los ojos en busca de la fuente de su atracción intuitiva. Entre las ollas, un pequeño disco plano de arcilla cocida yacía olvidado. En el momento en que Violeta lo vio, su corazón empezó a latir con fuerza. Los símbolos del lado izquierdo, junto a una línea de arcilla levantada, eran hieráticos egipcios, y ella los comprendió inmediatamente. Los símbolos de la derecha...

"Oh, Dios mío", respiró. Recogiendo el disco, se dirigió al dependiente. "¿Qué es esto?", preguntó en árabe.

Un hombre pequeño, de pelo oscuro y rasgos atractivos, le sonrió de forma lobuna. "No lo sé, señora", dijo.

Violeta entrecerró los ojos hacia él, advirtiéndole que no se familiarizara demasiado, aunque su evidente interés despertara calor en su vientre. "¿Quieres que te lo quite de las manos?"

Se encogió de hombros, haciendo que sus ojos marrones fueran amplios e inocentes. "Por un precio".

"Naturalmente", aceptó Violeta. "Pagaré un pequeño precio por él. Quiero decir, si no sabes lo que es, no puede valer mucho para ti, ¿verdad?"

Los ojos se entrecerraron y una mirada furtiva cruzó el rostro del hombre. "Es cierto, pero puedo ver que significa algo para ti".

"Tal vez", dijo Violeta, dándole al hombre su propia despreocupación con los ojos abiertos. "Me gustan las cosas extrañas. Esta es bonita. ¿Cuánto quiere por ella?"

"¿Cuánto está dispuesto a pagar?"

Volvió a examinar el disco. "Cien libras egipcias", respondió con firmeza, ofreciendo el equivalente a unos diez dólares, lo que sabía que era poco para un artefacto antiguo, incluso uno pequeño de origen desconocido.

"Quinientos", respondió.

Sacudió la cabeza. "Tal vez si se tratara de un antiguo egipcio verificable", dijo Violeta. "Puedo ver la hierática aquí, pero esta otra escritura... no lo es. Esto podría ser fácilmente una broma. Doscientos. Esa es mi oferta final".

Frunció el ceño. "Estás tratando de robarme. Piensa en mis pobres hijos".

"¿Tienes hijos?"

Se rió. "Algún día, puede que lo haga".

Violeta no pudo evitar reírse con él. "Dos veinte... esa broma me ha valido para algo".

"De acuerdo". Le tendió la mano y se estrecharon. Su tacto le produjo una interesante sensación en el brazo, y la cálida y suave picardía de sus ojos la hizo más profunda. ¿Cuánto tiempo hacía que no se sentía atraída por nadie? ¿Y por qué este hombre? Tenía la combinación favorita de Violeta: ojos marrones cálidos (con arrugas en las comisuras) y pelo oscuro, con una cuidada barba.

Su expresión se volvió considerada. "¿Va a estar mucho tiempo en la ciudad, señorita?", le preguntó mientras le entregaba el dinero.

"Lamentablemente, no", respondió Violeta, con la mirada fija en el atractivo caballero. "Voy a subir a un tren en breve".

"Ah, sí. Eso es lo que dijo tu padre. Qué pena".

"¡Violeta!" Como si fuera una señal, Hiram reapareció en la puerta de la tienda, con la cara roja de calor e irritación.

"Ya voy", respondió ella con un suspiro. "No me di cuenta de que entendías el inglés", añadió al tendero. "¿Por qué no lo admitiste de inmediato?"

"Tu árabe estaba oxidado", bromeó, con los ojos brillando. "Quería darte la oportunidad de practicar".

"¡Oxidado!" Violeta fingió indignación.

Se rió. "Será mejor que se vaya, señorita. Ha sido un placer trabajar con usted. La próxima vez que esté en Alejandría..."

"Prometo molestar a mi padre gastando tiempo y dinero en tu tienda", respondió.

Sonrió.

Mientras Violeta salía de la tienda, con su premio pegado al pecho, reflexionaba sobre el encuentro. *Ese coqueteo sin sentido con un tendero árabe me conmovió más que cualquiera de los pretendientes que mi padre me ha enviado. Me pregunto qué significa. ¿Es que no me atraen los hombres de mi raza? ¿O es sólo que Egipto es tan mágico?*

Si su primera suposición era correcta, le esperaba un gran problema.

"¿Qué has encontrado esta vez?" preguntó Hiram.

"Un documento en un disco de cerámica", respondió. "Parece ser una guía de traducción, similar a la piedra Rosetta. Me di cuenta de que había algo de hierática egipcia en él, así que lo compré. Podría ser útil para el trabajo". De alguna manera, explicar a su padre que le recordaba al libro que tanto le molestaba no parecía acertado.

Los dos caminaron por Alejandría a un ritmo demasiado rápido para la comodidad de Violeta. "Padre, no tenemos que apresurarnos", instó ella. "Todavía falta más de una hora para nuestra partida. Puede que no tengamos otra oportunidad de ver Alejandría. ¿Cuál es la prisa?"

"Estamos aquí para ver las pirámides, no este bergantín polvoriento", replicó Hiram.

"Este «berger polvoriento» se construyó durante el reinado

de Alejandro Magno y es históricamente importante en muchos aspectos", argumentó Violeta. "Podríamos aventurarnos aquí tan fácilmente como en El Cairo".

Hiram gruñó y siguió trotando.

Llegaron a la estación de tren. Atravesando a toda prisa el edificio entre un arco iris de personas que llevaban de todo, desde trajes hasta petos y batas, Violeta arrugó la nariz ante el olor corporal. El calor del sol poniente lo hacía inevitable, pero aun así le resultaba desagradable.

Recuerda que las aventuras tienen inevitablemente sus incomodidades y que la mayoría de los lugares interesantes del mundo son calurosos y, por tanto, malolientes. Sonriéndose a sí misma, se colocó la máscara sobre la cara y siguió a su padre hasta el tren. Se dirigieron a su compartimento.

"Bueno", dijo Violeta, "nos vamos en cuarenta y cinco minutos. ¿Y ahora qué?"

"Ahora iré a buscar una taza de té", respondió.

Violeta puso los ojos en blanco. "En lugar de tomar el té en la ciudad y dejarme comprar, has decidido meterme prisa para que vuelva al tren y nos quedemos aquí sentados sin nada que hacer, *excepto* beber té. Padre, ¿por qué viajo contigo?"

"Porque no estás casada", respondió Hiram, con una ceja levantada. "Así que, como eres solterona, tienes que aguantar mi idiosincrasia de hombre mayor. Además, de todos modos, vas a leer ese maldito libro".

Violeta se rió, pero con mucha menos diversión de la que sentía hacia el tendero. *Quizá porque es mi padre y me ha mandado toda la vida. Quizás porque, a mis casi treinta años, a veces me pregunto qué me estoy perdiendo. No lo suficiente como para conformarme con cualquier cosa que aparezca, pero sí para considerar las perspectivas.*

Varias partes íntimas de su anatomía, que aún zumbaban por el encuentro burlón con el tendero, le recordaban que el hecho de ser una criatura razonable no significaba que careciera de impulsos humanos.

Hiram salió del compartimento y no volvió.

Violeta se olvidó de él casi inmediatamente, emocionada como estaba por su nuevo hallazgo.

Se apresuró a dejar el disco en el asiento de al lado antes de buscar su libro en el bolso.

Mientras se afanaba en agarrar el frágil tomo, sus dedos rozaron el cristal. Se sentía cálido y frío al mismo tiempo, y le producía un cosquilleo en la piel. Lo acarició con la punta del dedo índice antes de recuperar su premio. Lo colocó junto al disco de cerámica y miró la tapa. Los símbolos coincidían con la portada del libro. Los símbolos se correspondían uno a uno con los hieráticos.

"Puedo traducirte", respiró ella. "Aprenderé tus secretos".

Tragando con fuerza contra un torrente de emociones, Violeta casi no se dio cuenta de que el tren se tambaleaba al arrancar. Rastreó el complejo patrón de marcas de grabado y tinta de insectos y flores en la cubierta de cuero y lo comparó con el documento que acababa de comprar, expresando las palabras en voz alta con la mejor pronunciación que la investigación pudo encontrar.

"Libro de hechizos. Sumo Sacerdote del Sol. Hermano del Príncipe de Skeon..." Trazó la cartela que terminaba la línea "Leontios".

Con suavidad, volvió a pasar las yemas de los dedos por las palabras. "Leontios". ¿Quién eras tú? Dice hermano del príncipe, tan real. Sumo sacerdote, así que espiritual. Interesante". Entonces, se dio cuenta de lo que estaba diciendo. "Interesante y muerto desde hace milenios. No te emociones con esto, Violeta. El tendero era un mejor prospecto. Al menos tiene pulso".

Sin embargo, no podía apartar los ojos del libro, excepto para volver a comprobar su guía recién adquirida. "Bueno, Leontios, vamos a ver lo que tienes que decir por ti mismo".

Las sombras se hicieron más profundas a medida que el sol bajaba en el cielo.

Pasó la página y leyó, palabra por palabra, traduciendo a

medida que avanzaba. "Yo dentro de ti... tú dentro de mí... Por el poder de.... luna y... sol, todas las cosas en nosotros... pueden hacerse".

El tren se sacudió violentamente, arrojando a Violeta de su asiento. Cayó hacia adelante, golpeando el asiento opuesto y cayendo de lado contra la pared, su cabeza golpeando fuertemente la ventana. Las luces parpadeaban detrás de sus párpados. Los estruendos y los gritos se filtraron en el compartimento. Violeta se hizo un ovillo mientras el tren seguía dando tumbos, con los frenos gritando.

Una mano bajó al brazo de Violeta.

Chilló y abrió los ojos para ver... unas botas. Unas extrañas y primitivas botas de cuero con cordones en la parte delantera que parecían tiras de piel de conejo. Levantó los ojos a lo largo de un cuerpo (un cuerpo masculino, delgado y enjuto, vestido con unos pantalones de color hueso que colgaban de forma extraña bajo una camisa suelta que también se ataba por delante con una simple tira de cuero) hasta un rostro. Piel morena media. Una cuidada perilla. Pómulos altos. Ojos negros penetrantes.

El hombre tenía tatuajes en las sienes, vetas de color púrpura. Otros salpicaban su cuello y su pecho donde las aberturas de su camisa dejaban ver su piel. También en las manos y los antebrazos.

Violeta retrocedió, pero el muro del tren le impidió escapar.

Estaba atrapada.

El hombre abrió la boca y pronunció una retahíla de palabras que Violeta sintió que casi podía reconocer, aunque no pudo ubicar las palabras a la velocidad con que las pronunció.

"¿Quién es usted?", preguntó. "¿Qué quieres? ¿Por qué estás en mi compartimento? Mi padre volverá en cualquier momento".

El hombre ladeó la cabeza, claramente sin entender. Extendió una mano hacia Violeta como para ayudarla a ponerse en pie.

Ella se quedó mirando, atónita al ver a un terrorista ofreciendo un gesto de ayuda. *Debe querer ponerme las manos encima para tomarme como rehén*, pensó, intentando de nuevo, sin poder evitarlo, escapar a través de la chapa metálica del muro del tren.

El hombre apuntó con la mano en su dirección, con sus ojos oscuros, amplios y amables. Brillaban en negro, como astillas de obsidiana, con un destello de inteligencia.

Algo en Violeta quería confiar en él, al menos lo suficiente como para dejar que la ayudara a levantarse. *Si se vuelve amenazante, puedo intentar escapar mejor de pie que acurrucada en un rincón.* Sabía que era poco probable que escapara. Por supuesto, el tren había sido atacado. Ella, como mujer americana de estatura moderada, destacaría demasiado como para escabullirse sin ser notada. También estaba demasiado débil para defenderse. Su corazón latía con fuerza, reconociendo su probable destino, pero su ocupada mente no estaba dispuesta a aceptar la derrota.

Ella extendió lentamente su mano, y él agarró sus dedos con suavidad. Un cosquilleo recorrió su brazo. *¿Qué te pasa?* Preguntó mientras el desconocido ejercía una ligera presión sobre su mano, levantándola del suelo.

Se levantó, con los ojos mirando hacia la abertura detrás de ella en busca de cualquier medio de escape.

El hombre volvió a hablar, las palabras eran aún más familiares que antes. Como si las hubiera dicho ella misma en algún momento.

Más calor subió por su brazo, esta vez no con suavidad, sino con la intensidad de un fuego. Le dolía. Gimió.

Otra luz brillante parpadeó y Violeta cerró los ojos. Una confusa maraña de imágenes se agitó en su mente. Los símbolos de su libro. El desierto al amanecer. Un choque de lanzas sobre escudos. Caballos corriendo. Agua corriendo. Un cristal del tamaño de un coche. Más símbolos. La luna.

Violeta se hundió en su asiento, mareada, olvidando la invasión del tren. La tela se agitó cuando el desconocido le soltó la mano. Abrió los ojos y lo miró. "¿Qué *es* usted?", preguntó en árabe.

Bajó las cejas y volvió a acercarse a ella.

"¡No!" Violeta volvió a retroceder. Aunque cedía más que la pared, el asiento tapizado seguía sin ofrecerle una escapatoria. "¡No me toques!"

"Por favor", dijo él en un inglés muy acentuado, acentuado con... ella no sabía qué. "Por favor, no tengas miedo. No te haré daño".

Ella parpadeó. "¿Quién es usted?"

"Soy Leontios", respondió, poniendo su mano en el pecho. "Sumo sacerdote del sol, hermano del rey... Fue una vez el rey de Skeon".

"¿De qué demonios estás hablando?" Preguntó Violeta.

Las pesadas y oscuras cejas se juntaron. El hombre abrió la boca para hablar.

Otro choque reverberante sacudió el tren. Esta vez se sacudió bruscamente hacia la derecha. Leontios tropezó con la pared interior del compartimento y Violeta se desparramó sobre él. Los gritos en árabe resonaron en el pasillo y los gritos respondieron.

"Oh, no", susurró Violeta. "Nos están atacando". Entonces se dio cuenta de lo que había dicho. *Tonto, es uno de ellos.*

"Mantente agachado", gruñó el hombre. "No hagas ruido".

"Evidentemente", espetó Violeta en un tono bajo, apartándose del extraño hombre e intentando no sonrojarse ante todas las partes de su anatomía que no tenían por qué tocarse. Sin moverse del suelo, se asomó al pasillo para ver muchos pies que se precipitaban hacia ellos y se metían en varios compartimentos. Los gritos se intensificaron a medida que se acercaban a ella.

"¡Muévete!" Leontios gruñó.

Violeta sacudió la cabeza y volvió a entrar en el compartimento para coger su mochila, que se colgó en diagonal sobre el cuerpo. El cristal colgaba con un gran peso en el suelo, repiqueteando suavemente contra su pistola Derringer. Se tomó un último segundo para meter el disco de traducción, pero de su libro no pudo encontrar ni rastro.

"¿Dónde está?", susurró, con el corazón golpeado por la idea de abandonar a su compañera de años. Si se iba sin ella, sabía que no la volvería a ver.

"¡*Vamos!*" Leontios la arrastró hacia la puerta. "Mantente agachada", siseó. Se acercó a la puerta y se asomó, saltando rápidamente hacia atrás. De nuevo, los gritos se acercaban, pero no los habían alcanzado. Todavía no.

"¡Ahora!" Leontios tiró de Violeta hacia el pasillo. "¿Cómo salimos de esta... estructura?"

Ella levantó una ceja que él no pudo ver. *¿Cómo has entrado?* pensó ella, pero no perdió el tiempo discutiendo. "Por aquí", siseó ella, moviéndose rápidamente, encorvada bajo el esbelto pecho de su inesperado acompañante. La salida del coche esperaba a una docena de pasos al final del pasillo. Sin esperar un momento, se lanzó hacia la puerta, rezando en todos los idiomas que conocía para que no hubiera ningún guardia que les impidiera el paso.

A pesar de su altura, los pies de Leontios cayeron suavemente sobre la placa de metal que había debajo. Más que pisar fuerte, se balanceaba, pisándole los talones a Violeta. El tiempo parecía doblarse, el pasillo se estiraba mientras la puerta se alejaba con cada paso que daban.

"Deprisa", respiró ella. "Deprisa".

De repente, la salida se alzó ante ella. Agarrando un delgado poste metálico vertical, Violeta giró y bajó a trompicones un escalón hasta llegar a una puerta cerrada. Empujó con todas sus fuerzas. La puerta se abrió mientras Leontios chocaba con su espalda y los empujaba a ambos.

Una voz gritó detrás de ellos. Sonó una fuerte explosión. Un proyectil se estrelló contra la pared por encima de ellos y se hizo añicos. Llovieron fragmentos calientes, uno de los cuales golpeó la pantorrilla de Violeta, justo por encima de su bota. Se mordió el labio para contener un grito mientras avanzaba.

Leontios se puso en pie, la arrastró hacia arriba y corrió lejos del tren, perpendicular a las vías. Superaron una pequeña subida y se dejaron caer en la arena.

De vuelta al tren, las voces gritaban en árabe.

"¿Qué estás haciendo, Ajnabi?"

"Algunas personas corrieron hacia la colina".

"Déjenlos ir. Tenemos suficientes rehenes".

"Pero..."

"Si dejas este tren, Ajnabi, no se te permitirá volver. Ya has desobedecido suficientes órdenes".

Las botas se alejaron.

Violeta se desplomó, apoyando la frente en el suelo polvoriento, con los ojos fuertemente cerrados para evitar que la arena la cegara. Pasada la crisis, los sollozos le subían por la garganta. Los hombros le pesaban. La pantorrilla le palpitaba.

"Calla", dijo su extraña compañera, no con dureza, sino como un sonido tranquilizador. "Calla, mujer. Ahora estamos a salvo". Su mano se posó suavemente en su espalda y la frotó en círculos.

Se esforzó por recuperar la compostura, mordiéndose el labio con fuerza. Aunque lo peor del peligro había quedado atrás, el impacto total de la situación crecía lentamente en su conciencia. *El padre.* No había vuelto del vagón restaurante. ¿Había escapado? ¿Se lo habían llevado? ¿Herido? ¿Peor? Su libro. El equipaje. Todas sus posesiones. Todo lo que tenía era su bolso con sus dos piezas de chatarra esotérica y totalmente inútil, algo de dinero y sus documentos de viaje. Un sorbo de brandy en la elegante petaca de su padre para contrarrestar el ardiente sol. La sensación de impotencia absoluta la ahogó, poniéndola en marcha de nuevo.

"¿Qué ocurre?" Leontios se había acercado, con su aliento cálido y suave contra el costado de su cara.

Ella moqueó. "Mi padre. Mi padre está en el tren".

Su mano acariciadora se detuvo, una cálida presión entre sus omóplatos que de alguna manera derritió la tensión que se acumulaba en su interior. "Es triste, pero ¿no es un anciano? ¿Es común en este lugar atacar a los ancianos?"

"No específicamente, no", admitió, tratando de consolarse con las palabras, "pero atacaron el tren. El llamado Ajnabi intentó dispararnos".

"Y el otro lo retuvo. Sospecho que están tratando de hacer una declaración en lugar de un ataque".

"¿Lo son?" Enjugándose los ojos, Violeta se apoyó en un codo y le desafió con una mirada inquisitiva. "¿Eres uno de ellos? ¿Un egipcio rebelde? ¿Desobedeciste las órdenes por alguna razón y me robaste para tus propios fines?"

Leontios se sentó con la espalda recta. Su oscura cabeza llegó a la altura de la cima de la pequeña colina. Sus labios carnosos se comprimieron y Violeta pudo oír el rechinar de sus dientes. "*No soy egipcio*", siseó. "Son mis enemigos tanto como los tuyos. Te he salvado de ellos. ¿Quieres que te golpeen?"

Violeta se rió, y sonó amarga. "¿Estás bromeando? ¿Golpearme? Me preocupa que me disparen... junto con una miríada de otros destinos desagradables, algunos de ellos específicos de las mujeres. Qué cosa más extraña dices. ¿Crees que eso me convencerá de confiar en ti?"

Los ojos de Leontios se entrecerraron. "¿Disparar?"

"Con una *pistola*", dijo Violeta. "¿No te diste cuenta de la bala? Me dio en la pierna".

"No sé qué significa eso. ¿Está usted herido?"

Ella asintió. "Creo que está sangrando, pero no es grave". Girándose, se levantó el dobladillo de la falda y examinó la herida. "Más bien un rasguño que una herida de bala, por suerte. Espero que no se me infecte. ¿Pero cómo que no sabes lo que significa? ¿Dónde has estado que no sabes lo que es una pistola? ¿Una bala?"

"Donde he estado, no lo creerías. Sin embargo, *puedes creer* que compartimos un enemigo. Parece que estos egipcios han continuado con sus costumbres bélicas y son tan traicioneros como siempre. Si podemos confiar el uno en el otro, tal vez podamos encontrar nuestro camino a la seguridad, aunque admito que no sé dónde puede estar ese lugar".

Violeta miró a Leontios con desconfianza. Aunque su comportamiento parecía sincero, sus palabras tenían poco sentido. "Creo que no eres egipcio", dijo al fin. "Has dicho Skeon, ¿verdad? Nunca he oído hablar de él, pero teniendo en cuenta lo primitivo que es tu conocimiento de las armas modernas, tal vez sea remoto y no sea conocido fuera de Oriente Medio".

Leontios negó con la cabeza. "Demasiadas palabras. Demasiado poco contexto. No lo entiendo. Debería ser capaz de hablar su idioma".

Violeta bajó las cejas. "¿Cómo es *que* hablas mi idioma? ¿No sabes árabe, la lengua de tus vecinos y enemigos, pero conoces mi idioma, que tiene su origen en la otra punta del mundo?"

Leontios sonrió, y la perversa curvatura de sus sensuales labios y el brillo de sus ojos oscuros ensartaron las tripas de Violeta como una lanza, clavándola en su sitio. *Este hombre es peligroso.*

"Es mágico", dijo con suficiencia.

CAPÍTULO 5

Violeta bajó la cabeza. "Magia". Por supuesto. Eso es todo lo que necesitaba. Debo estar soñando". Su raspadura ardía, desmintiendo su afirmación. "Bueno, aquí estamos. Así que eres Leontios. Igual que el nombre en mi libro. Haces magia. Así es como aprendiste inglés en un segundo. No eres egipcio. Debo haberme golpeado la cabeza más fuerte de lo que pensaba cuando el tren se detuvo. Ahora estoy alucinando. Despierta, Violeta".

Se pellizcó a sí misma.

Duele.

Maldita sea. Supongo que tendré que seguir el juego hasta que me despierte. "Leontios, mi nombre es Violeta Warren. Soy de Pittsburgh, Pennsylvania y estoy aquí en Egipto de vacaciones. Por eso estaba en el tren".

Volvió a sacudir la cabeza. "Demasiadas palabras. Deben ser ideas que no entiendo. ¿Qué es un tren?"

Violeta alzó tanto las cejas que parecía que le iban a tocar la línea del pelo. "¿Un tren? ¿Hablas en serio?"

La miró fijamente.

"Un tren es como un medio de transporte".

Su rostro se comprimió. "Transporte. Una estructura con

ruedas. Como un carro o una carreta".

"En este caso, más bien se trata de varios carros encadenados. Corren a lo largo de una pista..." Hizo una pausa, esperando a ver cómo procesaba esto.

"¿Un camino?", preguntó.

"Es un conjunto de rieles de metal. Las ruedas deben permanecer en las vías".

Contempló. "Entonces, la estructura metálica que dejamos... ¿es el tren?"

"Sí", aceptó Violeta. "Se mueve entre las ciudades de Alejandría y El Cairo. O lo hacía. Una vez que el tren se sale de los raíles (se asomó a la colina y señaló la locomotora del tren, que ya no descansaba sobre las vías, sino que yacía de lado en el polvo), se queda atascado. No volverá a moverse. Se necesitará mucha gente para ponerlo en pie. Es una suerte que estuviera tan atrás, o podría haberme lesionado". Entonces recordó sus extrañas experiencias. "Peor de lo que ya estoy. Podría estar muriendo ahora mismo. El vagón restaurante está más adelante. Estoy preocupada por mi padre".

"Este es su mundo, no el mío, Violeta Warren", dijo Leontios. "¿Cómo podemos ayudarle?"

A pesar de que su corazón aún latía con fuerza, su discurso le pareció gracioso. "Simplemente Violeta" será. Warren es... mi apellido. Similar a como te nombraste a ti misma en relación a tu hermano".

Leontios frunció los labios mientras meditaba sus palabras. Luego bajó la barbilla en señal de reconocimiento. "Creo que lo entiendo. Entonces, Violeta. Parece que nosotros dos, sin armas, no seríamos muy eficaces contra los alborotadores del interior del... tren. ¿Estás de acuerdo? Si marchamos de nuevo y exigimos que devuelvan a tu padre..."

Violeta puso los ojos en blanco. "Averiguaríamos lo que le pasó, sí, pero probablemente nos uniríamos a él como rehenes".

"Los egipcios no toman rehenes", espetó Leontios,

repentinamente molesto. "Golpean a sus enemigos y toman al resto como esclavos".

Violeta sonrió con tristeza. "La guerra es un infierno", dijo, poniendo una mano impulsivamente en su brazo. "Parece que fueron especialmente duras en tu país. Imagino que, con su tecnología, no fue difícil".

Leontios bajó la mirada.

"Todo lo que los egipcios hayan hecho a su pueblo les ha sido devuelto en su justa medida. Los británicos han decidido "proteger" a Egipto, es decir, tomar el control de sus recursos. Por eso papá y yo nos sentimos seguros al visitarlo tan pronto como terminó la guerra. Parece que los egipcios no han terminado de luchar. Pero, Leontios, si son enemigos de Egipto, ¿qué hacen tan adentro de sus fronteras?"

"Tú me llamaste", dijo, encontrándose con sus ojos y mirándola fijamente. "Me llamaste, y estoy aquí".

"Por supuesto, sería eso", murmuró Violeta. "Un hombre guapo y extranjero que no puede resistirse a mí. Qué sueño".

"¿Qué fue eso?"

La cara de Violeta ardía más que el sol poniente del desierto. "Nada. Tienes razón. No podemos cargar el tren y esperar rescatar a nadie. Necesitamos ayuda. Refuerzos. Supongo que deberíamos reclutar algunas tropas británicas. No estarán contentos con los disturbios de hoy, pero les interesará quitar a mi padre de las manos de los nacionalistas egipcios".

"¿Adónde vamos?", preguntó.

"No estoy segura", respondió Violeta. "Hay tropas británicas en Alejandría, por supuesto. Si volvemos por donde vino el tren, deberíamos encontrar ayuda fácilmente. Pero también podríamos seguir. Ir a la capital en El Cairo".

"Esto para ti es completar el viaje que emprendiste", adivinó Leontios.

"Supongo. Puede que sea una tontería, pero quiero ver El Cairo, aunque se arruinen todas mis vacaciones. Para ser honesto, puede estar más cerca de donde estamos ahora. No estoy seguro de cuánto tiempo estuve... ocupado mientras el tren estaba en marcha. Eres de esta zona. ¿Sabes dónde estamos?"

Leontios negó con la cabeza. "Nada de lo que hay aquí me resulta familiar".

"Supongo que entonces encontraremos una forma de pasar a escondidas entre los egipcios y seguir las pistas hasta El Cairo", propuso Violeta. "Es la única forma que se me ocurre para conseguir ayuda para mi padre y los demás, y sinceramente, no me siento segura aquí al aire libre".

"Podemos estar más seguros aquí", señaló. "Al menos hasta el anochecer. Podemos movernos más libremente por la noche".

"Nosotros". Violeta cerró los ojos, todavía medio convencida de que estaba soñando, a pesar de cómo le palpitaba la pantorrilla. "Bueno, sí estoy inconsciente y alucinando, también podría disfrutarlo. ¿Qué sugiere, sumo sacerdote?"

Leontios enarcó las cejas, pero se abstuvo de comentar. "Lo que he sugerido. Esperaremos aquí hasta el anochecer y luego seguiremos tu sugerencia. Seguir las... ¿huellas? Las huellas hasta la ciudad que elijas y conseguir la ayuda de los enemigos de nuestros enemigos. ¿Qué tan lejos crees que será la caminata?"

Violeta se encogió de hombros. "Es difícil de decir. Realmente no estaba prestando atención al tiempo. Estaba... leyendo un libro".

"La búsqueda del conocimiento es tan importante para el alma como la búsqueda del agua para el cuerpo", dijo solemnemente. Parecía una cita.

"Siempre lo he disfrutado", aceptó, rodando sobre su espalda y cerrando los ojos. "¿Cómo se supone que vamos a esperar hasta el anochecer *o* seguir adelante sin agua? Hace un calor de mil demonios incluso ahora al atardecer".

"¿Tienes una nave?", preguntó.

Violeta abrió los ojos y se llevó el bolso al pecho. En la conversación, casi lo había olvidado. "Veamos. Tengo unos cuantos dólares y algo de dinero egipcio... un cristal... un disco de cerámica... mi Derringer y... ¡Ajá!"

Sacó un frasco de metal. Un dedal de líquido chapoteaba en el fondo. "En realidad, esto es bueno". Quitó el tapón, apretó los dientes y se levantó la esquina de la falda, dejando al descubierto su rasguño. Respirando entre los dientes, dejó caer el brandy sobre su herida y luego gimió lo más silenciosamente que pudo mientras el licor la picaba. "Ya está. No podía beberlo de todos modos y arriesgarme a una mayor deshidratación, pero al menos sirvió para algo. Padre no estará contento de haberme pedido que lo llevara". Se rió. "Ya está. Un recipiente. ¿Qué piensas hacer con él? ¿Conjurar agua del aire?"

"En realidad, sí", respondió Leontios. "Exactamente eso".

Violeta sacudió la cabeza. *Este es, con mucho, el sueño más extraño que he tenido. Me pregunto si lo recordaré cuando me despierte.*

Leontios hizo un movimiento con las manos, llamando la atención de Violeta. Extendió la mano hacia el sol poniente. Un rayo de luz le dio directamente en la cara, ensombreciendo sus rasgos cincelados y tatuados. Su barba brillaba. Sus ojos oscuros brillaron. Cerró las manos en puños. El rayo de luz se convirtió en chispas. Extendiendo dos dedos, Leontios agitó el aire. Agitó las chispas.

"La nave", ordenó.

Bajando las cejas, confundida, Violeta levantó el frasco vacío.

Otro movimiento. Las luces parpadeantes se arremolinaron y dieron vueltas, creando un cono oscuro e invertido de un vórtice en el centro. Desde este espacio oscurecido, una gota cayó en el frasco, luego otra y otra hasta que un fino chorro de agua llenó el recipiente hasta el borde.

Leontios soltó los puños cerrados y las chispas se apagaron.

"¿Magia?" preguntó Violeta, contenta de estar sentada para que sus temblorosas rodillas no la hicieran caer sobre la arena, derramando la preciada bebida.

Sonrió.

CAPÍTULO 6

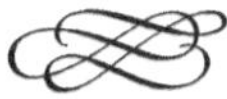

"¿*S*eguro que no nos sigue nadie?" preguntó Violeta, mirando por encima del hombro para ver la luz de la luna reflejada en los rifles o ametralladoras. No vio nada más que el largo tramo de vías del tren.

"No detecto a nadie", respondió Leontios, arrastrando sus suaves botas de cuero en la arena. "Aunque mis poderes no son tan fuertes a la luz de la luna".

"Poderes", dijo Violeta, temblando. Al desaparecer el sol, el desierto se había vuelto incómodamente frío. Deseó tener el chal guardado en su equipaje.

"Sí, Violeta Warren. Seguro que te has dado cuenta. Nuestros mundos son muy diferentes, pero saqué agua del aire del desierto".

"Al final me despertaré", murmuró.

"No estás soñando", dijo Leontios. "¿Entonces este mundo no tiene magia?"

"Muy poco", admitió Violeta. "Lo he buscado desde que era una niña. Mi abuela me contaba historias de hadas y piratas y niños pequeños que nunca crecían. Quería encontrar mi propia leyenda, pero hasta ahora he encontrado más charlatanes que verdaderos hechiceros. Me perdonarás si sigo siendo escéptico, aunque el truco del agua era intrigante".

Leontios dejó de caminar y se giró para mirarla. "Sin magia, ¿cómo vives?"

"No lo sé", respondió Violeta. Siguió arrastrando los pies, tratando de evitar que se le metiera arena en las botas. "La vida me parece normal. ¿Qué quieres decir con vivir? ¿Para qué usas la magia... aparte de para encontrar agua en el desierto?"

"El agua es un buen comienzo. Es escasa. ¿Cómo se puede vivir sin ella?"

"El agua es abundante donde vivo", respondió. "Está lejos del desierto".

"*¿Agua* abundante?* "Leontios se quedó mirando.

"No has salido mucho de tu país, ¿verdad?" preguntó Violeta, con voz amable.

Sacudió la cabeza. "Viajar es difícil, y me necesitaban en casa. Fui a Menfis una vez, cuando era un niño, antes de que Egipto se volviera contra nosotros".

"Suena interesante", dijo Violeta. "Otro amante de las antigüedades, ¿eh?"

Entrecerró los ojos. "Hubo una ceremonia religiosa. Nuestros credos no son... los mismos, pero tenemos algunos dioses en común".

"Mmm", dijo Violeta. *¿Dijo Dios o dioses? Quizá su pueblo sea una rama diferente del Islam. He oído que hay muchas, pero ¿no son todas monoteístas? ¿No es ese uno de los principios fundacionales?* No lograba descifrarlo. En cuanto a por qué tenía el mismo nombre que ella había descubierto en la portada de su libro, no trató de explicarlo. *Tal vez el nombre no esté ahí. Tal vez todo el incidente de la lectura del libro tuvo lugar después de que me golpeara la cabeza.* También se dio cuenta de que esto no tenía sentido, pero lo evitó. *Un fallo en mi memoria de la línea de tiempo, al menos, es racional. Más racional que el hecho de que un desconocido cuyo nombre coincide con un nombre escrito en mi libro aparezca en mi tren en el momento en que fuimos atacados por los luchadores por la libertad egipcios y con* *el que ahora estoy caminando por las vías del tren hacia El Cairo, en la oscuridad, manteniendo una conversación como si hubiéramos sido presentados formalmente y estuviéramos charlando ociosamente en una fiesta llena de curiosos.*

Siguieron caminando en silencio; Violeta se perdió en confusas cavilaciones. Leontios parecía otear el horizonte con un intenso escrutinio.

"¿Ves algo que reconozcas?" Preguntó Violeta en voz baja.

Leontios negó con la cabeza. "Creo que nunca he estado en este lugar. Si no hay magia en tu mundo, Violeta Warren, ¿cómo me has convocado?"

"No tengo ni idea", admitió. "No fue intencional".

La miró.

"No te ofendas. No tenía ni idea de que invocar fuera una opción".

Asintió con la cabeza. "No es prudente jugar con los libros de hechizos, ya sabes".

"Así lo he aprendido. Claro que hay que admitir que, si la magia no existe, un libro de hechizos no es más que una curiosidad. Tampoco sé leer tu idioma, así que no me di cuenta de que el libro que he llevado durante años *era un libro de hechizos.*"

"¿Qué otro tipo de libros hay?", preguntó, volviéndose hacia Violeta con una expresión de sorpresa.

"Muchos", respondió ella. "Obras de historia, relatos de ficción, libros de matemáticas y ciencia y.... Te he perdido, ¿verdad?"

Leontios frunció los labios.

Violeta no pudo evitar notar cómo el movimiento resaltaba su prolija barba y los surcos grabados alrededor de su boca. Le sentaba bien.

Este sueño se vuelve más perturbador a cada hora. El hombre más guapo que he conocido, charlando cómodamente conmigo a la luz de la luna, sin hacer ningún movimiento para aprovecharse, escuchando mi opinión... ¿Por qué no podría ocurrir algo así en la vida real? "Um,

¿estás bien?", le preguntó, obligándose a salir de su rumia y volver al presente. *En el caso de que no esté en coma ahora mismo, tengo que estar alerta. Estoy sola en el desierto en un país extranjero con un total desconocido en la noche.*

"Estoy tratando de entender cómo se seleccionan los líderes cuando no hay magos", explicó. "Es cierto, ¿no? Si hay poco concepto de la magia, los magos no forman parte de su vida cotidiana".

"Hay diferentes maneras", respondió, volviendo a sumergirse en una conversación informal. "Algunos países han heredado monarquías, aunque cada vez son más escasas y con menos poder. Muchos países están optando por las elecciones..."

De alguna manera, su mirada de desconcierto no la sorprendió.

"Las elecciones son cuando el pueblo elige a su líder".

La expresión de disgusto en la cara de Leontios lo decía todo.

"¿Supongo que no lo apruebas?"

"¿Qué saben los agricultores de liderazgo?", preguntó.

Violeta se encogió de hombros. "Para mí tiene sentido. Mi país es uno de los precursores de dejar que el pueblo elija a su líder. Ha sido así desde mucho antes de que nacieran mis padres. ¿Cómo elige tu pueblo a los líderes? ¿El mago hace la elección?"

"Nada de eso", respondió. "Creo que tu idea del liderazgo heredado es más cierta. Por supuesto, el hijo del príncipe será príncipe. Nuestra confirmación llega cuando el hermano del príncipe muestra afinidad con el sol, como hice yo. A veces, los dioses han retirado su favor a una familia. La presencia de un mago varón en la familia es una señal del favor de los dioses. El hermano mayor del mago es el príncipe. Así ha sido siempre para mi pueblo".

Violeta tuvo que morderse la lengua para no soltar lo primitivo que sonaba aquello. Sin saber qué decir a continuación, se quedó en silencio, examinando la luz de la luna que brillaba en los interminables kilómetros de vías del tren. *Tenemos un largo camino que recorrer. Me pregunto cuánto tiempo.*

Realmente no estaba prestando atención. Volver a Alejandría podría haber sido una mejor opción. O tal vez no. ¿Estuve ocupado estudiando durante una hora? ¿Durante dos? No progresé mucho ya que era un reto. ¿Padre se habría quedado en el vagón restaurante durante dos horas? Puede que sí. Cuando se le puede sacar en público, siempre ha sido gregario, a pesar de sus protestas malhumoradas.

Padre. ¿Qué será de ti? ¿Qué será de nosotros?

"Estás pensando muy profundamente, Violeta Warren", señaló Leontios.

"Estoy preocupada por mi padre", admitió, "y también por nosotros. Hay muchos kilómetros entre las ciudades. No sé cuánto tiempo estuve absorta en mi libro. El camino de vuelta puede ser más corto que el de ida, o puede ser más largo. Realmente no lo sé. Lo único que sé es que, si seguimos las vías del tren, acabaremos llegando".

"Entonces eso es lo que debemos hacer. Tus instintos te instaron a avanzar, no a retroceder. Eso nos llevará a una ayuda segura. Si nos lleva algunos días, perseveraremos".

"¿Por qué confías en mí?", preguntó ella. "Soy un total desconocido para ti. Podría estar llevándote a tu perdición por lo que sabes".

Leontios sonrió. Parecía un poco engreído. "Me llamaste, Violeta. Me convocaste de mi largo sueño. No habrías podido hacerlo si tus intenciones fueran malas. Ningún amigo de mis enemigos podría haberme convocado".

"Pero no quise convocarte", le recordó ella. "Ni siquiera sé exactamente qué significa eso. Tal vez si hubiera tenido tiempo de leer más de lo que había en tu libro... era tu libro, ¿no?"

Leontios volvió a sonreír. "Sí, seguramente. Así es como me invocaste. Me llamaste por mi nombre, con el corazón abierto y la intención pura. Pronunciaste el conjuro del sol y la luna. Si hubieras leído más de mi libro, habrías aprendido mucho sobre esas cosas".

"Lamentablemente, esa oportunidad se ha perdido".

Le mostró las cejas confundidas.

"No lo encontré. Dejamos el tren a toda prisa, como recordarás".

"No te preocupes por eso", instó Leontios. "Sé todo lo que hay. Estoy feliz de compartirlo".

"Agradezco la oferta", dijo Violeta con tristeza. "Sin embargo, el libro era *mío*. Mi compañero constante durante muchos años. Sus secretos no eran lo único que me importaba. Lo echaré de menos mucho antes de que vuelvas al lugar de donde viniste".

Leontios agarró el brazo de Violeta, volviéndola hacia él. La miró profundamente a los ojos, con una expresión considerada. "Hay muchas cosas que no entiendes, Violeta Warren", dijo solemnemente.

"Entonces tenemos eso en común", respondió ella.

"Efectivamente. ¿Puedo hacerle una pregunta?"

"Usted ha sido constante a lo largo. ¿Esta pregunta es diferente?"

No abordó su ocurrencia. "¿La luna te hace sentir más vivo?"

Esto estaba tan lejos de la línea de pensamiento que Violeta esperaba, que casi se atragantó. Sin saber qué decir, se adelantó varios pasos y su inesperado compañero trotó a su lado. "No tengo ni idea", dijo por fin. "Mis oportunidades de estar a la luz de la luna sin que alguien me parlotee han sido limitadas. ¿Por qué lo preguntas?"

"¿Te han restringido de la luna? ¿Por qué?"

"No es seguro, por supuesto", dijo. "Como mujer (una mujer joven y, si me atrevo a decir, bastante atractiva) estar sola por la noche, incluso sólo para admirar la luna, no es aconsejable".

Una vez más, Leontios se mostró atónito. "¿Qué no es seguro?"

"Salir de noche solo. Leontios, ¿en qué clase de sociedad vives que no sabes esto? Odiaría pensar que eres uno de esos tipos de hombres que no creen que los problemas de los demás existen, sólo porque no los ve". *¿Pero por qué odiarías eso? se* preguntó ella. *No conoces a este hombre. Ni siquiera es de tu cultura o* *de algo remotamente parecido. Difícilmente podéis esperar significar algo más para el otro que este momento de ayuda pasajera.*

"Es mi deber", le dijo solemnemente, "estar al tanto de los problemas de los demás. Mi papel como sacerdote no es simplemente comulgar con los dioses. También debo proporcionar liderazgo espiritual a mi pueblo, lo pidan o no. Debo ser consciente de las corrientes subterráneas, los problemas, los miedos. Cualquier cosa que impida a la gente ser feliz y productiva". Hizo una pausa.

A Violeta se le ocurrió otro pensamiento. "¿Sus mujeres tienen que permanecer en el interior entonces? He oído que esa regla se aplica en algunos lugares. No pueden salir del recinto familiar sin permiso, y cuando salen, deben ir muy cubiertas. ¿Es eso?"

Sacudió la cabeza. "Nada de eso. Violeta Warren, ¿qué temes que ocurra a altas horas de la noche?"

"La violación, por ejemplo", le dijo sin rodeos. "Los hombres que encuentran mujeres solas por la noche suelen sentirse disponibles, tanto si la mujer en cuestión está de acuerdo como si no. También hay una gran preocupación por la castidad de las mujeres. Que si están sin supervisión, podrían sucumbir a un seductor y perder su virtud... Pareces perdido de nuevo".

"No entiendo mucho de lo que dices, pero creo que no me gusta tu mundo", dijo finalmente.

Violeta abrió la boca para hacer más preguntas cuando un sonido a su derecha los alertó a ambos.

Ambos se dejaron caer, escondiéndose detrás de una conveniente mata de arbustos.

"¿Qué ha sido eso?", susurró, con los labios cerca del oído de su extraña compañera.

"Podría ser un chacal", murmuró, "pero no lo creo. Creo que es un hombre".

Ella sabía a qué se refería. Por alguna razón, el luchador por la libertad que habían visto reprendido en el tren estaba ahí fuera, en algún lugar, todavía acechándolos. Había abandonado a su grupo y había ido tras ellos por razones propias. "¿Qué debemos hacer?", susurró.

Leontios hizo un gesto con la mano, instando al silencio. Momentos después, algo pasó silbando por encima de sus cabezas.

"Maldita sea", susurró Violeta, notando que la luz de la luna destellaba en las partes metálicas de un rifle lejano.

"¿Su misteriosa bolsa oculta un arma?"

"Sí la tiene", admitió, metiendo la mano en el interior para acariciar con un dedo la suave incrustación de conchas marinas, "pero una pobre. Tendría que estar mucho más cerca para utilizarla, y sólo tiene capacidad para dos disparos. Deberíamos guardarla hasta que sepamos que no se va a desperdiciar".

La mirada confusa de Leontios lo decía todo, pero siguió adelante, pareciendo confiar en su juicio. "Sea lo que sea lo que le haya molestado a esta persona", respiró Leontios, "no se ha rendido. Intentemos una estrategia más adaptable. ¿Estás seguro de que no puedes canalizar la energía lunar?"

"¿Cómo?" Violeta susurró en respuesta. "¿Cómo va a ayudar eso?"

"Si puedes llamar a las nubes a través de la luna, puedes ocultarnos de nuestro enemigo. Cierra los ojos".

Aunque le cortaron uno de sus sentidos mientras un enemigo invisible con un arma les disparaba, algo en Leontios la hizo dudar en discutir. Dejó caer sus párpados.

"Piensa en la luna. Siente su luz. El suave calor. El brillo dorado. Imagina su rostro escarpado. La luna es una mujer, como tú. Tu vientre se llena y se vacía como ella. Tus sentimientos suben y bajan con los de ella".

Aunque las groseras referencias hicieron que la cara de Violeta se encendiera, las imágenes la obligaron. Podía sentir cómo su credulidad se abría... se abría... un calor dorado la inundaba.

"La luna es nuestra salvadora... y nuestra traidora. Su luz nos hace visibles, al igual que nos reveló a nuestro enemigo. Llama a una nube para que cubra la luz. Llama a los elementos y tráelos en nuestra ayuda. No deseamos ningún daño a nuestro enemigo. Sólo deseamos escapar desapercibidos, como una cierva en el desierto. ¿Sientes eso, Violeta Warren?"

"Me siento", respiró ella.

La calidad de la oscuridad cambió detrás de sus párpados. Violeta abrió los ojos. Las nubes se habían deslizado sobre la luna, bloqueando su luz.

"Bien hecho", dijo su compañera. "¿Puedes moverte en silencio, Violeta?"

"Puedo intentarlo", respondió ella, mirando sus zapatos con duda. Aunque habían sido seleccionadas para caminar por terrenos irregulares, las botas carecían de sutileza... y de suela de goma. *Menos mal que es arena y no maleza.* Entonces maldijo mentalmente cuando sus pies crujieron suavemente sobre la superficie que cedía.

Agachada, siguió a Leontios a varios pasos de las vías del tren hacia el interior del bosque, donde los arbustos ocultaban la vista de su paradero. Desde allí, él la condujo por un camino zigzagueante de arbusto en arbusto, siempre con el objetivo evidente de ocultarse, hasta que pasó casi una hora y se quedaron respirando lentamente detrás de una colina baja.

"¿Crees que lo hemos perdido?" Preguntó Violeta en un susurro.

"No lo sé", respondió Leontios con sinceridad. "Quizá sea mejor que sigamos avanzando".

"¿Estás seguro de que nos movemos en la dirección correcta? Dijiste que no reconocías la zona. ¿Ha cambiado eso?"

"No lo ha hecho", respondió. "Sin embargo, puedo sentir esos rieles que me dijo su... ¿tren? Sí, el tren debe seguir. No puedo verlos en la oscuridad, pero irradian el calor del sol".

Violeta miró con recelo, pero no era ni mucho menos lo más extraño que había experimentado hasta el momento. *Cuando anhelaba la aventura, no me refería a esto.*

Siguieron adelante y, poco a poco, Violeta se dio cuenta de

que probablemente no estaba soñando. *Había pasado demasiado tiempo. Demasiadas sensaciones físicas. Demasiada conciencia del paso del tiempo. Todavía es posible que me hayan dejado inconsciente y que esté teniendo un sueño muy elaborado, pero esto empieza a parecer poco probable. Entonces, ¿a dónde me lleva esto?* "Leontios", susurró.

"¿Sí, Violeta Warren?", contestó en un tono bajo que le hizo sentir un cosquilleo en la columna vertebral.

"Eres real, ¿verdad? ¿No estoy teniendo una alucinación?"

"No sé lo que significa", respondió, "aunque puedo suponer que es algún tipo de visión no deseada. Sí, soy real, aunque le recomiendo que no se asuste".

"No creo que lo haga", respondió ella. "Al menos, todavía no. Estoy demasiado ocupada tratando de alejarme de este pistolero enloquecido y hacia la ayuda. Puede que luego me derrumbe. El tiempo lo dirá".

"Un plan sensato", estuvo de acuerdo. "Tal vez deberíamos hablar menos. Si alguien se arrastra detrás de nosotros, sería fácil seguir nuestros susurros".

Violeta asintió.

Leontios se alejó sigilosamente, agachado, con sus botas de cuero silenciosas sobre la arena.

Es increíble que un hombre adulto (no es que sea inusualmente grande, sino que tiene el tamaño de un hombre) se mueva tan silenciosamente. A pesar de ser más pequeña y delgada, Violeta no pudo evitar hacer crujir la arena y romper las ramas. Cada sonido suave provocaba una maldición interna de Violeta mientras avanzaba a trompicones.

Poco después, llegaron al final de cualquier cobertura visible.

"Maldita sea", respiró Violeta, agachándose bajo el último arbusto disponible.

"Efectivamente", coincidió Leontios, cayendo a la arena junto a ella. "¿Qué haremos ahora, Violeta Warren?"

"Ojalá lo supiera", susurró. "Me siento bastante atrapada. Si corremos y ese idiota está detrás de nosotros, nos convertimos en objetivos fáciles, y no veo ningún lugar donde esconderse. Si nos quedamos, tiene todo el tiempo del mundo para acercarse a nosotros. Estamos atrapados".

La tenue luz de la luna que se filtraba entre las nubes iluminó el ceño de Leontios. "No me gusta sentirme atrapado".

Violeta apoyó la frente en un brazo. El cansancio la acosaba, mientras el miedo mantenía su cansado corazón bombeando. La combinación le provocaba náuseas. Sintió una náusea persistente en el fondo de su garganta.

Algo cálido se posó en su espalda. Miró por encima del hombro.

Los ojos oscuros de Leontios se clavaron en los suyos, preocupados y amables.

Ella le sonrió con desgana. "Me alegro de haberte conocido", murmuró, "aunque haya sido por tan poco tiempo".

"No pierdas la esperanza, Violeta", dijo suavemente. "Todavía podemos prevalecer. ¿Cuál es la naturaleza de esta arma?"

"Es un rifle", dijo.

Su rostro adoptó esa expresión de desconcierto que ella ya había visto tantas veces.

Abrió la boca para tratar de explicarse y luego la volvió a cerrar, sin estar segura de qué terreno común tenían para construir, y mucho menos de cómo describir algo cuyos mecanismos internos no comprendía del todo.

"Muéstrame", instó, extendiendo una mano.

Violeta tragó saliva. "La última vez que te «enseñé» algo, me dolió mucho", le recordó.

"Eso era todo un lenguaje", respondió. "Un concepto no debería picar más fuerte que una mosca de la arena".

Vacilante, puso su mano en la de él. La cálida palma de la mano de él, humedecida con una tenue mancha de sudor, se sintió como la vida misma en ella. Irradiaba por su brazo, por sus pechos y calmaba su pulso acelerado hasta convertirlo en un golpe lento y constante. Sus pulmones se expandieron cuando el aire iluminado por el sol (desafiando a la luz de la luna) llenó su vientre. Un cosquilleo cobró vida y se extendió hacia abajo, despertando partes de ella que nadie había tocado nunca. Por un momento, se sintió viva, realmente viva, por primera vez.

El escozor en las yemas de los dedos apenas se registraba por encima del calor que palpitaba en su interior.

Entonces, el tentador calor se retiró de su piel. "Ya veo", susurró Leontios. "Es un problema grave. Sin embargo, no debería ser insuperable. No se trata de una lluvia de flechas ni de un ejército de lanzas. Es un hombre con un solo proyectil. Problemático pero limitado".

"¿Qué quieres decir?", siseó ella. "¡No tiene que acercarse para matarnos! Yo..." lo que iba a decir a continuación se desvaneció. Violeta juntó las cejas y escuchó un extraño estruendo, un zumbido irregular que provenía del lejano horizonte en la dirección a la que se dirigían.

"¿Qué es?" preguntó Leontios.

Sin reflexionar más, Violeta se puso en pie y echó a correr.

CAPÍTULO 7

*E*l corazón de Violeta latía más fuerte que nunca. Su respiración rugía en su ardiente pecho. La irresistible calidez que Leontios había generado en ella se evaporó como el rocío al sol, suplantada por una floreciente excitación.

"¡Ayúdanos!", gritó en inglés.

Una explosión sonó detrás de ella, y esquivó hacia la izquierda.

"¡Ayuda! ¡Ayuda!"

Un grito respondió. "¿Quién va allí?"

"¡Ayúdennos!", gritó y luego se tiró a la arena.

A lo lejos, el rifle volvió a disparar.

Leontios se abalanzó sobre la espalda de Violeta, cubriéndola con su cuerpo. La bala pasó zumbando por encima de sus cabezas.

"Gracias", murmuró.

"¿A quién llamas, Violeta Warren?" Preguntó Leontios, ignorando la cortesía, "¿y cómo sabes que es un amigo?".

"Puedo oírlos. Están hablando en inglés. Inglés *británico*. Estas son las personas que estamos buscando".

"Interesante", dijo Leontios con indiferencia, levantando a Violeta y tomándole la mano. "Espero que tengas razón. Sin embargo, nuestro enemigo se está acercando. Deberíamos retirarnos". Comenzó a correr hacia adelante, esquivando a la derecha y luego a la izquierda, aparentemente al azar, arrastrando a Violeta con él. Aunque no tenía las piernas demasiado largas, su velocidad explosiva la hacía tropezar para seguirle el ritmo.

El cañón volvió a disparar, y un proyectil entró zumbando en el espacio en el que habían estado un momento antes, justo cuando una manada de soldados montados se precipitó sobre una colina lejana. Las nubes se abrieron y la luz de la luna brilló sobre la piel clara y el cabello pálido de los europeos con uniformes color canela y cascos con cúpula.

"¡Ayúdenme!" Violeta gritó, corriendo directamente hacia los caballos.

"¡Dios mío!", oyó exclamar a uno de los soldados. El rebote de los animales hizo invisible al interlocutor, pero su bienvenido acento británico llegó a sus oídos a través del aire seco y quieto. "¡Esa mujer! Nos necesita".

Leontios tiró de Violeta hacia un lado mientras otra bala estallaba en el espacio que ella acababa de ocupar.

"¡Cuidado!" otro grito sonó desde el caballo. "La tiene".

Los soldados se acercaron y se detuvieron. Los hombres saltaron al suelo y apuntaron con sus armas a Leontios.

"¡Para!" Violeta gritó. "Él no. Él está conmigo. ¡Alguien nos persigue!"

"¿Dices que estás 'con' este egipcio?", le reclamó el hombre más cercano a ella, un rubio con los dientes delanteros torcidos.

"*No* soy egipcio", gruñó Leontios.

"No, no", dijo Violeta. "Escucha, él está bien. Es... es el criado de mi padre. Es... mexicano. Puede ser difícil de decir. Tienes que lidiar con el egipcio que nos está *disparando*. Te explicaré el resto más tarde".

"Como desea la señora". El joven se inclinó el sombrero y disparó un tiro de advertencia. "Tú allí. Desaparece. Tienes una oportunidad de desaparecer o de probar el plomo".

Se hizo el silencio. La propia noche parecía estar considerando sus opciones. A su lado, en una respiración apenas audible, Leontios murmuró palabras que ella sintió que casi podía entender. Casi sin pensarlo, Violeta se acercó de nuevo a la noche. Las nubes se cerraron, espesas y pesadas, oscureciendo la vista.

"¿Qué va a ser, amigo?", desafió el soldado. "Somos muchos y tú sólo uno. ¿Quieres probar suerte?"

Los pasos crujieron ostentosamente mientras la amenaza invisible se retiraba.

Violeta se hundió, apoyándose en Leontios.

"Está bien, señorita. Se ha ido. Ahora, ¿qué tienes que decir por ti misma? ¿Qué hace una chica americana sola en el desierto egipcio con un sirviente 'mexicano', perseguida por un maníaco con rifles?"

"Lo sé, lo sé". Violeta respiró profundamente. "Mi nombre es Violeta Warren. Mi padre y yo... y Leo aquí, por supuesto, bueno veníamos a ver El Cairo. Mi padre es un magnate del acero. Tenemos la afición de aventurarnos por los lugares antiguos del mundo. Con la guerra terminada, nos decidimos por Egipto, y..."

"¿Señorita... eh, señorita?", interrumpió el hombre.

Violeta se quedó sin palabras.

"No estoy comentando la conveniencia de venir a un país que todavía está experimentando... disturbios (por no hablar de la enfermedad) pero... ¿qué hacías corriendo por la noche a solas con... él?" Señaló con su rifle.

"Nuestro tren fue atacado. Leo me ayudó a escapar. Íbamos a El Cairo a buscar ayuda".

"¿Estabas en el tren?"

Ella asintió. "Parecía que alguien estaba decidido a que no escapáramos". Se mordió el labio. "¿Lo sabías?"

"Sabíamos que no llegó como estaba previsto. Con todos los disturbios, era más probable que fuera un ataque que un descarrilamiento. Pero, ¿qué es esto, ahora, señorita? No hay necesidad de alterarse. Nosotros la cuidaremos. Estás a salvo".

"Es..." La voz de Violeta vaciló y se apoyó más en Leontios. Él le agarró el codo, el calor de su mano se hundió en la manga de su blusa y le hizo sentir un cosquilleo en el brazo. "Es mi... mi padre", balbuceó ella. "No se ha bajado del tren. No es un hombre joven y estoy preocupada por él". Se moqueó, un sollozo se ahogó en su garganta.

"Ya está, ya está". El soldado rebuscó en su bolsa y sacó un pañuelo, extendiéndolo a Violeta.

Ella rechazó la oferta. *¿El pañuelo de gripe de otra persona? Asqueroso. Creo que no.* "Estoy bien. Lloraré más tarde. ¿Qué hacemos ahora?"

"Usted y su... y este compañero se dirigirán a El Cairo, Srta. Warren. Enviaremos un par de hombres para protegerla de su... amigo allí. Gracias por avisarnos del ataque. No estábamos seguros, pero ahora, estaremos preparados".

"¿Y mi padre?"

"Llevaremos a cualquier superviviente a El Cairo. Sugiero que se alojen en el Hotel Shepheard. Nos facilitará dirigirlo hacia usted. Yo mismo te buscaré cuando vuelva de esta... pequeña misión y te lo haré saber".

"Se lo agradezco". Violeta le tendió una mano y él la tomó, mirándola fijamente, como si se preguntara si debía estrecharla o besarla. Violeta tomó la decisión por él, dando un fuerte golpe y luego deslizando suavemente sus dedos fuera de su agarre.

"¡Enis, Bilbrey!", gritó el oficial, "lleven a la Srta. Warren a El Cairo. Asegúrense de que encuentre el camino al hotel".

"Por aquí, señorita Warren", llamó un hombre cerca de la parte trasera del grupo.

Violeta intentó dar un paso adelante, pero se tambaleó.

"Tenga cuidado, señorita Warren", dijo Leontios mientras su suave agarre en el brazo de ella se hacía más firme. "Ha pasado por un momento difícil. Déjeme ayudarla". Tomó más de su peso sobre sí mismo y la acompañó entre los caballos.

Uno de ellos se acercó a él con un gruñido, y él se apartó de él, lo que le hizo acercarse demasiado a otra montura asustadiza, que daba zarpazos en la tierra. Se quedó helado.

"Tranquila", murmuró Violeta, sin querer avergonzarlo. Sintiéndose más fuerte, se alejó un paso de Leontios, deslizando su mano en la de él para guiarlo, enhebrando un camino entre los inquietos caballos.

"No tenemos ninguna montura extra, señora", dijo el soldado con tristeza. "Puede quedarse con la mía si cree que puede manejarla, pero su hombre tendrá que ir a pie".

"Estaré bien a pie", dijo Leontios con solemnidad, pero Violeta pudo sentir un débil escalofrío recorriendo su brazo.

"Sinceramente, no soy una buena jinete", dijo Violeta. "No me siento cómoda con estos caballos de guerra. ¿Tenemos que ir lejos?"

"Unos tres kilómetros", respondió el hombre.

Ella asintió. "Puedo hacerlo".

Los dos hombres se bajaron de sus monturas. "Por aquí entonces", dijo el segundo hombre, el de pelo oscuro.

El resto de los hombres comenzaron a alejarse al trote mientras Violeta, Leontios y sus escoltas se alejaban hacia el sur, donde ahora sabía que estaba El Cairo.

"Debemos estar cerca de las afueras si sólo hay tres kilómetros de camino hasta el hotel", comentó.

"Sí", gruñó el moreno.

"¿Cuál eres tú?", le preguntó ella.

"Es Ennis", contestó el rubio y luego murmuró en voz baja: "El testarudo Scott".

Ennis frunció el ceño ante la burla.

"Tú debes ser Bilbrey", adivinó Violeta.

"En efecto. Horace Carter Bilbrey el tercero, a su servicio". Se quitó el sombrero y se inclinó. Su caballo, incómodo con el movimiento, resopló una advertencia, lo que hizo que Leontios se detuviera repentinamente.

"¡Dios mío!" Violeta cubrió el incómodo momento con una

exclamación de niña. "Es un nombre muy poderoso. ¿Qué hace un caballero como usted en el ejército?"

Sonrió, colocándose el sombrero en la cabeza. "El nombre es más poderoso que la familia, me temo. No sólo mi padre es un nobilísimo carnicero, sino que somos nueve. Era el ejército o barrer pedazos innombrables todo el día. Al menos, así puedo ver el mundo".

"Ah", respondió Violeta. Dio un paso adelante, tirando suavemente de la mano de Leontios. Él se puso en movimiento a trompicones, pero pronto se puso al día con un ritmo suave.

Al sentir los ojos sobre ella, Violeta escudriñó a sus compañeros y encontró a Ennis mirándola, o más bien a su mano, donde se aferraba a la de Leontios. La soltó bruscamente.

"¿De dónde viene, señorita?" preguntó Bilbrey.

"Pittsburgh", contestó ella distraídamente, entablando una conversación ociosa sin más motivo que el de pasar el tiempo. "¿Has estado alguna vez en Estados Unidos?"

"Nunca lo he hecho", respondió. "Nunca he sentido la necesidad. No tenía ni idea de que hubiera señoras tan encantadoras allí. Quizás debería replantearme mi postura".

Violeta se sonrojó ante el cumplido. Se le ocurrió lo joven que era el coqueto soldado, probablemente casi una década más joven que ella, y su rubor se hizo más intenso.

"¿Qué te trajo hasta Egipto?" Bilbrey continuó. "¿Fue, como dijiste, sólo unas vacaciones?"

"Exactamente", respondió Violeta.

"Tomar unas vacaciones en el corazón de los disturbios civiles y la enfermedad no es quizás la decisión más sabia". Su voz adoptó un tono condescendiente, como si le hablara a un niño.

Violeta apretó los dientes.

"¿Disturbios civiles?" Preguntó Leontios. "Me parece más bien una invasión. Está claro que tu gente no es de aquí. ¿Son conquistadores?" Bajo la superficie de la pregunta, Violeta casi podía oír los engranajes que giraban en la mente de Leontios.

"¿Qué te importa?" Ennis se quebró.

"La joven está a mi cargo", respondió Leontios. "Me tomo muy en serio su seguridad. Los luchadores por la libertad, aquellos que buscan liberar su tierra de invasores hostiles, son difíciles de detener".

"No son más que una chusma del desierto", dijo Bilbrey, endureciendo su tono ligero. "No tendrán ninguna oportunidad".

"Los malditos egipcios no saben lo que es mejor para ellos", murmuró Ennis. "No se dan cuenta de lo mucho que queremos ayudarles".

"Para responder a tu pregunta, Leo", dijo Violeta alegremente, casi piando como un pájaro, "los británicos son *grandes* conquistadores. Han dejado el sello de su imperio en *muchos lugares*. Este es uno de ellos. Dice el refrán que el sol nunca se pone en el imperio británico". Miró a Leontios y vio que una vez más le faltaba contexto para entender el comentario, así que se volvió hacia Ennis y Bilbrey. "Señores, no olviden lo vasto que es el océano. No me enteré de los disturbios y esperaba que la presencia británica en Egipto hiciera más seguras nuestras vacaciones. También escuché que la gripe estaba disminuyendo en esta parte del mundo. Supongo que lo entendí mal. Espero que podamos recuperar a mi padre y que esté ileso". Su voz vaciló. Aunque no era del todo fingida, exageró la reacción, llevando a los hombres a un territorio de pensamientos cómodos. De alguna manera, parecía muy importante que no se dieran cuenta de demasiado sobre ella.

Cuando las primeras estructuras de las afueras de El Cairo aparecieron en el horizonte, Violeta cayó en un cómodo patrón de conversación ligera con Bilbrey, distrayéndolo con una rutina de cabeza de pluma que había perfeccionado hace tiempo en las numerosas obligaciones sociales de su padre. Le avergonzaba un poco hacer tal acto delante de Leontios, pero mantenía a Bilbrey ocupado y evitaba las preguntas de sondeo que ella no sabía cómo responder.

Cuando el sol comenzó a brillar tras los edificios de El Cairo, llegaron a su destino. Una estructura de cuatro pisos de color canela con una fachada plana y el nombre, Hotel Shepheard, colocado sobre el tejado en un marco de alambre.

"¿Podrá permitirse una habitación por unos días, señora?" preguntó Bilbrey. "Yo no tengo mucho, pero puedo preguntar por ahí".

"Puedo arreglármelas", le aseguró Violeta, pensando en los billetes que llevaba en el bolso. "Gracias, señor. Le agradezco su ayuda. ¿Aquí es donde su gente traerá a mi padre?"

"Si está vivo", dijo Ennis.

A Violeta le falló la voz por fin. Con una inclinación de cabeza hacia Bilbrey, se agarró al codo de Leontios y subió inestablemente las escaleras y entró en el hotel.

CAPÍTULO 8

Un delicioso aroma surgió de la mesa con faldas blancas. A Violeta le rugió el estómago. Sumergió su cuchara en la sopa y tomó un sorbo. La carne de cordero y las verduras con una fuerte dosis de especias bailaron en su lengua.

Arrancó un trozo de pan con los dientes y se arrepintió inmediatamente. Se le apretó el estómago.

"Es un poco temprano para la sopa, ¿no?" Bilbrey, ahora vestido con un pantalón y una camisa blanca lisa en lugar de un uniforme, se dejó caer en un asiento frente a Violeta.

Frunció el ceño. A la luz del día, parecía aún más joven que antes. "Quería algo sencillo", dijo. "Ayer tuve un día difícil, ¿recuerdas? Todavía me siento extraña".

"No me extraña", respondió Bilbrey. "¿Estás aguantando bien las circunstancias? Lejos de casa y sin apoyo, debes estar aterrado".

Violeta frunció el ceño. Aunque no se equivocaba, algo en su expresión le decía que su oferta no era todo lo que parecía. Ella refunfuñó. "Estaré bien. Sobre todo, cuando tus hombres traigan a mi padre y, con suerte, mi equipaje. Soy una viajera experimentada. Tengo todo lo que necesito. Es sólo que está en el tren. No tengo nada que hacer más que esperar... e intentar comer algo y descansar". Reflexionó sobre si había algo más que quisiera decir, pero se dio cuenta de que mantener la conversación con ese joven tonto no le gustaba, así que dio otro mordisco al pan. Este se mantuvo bien, así que lo acompañó con unos cuantos bocados más de sopa.

En una corazonada, entrecerró los ojos ligeramente, dejando ver sus patas de gallo.

Los ojos de Bilbrey se abrieron de par en par. "Bueno, si estás seguro de que estás bien, avísame si necesitas... algo. Te veré más tarde". Se puso en pie de un salto y huyó.

Violeta sonrió en su plato. Luego su diversión se desvaneció al recordar cuánta bravuconería necesitaba para cubrir su disgusto.

Un movimiento en su visión periférica atrajo la atención de Violeta. Suspiró y cerró los ojos, disgustada por tener que rechazar de nuevo los avances de Bilbrey. *Seguramente ha decidido que estoy desesperada por "reconfortarme" y que puede superar su repugnancia por mi edad.*

"¿Te encuentras bien, Violeta Warren?"

Los ojos de Violeta se abrieron de golpe. Leontios estaba sentado ante ella.

"Por favor, llámame simplemente Violeta, Leontios", dijo cansada. "Y para responder a tu pregunta, no. No estoy nada bien. Recuerda que en las últimas doce horas me he visto envuelta en el ataque a un tren, me han separado de mi anciano padre, he marchado por el desierto y me han disparado varias veces. Estoy demasiado inquieto para dormir, así que pensé que comer sería una buena idea, pero tampoco va bien".

Alcanzó el otro lado de la mesa y le cogió la mano.

Se encontró con sus ojos. La calidez y la amabilidad que vio en ellos le robaron el aliento y sacaron a la superficie sollozos reprimidos durante mucho tiempo hasta que casi rompieron su contención.

"Has sido muy fuerte. No tienes que avergonzarte de haber tenido finalmente una reacción".

Violeta asintió. "¿Dónde has estado?", preguntó, cambiando de tema. "Si te han enviado a las dependencias del servicio, te pido disculpas. Era la única explicación que se me ocurría en este momento".

Leontios se encogió de hombros. "Supongo que es un cuarto de servicio, como dices. Hay muchas camas. La que me dieron es cómoda, aunque alta. Sólo puedo imaginar lo que se esconde debajo de ella. ¿Qué tienes ahí?"

"Una simple sopa. ¿Pido una para ti?"

"Eso sería muy apreciado. Hay muchas cosas que no entiendo de su mundo. Conseguir comida es una de esas cosas".

Violeta hizo un gesto al camarero y, unos minutos después, llegó la segunda comida. Leontios observó atentamente a Violeta y, con una torpeza, comenzó a llevarse a la boca las verduras y el caldo. "Qué rico", dijo.

"¿Qué has estado haciendo?", preguntó.

"No hice nada", respondió. "Me senté en la cama durante un tiempo y luego vine a buscarte. No estaba seguro de qué otra cosa podía hacer. Recuerda que esta no es mi tierra".

"Ni la mía", coincidió Violeta. "Estoy lejos de casa. Espero no cometer ningún paso en falso, pero las probabilidades están en mi contra. A mi favor, puedo disculparme en árabe si lo necesito".

Leontios levantó una ceja.

"No entiendo cómo se puede vivir junto a los egipcios, incluso ser invadidos por ellos, y aun así saber tan poco de ellos que ni siquiera se habla o *conoce* su idioma".

"Pronto, Violeta War... Violeta, tendrás que aceptar algunas realidades incómodas sobre mí".

Cerró los ojos y tomó un sorbo de sopa.

"¿O todavía cree que sufre una lesión en la cabeza?"

Sacudió la cabeza. "Esa creencia ya no es del todo... creíble. Me doy cuenta de que tú y yo tenemos que hablar sobre quién eres y por qué estás aquí".

Abrió la boca, pero ella se precipitó.

"Sé que eres Leontios, hermano del Príncipe de Skeon, sumo sacerdote del sol, y que estás aquí porque te he llamado. Sinceramente, no tengo ni idea de lo que significa nada de eso".

"Esto llevará tiempo... y pondrá a prueba su credulidad. ¿Estás seguro de que quieres empezar esta conversación ahora?"

"¿Por qué no?" Violeta dio un mordisco a su pan. "No tengo nada más que hacer hasta que nuestros estimados amigos vuelvan de su misión de retomar el tren".

"Oh." Leontios volvió su atención a su almuerzo. Sus intensos ojos se alejaron.

"¿Qué significa ese 'oh'?" Preguntó Violeta. "Hay algo más, creo".

"Te vi hablando con ese joven guerrero. Pensé que preferirías pasar más tiempo con él".

"Oh, Dios mío". Violeta puso los ojos en blanco. "Leontios, es demasiado joven para mí. Demasiado tonto también".

Leontios sonrió. "A algunas mujeres les atraen los jóvenes tontos".

"Algunos hombres cuentan con ello", replicó Violeta, "incluido mi padre. Yo, sin embargo, no soy de esa clase".

"Me alegro de oírlo, Violeta Warren.... Violeta. ¿O debería decir Srta. Warren?"

"Esa sería la dirección más correcta, sí", aceptó. "¿Cómo diablos se te ocurrió eso?"

"Observé a los guerreros. Dado que, como ambos hemos dicho, somos extranjeros aquí, tomé nota de muchas cosas. Una de ellas fue cómo se dirigieron a usted. Explique, por favor, lo que la señorita significa, lo que Violeta y Warren son".

Violeta sonrió. "Violeta es mi nombre personal. Warren es mi nombre de familia, similar a la referencia que haces a tu hermano en tu título. ¿No he explicado esto antes?"

Leontios asintió. "Puedo asimilar mejor la explicación en este lugar seguro y tranquilo".

Al ver que se inclinaba hacia delante con evidente interés en su rostro, Violeta continuó. "«Señorita» es un término descriptivo. Significa que soy una mujer soltera. «Mister» se referiría a un hombre y «Señora» a una mujer casada".

"Ah. ¿Por qué su gente diferencia a las mujeres por la presencia de un cónyuge y no a los hombres?"

Violeta reflexionó mientras tomaba un sorbo de vino. "Sabes, no lo sé. Es sólo la forma en que se hace".

"La tradición", aceptó. "A veces, cuando ha pasado mucho tiempo, se puede perder el significado".

"¿Supongo entonces que, en su país, ni la dirección de una mujer ni la de un hombre indican si la persona está casada?"

"No, naturalmente que no. Sólo un pequeño número de personas se casa. Es una práctica reservada sólo a los miembros más importantes de la sociedad. Los plebeyos no se casan".

Violeta bajó las cejas. "Entonces no debes ser musulmán".

"No sé qué significa eso".

Violeta inhaló bruscamente y aspiró una miga de pan en su garganta. Comenzó a toser. Con la esperanza de eliminar el bocado ofensivo, cogió su vaso y bebió un sorbo, olvidando que contenía vino. El fuerte escozor en la garganta sólo la hizo toser más.

"¿Señorita?", le dijo una voz desconocida en inglés con acento árabe en su codo.

Se giró y parpadeó con los ojos llorosos ante un joven camarero que le tendió un vaso de agua. Lo cogió sin miramientos y se lo tragó.

"Gracias", dijo rasposamente.

El hombre asintió y se alejó. Los ojos de Violeta lo siguieron.

"Supongo", dijo Leontios secamente, "que no esperabas esta declaración".

"No lo hice", respondió Violeta, con la voz ronca y los ojos todavía llorosos. "¿Qué diablos puede significar que hayas vivido junto a Egipto y no sólo no reconozcas su idioma, sino que su religión principal te sea totalmente ajena? Pero dijiste que solías adorar con ellos. Explícate".

"Sólo puedo asumir que Egipto ha cambiado enormemente. ¿Dices que esta es la capital?"

Violeta bajó la barbilla y asintió con brusquedad.

"¿Y que esta gente es egipcia?"

"Por supuesto que sí. ¿Por qué haces esas preguntas?"

"Porque no los reconozco. No se parecen a los egipcios, ni suenan como ellos, ni se visten como ellos. Lo que dices sobre su lengua y religión no se parece a nada de lo que conozco sobre nuestros enemigos. Una vez fueron nuestros amigos, y yo conocía bien su lengua y sus costumbres. Nuestras religiones tenían muchos puntos en común. Esto sólo puede significar que ha pasado mucho tiempo mientras yo estaba insensible".

"¿Insensible?"

"Violeta, eres inteligente, pero temes la verdad. Quizá nuestra huida nocturna te distrajo demasiado para *pensar*. ¿Se te ha ocurrido preguntarte a dónde fue tu libro, por qué no pudiste encontrarlo cuando saliste del... del tren? ¿Por qué llamaste el nombre del libro e invocaste el hechizo con la intención de conocerme, y yo aparecí?"

"¿Vas a decir que es mágico?", exigió en tono sombrío.

"Por supuesto. Me invocaste usando los hechizos de mi libro de hechizos".

Violeta entrecerró los ojos a Leontios. "¿Te he llamado leyendo el libro? ¿Dónde estabas entonces?"

"Violeta", dijo, con voz suave e intensa, "*soy* el libro".

Violeta se llevó la sopa a la boca y tragó sin probarla. Ningún pensamiento se agolpó en su normalmente ocupada mente. Nada coherente de todos modos. Las sensaciones físicas arreciaban. Sentía la cara caliente. Un extraño zumbido sonaba en sus oídos. Su vientre rebotaba como si hubiera subido a un barco. Pero los pensamientos de tipo real dejaron de existir. Los largos momentos se prolongaron mientras miraba su cuenco, examinando cada trozo de comida que flotaba en el caldo.

"¿No vas a decir nada entonces?" preguntó Leontios largamente.

"Nada", aceptó Violeta. "¿Qué diablos podría decir a algo así? Cómete la sopa".

Afortunadamente, lo hizo.

Con cada bocado, las palabras (la bomba que acababa de lanzar a la conversación) intentaban salir a flote. No necesitó ningún esfuerzo para apartarlas. Una placa de acero mental se había cerrado de golpe, y las extrañas palabras rebotaban en ella una y otra vez, pero cada reverberación rebotaba con el impacto de un gong.

Para cuando terminó de comer, el constante golpeteo de las palabras de Leontios contra su conciencia había drenado lo último de su energía nerviosa. "Voy a acostarme", dijo con dificultad. "Tal vez deberías hacer lo mismo".

Sin decir nada más, sin mirar atrás, se dirigió a las escaleras y subió. Con cada piso, el calor aumentaba hasta que el sudor se acumulaba en su frente, pero no le dio importancia. Se sentía adormecida, tan adormecida que se preguntaba si volvería a sentir algo, como si el último golpe no sólo la hubiera sacudido. Había matado algo en su alma. Entró a trompicones en su habitación mal ventilada y se desplomó en la cama. Sus torpes dedos tantearon los cordones de las botas, pero al final se las quitó de los pies. Se dejó caer sobre la almohada. La inconsciencia la arrastró en un instante.

Por supuesto, la ajetreada mente de Violeta no se detuvo sólo porque su cuerpo se hubiera rendido. Mientras dormía, soñaba. Sueños extraños de un tiempo y un lugar que no entendía, pero en su sueño, nada parecía extraño. Se sentía como en casa de una manera que nada lo había hecho en toda su vida. Y cuando se despertó, una sensación de calma y paz le invadió. Mientras su mente consciente se preocupaba por su padre, algo más profundo que el pensamiento, más profundo que la conciencia, parecía surgir desde lo más profundo de su ser.

Se levantó de la cama, se estiró, echó una sola mirada a la calurosa y sencilla habitación en la que había aceptado quedarse hasta la llegada del ejército y los cautivos, y se dirigió a un pequeño soporte a los pies de la cama. Allí encontró, como era de esperar, una jarra de agua tibia, que vertió en un gran cuenco de porcelana, salpicándose la cara y el cuello. Aunque el agua le quitó algunas de las sensaciones de sudor de la siesta, no hizo nada para romper su letargo. Se ató las botas, dejando los cordones colgando.

Flotando más que caminando, salió de la habitación del hotel, cerró la puerta sin mucha atención y dejó caer la llave en su bolso. Aunque todavía no tenía pensamientos coherentes, bajó las escaleras, pasó por el restaurante del hotel y salió a la calle. No tenía ningún destino en particular, pero sus pies, al parecer, tenían un plan propio. La condujeron fuera del hotel hacia las calles densamente pobladas con una confianza injustificada en una mujer que nunca había estado allí y que sólo había estudiado algunos mapas. Recorrió el terreno con rapidez, ignorando a los vendedores ambulantes que se alineaban en las calles y que ofrecían de todo, desde papiros egipcios "auténticos" hechos con hojas de plátano pintadas en la última hora hasta fabulosas joyas de oro y plata, pasando por túnicas sueltas de algodón de colores vibrantes, hasta que se encontró en un pequeño zoco, con aroma a especias, donde de una tienda salían bocanadas de humo de tabaco. Dejó de moverse y giró en un lento círculo, preguntándose dónde había ido a parar.

"¿A dónde vamos, Violeta Warren?"

En su estado de extrema relajación, Violeta sólo sintió una leve sorpresa ante la inesperada aparición de Leontios. "No estoy segura", respondió. "Sabía que había un mercado cerca del hotel. Estaba en la lista de cosas que quería hacer mientras estaba aquí".

"Violeta Warren... Violeta. ¿Qué te ha pasado? No puedes

deambular por calles desconocidas en el calor del día. El sol es muy fuerte y el aire es demasiado caliente".

Violeta parpadeó, y por fin se dio cuenta del sudor que le corría por la frente.

"Sabes, lo sabías ayer, que el calor es demasiado para ti".

Violeta lo ignoró. Ignoró a la multitud que había en la calle, aunque se apretujaba por todos lados, con túnicas que la rozaban desde todas las direcciones. Sintió que algo la llamaba desde la distancia. A lo lejos, en el desierto, algo del sueño (que apenas recordaba) quería que acudiera a él.

"Violeta Warren, debemos volver al... al hotel. Ahora. No puedes vagar por este camino. Si te pierdes, no podré ayudarte. Yo tampoco conozco este lugar. Por favor, ven ahora". Leontios la cogió del brazo y la apartó de la apremiante escena.

Egipto. El Egipto real y vital latía *aquí* como un latido. Le recordó su sueño, el sueño que no podía recordar. *Había cosas antiguas allí, como las hay aquí. Y está vivo. Mucho ha cambiado. Se ha perdido mucho. Si los verdaderos egipcios antiguos aún caminaran por estas calles. Creo que les gustaría fumar. Eran un grupo de maleducados.*

Su agarre del brazo, aunque suave, seguía siendo inquebrantable mientras la conducía lejos de donde ella quería ir, mucho más adentro del zoco, en los misterios de lo que su amado Egipto se había convertido.

"Necesito... quiero..."

"Estás actuando de forma extraña", le informó solemnemente. "Creo que no estás del todo despierta. Quizás deberías volver a tu habitación y dormir más".

"Me conoces desde hace menos de un día", refunfuñó Violeta, malhumorada por haber sido frustrada. "¿Cómo sabes si estoy actuando de forma extraña?"

Leontios se detuvo y se giró para mirar su rostro. De alguna manera, la misma energía de lo que fuera en el desierto ardía en sus ojos.

Qué ojos más bonitos. Aunque cálidos y oscuros, también arden con un fuego desconocido. Este no es un hombre que ama el dinero. Su pasión es por algo más profundo. Suena en armonía conmigo. Violeta frunció ligeramente los labios, sólo parcialmente consciente de lo que estaba haciendo, de lo que estaba pidiendo. *Aquí todavía puedo sentir el corazón palpitante de mi amado Egipto. De lo antiguo. Late en Leontios. ¿Podría ser realmente lo que dijo? Casi puedo creerlo.*

"Te conozco, Violeta Warren. Me llamaste, ¿recuerdas? Tomé tu lengua de tu mano. Sé más de lo que crees. Estamos conectados, tú y yo. Así es como supe que dejaste el hotel. Puedo sentir que te alejas de mí. Y por eso sé que tú, que ayer sabías tanto sobre cómo moverte con seguridad por el desierto, de repente pareces un niño desconcertado".

Violeta cerró los ojos, sin asimilar en absoluto su significado. Se sentía tan atrapada en su presencia como en la presencia viva de Egipto mismo. Su voz y su mirada tenían tanta intensidad como un beso, pero no había aceptado la invitación. *¿Y por qué lo estoy invitando de todos modos? Ayer apareció de la nada. Dice ser un libro. Está loco, o al menos es muy extraño... extraño y convincente.* Sin quererlo, sus dedos se alzaron para trazar el tatuaje en su sien. "¿Qué significa?", preguntó ella.

"Es una invocación a nuestro dios, el sol", contestó despreocupado. "Por favor, Violeta, debemos volver al hotel ahora. Si deseas explorar, deberíamos hacerlo cuando el sol esté más bajo y el calor se disipe". La cogió de la mano y se dio la vuelta, caminando decididamente por donde habían venido. Esta vez, Violeta le siguió, dócil como un cordero.

Es mucho más que un hombre. Seguramente, no está loco, pero... es diferente. Alguna otra cosa que no puedo ubicar completamente... o entender. Él es todo lo que he deseado. Todo lo que deseo. Si realmente pudiera ser mi libro traído a la vida y enseñarme todos los secretos que pasé tantos años ponderando.

Leontios condujo a Violeta de vuelta al hotel y atravesó la puerta del comedor donde había tomado la sopa horas antes.

"Disculpe", dijo, haciendo un gesto a un camarero que se apresuraba. El joven se acercó. "Esta joven es una invitada de su establecimiento, y ha sufrido un shock. ¿Tiene algo que pueda ayudarla?"

"¿Té?", sugirió el camarero. "Puedo hacerlo extra dulce para despertarla".

Leontios miró profundamente a los ojos de Violeta. "¿Quiere té, señorita Warren?"

"El té... suena bien", concedió Violeta. No se dio cuenta de que el camarero se marchaba porque su atención estaba totalmente centrada en Leontios. En sus preciosos ojos oscuros, su cuidada barba negra. Los tatuajes en sus sienes y en su cuello. "He soñado contigo", respiró ella. "Lo había olvidado hasta ahora, pero estabas conmigo cuando dormía".

Asintió con la cabeza. "No me sorprende. ¿Qué soñaste?"

Sacudió la cabeza. "Fue muy extraño. Soñé que estaba en el desierto, en una ciudad de musgo y lianas. Había algo allí. Un cristal enorme. Zumbaba y... y me llamaba".

"Eso es bueno".

El camarero regresó en una ráfaga de movimientos periféricos indistintos que ella no sintió la necesidad de considerar mientras charlaba. "Y la luna colgaba tan grande y baja en el cielo. Sentí que también me llamaba. Quería responder, pero no sabía las palabras. Entonces apareciste tú. Me dijiste las palabras que necesitaba y..." se interrumpió, dándose cuenta de que no quería revelar el resto de su sueño en toda su tentadora explicitud. *No es eso. ¿Cómo podría explicarlo sin parecer una libertina?* Levantó la mirada hacia la obsidiana brillante de los ojos de Leontios. "¿Qué significa?"

Un lado de su boca se levantó en una media sonrisa. "Lo sabrás cuando sea el momento adecuado, estoy seguro. Por ahora, deberías beber tu té. Aquí está". Le entregó una taza.

Violeta miró la taza. En su estado de ensoñación, su dibujo floreado parecía flotar ante sus ojos. Le costó tres intentos agarrar la delicada porcelana. Sin embargo, al primer sorbo de la bebida caliente y azucarada, Violeta salió de su letargo con un sobresalto. Parpadeó varias veces. "¿Qué está pasando?"

"Te estabas comportando de forma extraña cuando te despertaste. ¿No recuerdas haber vagado por la calle? Te he traído de vuelta al hotel y te he procurado una bebida. Violeta Warren, ¿qué es el té?"

"Prueba un poco", sugirió, extendiendo la taza.

Tomó un sorbo, hizo una mueca y se lo devolvió. Luego se levantó de las rodillas y se sentó en una silla junto a ella.

"Gracias por traerme de vuelta. No puedo imaginar qué me ha poseído". Se secó el sudor de la frente, sorprendida por su propio comportamiento inusualmente descuidado. *¿En qué demonios estaba pensando, vagando sola por las calles en el calor del día sin ningún mapa? Y hace mucho calor. Mucho más de lo que esperaba. Debo haber perdido la cabeza.* Avergonzada, decidió cambiar de tema rápidamente.

"Debo admitir que estoy desconcertada", dijo, "sobre este lugar donde vives. Ya que no hay nada que hacer más que esperar hasta que oigamos... oigamos que mi padre está bien, y ya que hace demasiado calor para salir al sol, hace más calor del que esperaba para tan temprano en el año. Debe haber más de ochenta grados, tenemos tiempo para hablar. Ya se lo he preguntado antes, pero ahora me gustaría que me lo explicara. ¿Cómo es que dices que tu tierra fue invadida por los egipcios, pero no sabes nada de Egipto? No reconoces la religión, la lengua o el pueblo. Hablas del Egipto que leí en los antiguos papiros. Es como si estuvieras describiendo el Egipto de hace mucho tiempo". No sacó a relucir la afirmación de que era un libro. Su mente rechazaba tales tonterías, por supuesto, pero no podía entender cómo conciliar tales tonterías con un alma tan severa y seria. No parecía estar loco.

"Sólo puedo imaginar", respondió, "como he dicho, que han pasado muchos años mientras estaba insensible".

"Bueno, tal vez. Si te hirieron en la guerra y estás en coma, puede durar varias semanas. La gente que permanece inconsciente durante más tiempo rara vez se despierta, y si lo hace, nunca vuelve a ser la misma. Pero, Leontios, eso sigue sin tener sentido. El Egipto que describes ha estado, bueno, extinto desde hace mucho tiempo".

"¿Cuánto tiempo?" Sus ojos se volvieron aún más intensos. Se inclinó hacia delante, indagando como si no se tratara de una conversación ociosa. Su mano se posó sobre la de ella.

"Es difícil de decir. ¿Qué estaba pasando en Egipto la última vez que lo recuerdas?"

Los convincentes ojos oscuros de Leontios se suavizaron, por lo que miró a lo lejos. "Como he dicho, una vez, fueron nuestros amigos. Aunque Egipto era más grande, nosotros teníamos mejor magia, así que nos respetábamos mutuamente. Puede que haya mencionado que teníamos varios dioses en común, aunque los adorábamos de forma diferente. Recuerdo haber viajado con mi padre y mi hermano a la capital, a Menfis, para ver un enorme proyecto de construcción".

Violeta tragó saliva. "¿Era una pirámide?"

Asintió con la cabeza. "¿Cómo lo has sabido?"

Violeta se hundió en su silla porque todos sus músculos se habían soltado. Su aliento salió de su boca en un inelegante aleteo de sus labios.

"¿Qué pasa, Violeta Warren?"

"Estás describiendo el surgimiento del Antiguo Reino de Egipto", explicó con una lengua que se sentía casi demasiado floja para moverse. "Hace más de cuatro mil años que se construyó la Gran Pirámide".

El rostro de Leontios palideció. "¿Cuatro *mil* años? ¡Por el sol y la luna! No me extraña que me sienta tan perdido. Todo ha cambiado. Todo. No queda nada del mundo que he conocido". Aspiró con fuerza y se golpeó el pecho con la palma de la mano abierta, como si quisiera poner en marcha un corazón vacilante.

"Nada, excepto la propia pirámide. No está lejos de aquí, en realidad".

Leontios no respondió a su estúpido comentario. Jadeó, encorvado sobre el vientre, con una mano apoyada en la mesa y la otra agarrándose el pecho. Parecía que un gigante le había asestado un golpe mortal.

Y por qué no, se dio cuenta Violeta, dejando que el momento se tomara su tiempo. *Es increíble.* Intentó comprenderlo, intentó imaginar cómo reaccionaría ante un mundo en el que no quedara ninguna persona, ningún lugar, ningún concepto. No lo consiguió.

Al final, Leontios exhaló con fuerza. Luego alargó la mano y cogió el té de Violeta, engullendo un generoso trago y estremeciéndose por el azúcar.

"Tenemos un problema grave, Violeta", dijo por fin.

"¿Qué es eso?"

Leontios inhaló profundamente y soltó un aliento con aroma a té que le apartó el pelo de la cara. "Te lo diré. Debo hacerlo. Espero que intentes creerme. Me doy cuenta de que ya dudas de mi veracidad respecto a lo que te he contado. Si mi historia hasta ahora ha puesto a prueba tu credulidad, sólo puedo imaginar lo que el resto de la historia te hará. Sin embargo, te juro, por todos los dioses del cielo y de la tierra, que todo lo que digo es cierto".

Violeta miró profundamente a sus serios ojos marrones y, aunque su mente deseaba rechazar la absoluta tontería que estaba soltando, su corazón confió en él. "Dígame".

"¿El sueño del que me hablaste, con el cristal?"

Ella asintió.

"Es real. Es la principal reliquia y el tesoro más importante de Skeon".

Violeta lo miró.

"Y es extremadamente volátil. Recoge el poder del sol y de la luna. Una de mis principales tareas como sumo sacerdote del sol es (junto con la sumo sacerdotisa de la luna) drenar el exceso de poder del cristal y dispersarlo en el manantial que riega nuestra tierra. Temo que, si el poder se ha acumulado durante tantos siglos, pueda romperse".

"¿Y eso sería malo?" preguntó Violeta, con los ojos muy abiertos.

"Probablemente destruiría todo lo que hay en los alrededores. Incluyendo este hotel y el tren y... no sé hasta dónde. Pero sería devastador. Me sorprende que haya aguantado tanto tiempo".

"¿Tal vez se mantenga indefinidamente, entonces?"

La garganta de Leontios trabajó mientras consideraba. "Tal vez, pero no me atrevo a dejarlo al azar. Cuidar el cristal es mi deber solemne. Si puede aguantar otro día, cien años o para siempre, debo determinarlo yo mismo. No puedo dejarlo y asumir que todo estará bien".

Violeta tragó saliva. "¿Estás seguro de que todavía está ahí? Los tesoros antiguos han sido saqueados, bueno, desde la antigüedad, y oleadas de invasores, incluidos los franceses, los italianos y los británicos, se han llevado montones de artefactos. Un cristal gigante como el que vi en mi sueño probablemente habría sido cortado y llevado en la antigüedad".

"Hubo muchas palabras que no entendí", dijo Leontios, "pero si estás sugiriendo que la riqueza de Skeon ha seguido el camino de la riqueza de Egipto (en manos de extranjeros) eso no podría haber sucedido. Por un lado, Skeon es muy pequeño. Por otro, está oculto. Mi último acto de magia antes de que nos invadieran los invasores egipcios fue hacerlos explotar con toda la fuerza del sol. La ciudad de Skeon fue arrasada y sólo quedó el patio interior, sin que quedara un alma viva que conociera su ubicación. El muro en sí parece una roca ordinaria dentro de una formación natural en el desierto. Sin la llave, será invisible".

Violeta suspiró. "Invisible y con una bomba en su interior, acumulando presión y esperando a estallar".

"No entiendo..."

"¿Bomba?" Violeta adivinó. Ante su asentimiento, extendió la mano. "Voy a visualizar una. Puedes verla si lo pienso lo suficiente, ¿verdad?"

Por primera vez, Leontios dudó, pero al final consintió en tocar.

Violeta se concentró en el recuerdo de una demostración que

había visto una vez de una pequeña granada de mano y la explosión resultante. El lanzamiento de polvo y escombros. La forma en que el cadáver de la vaca sobre el que había caído había volado en pedazos. El escozor en la palma de su mano le dijo que Leontios había tomado el conocimiento.

La soltó. "La idea es correcta, pero el alcance es demasiado pequeño".

"Como mencionaste antes", le recordó ella. "¿Pero la idea de una explosión?"

Asintió con la cabeza. "Muy parecido a eso".

Violeta respiró profundamente. "¿Aún puedes arreglarlo?"

"Si puedo encontrarlo, puedo intentarlo. Sin embargo, hay muchos problemas con este plan".

"¿Cómo?"

"Bueno, si, como dices, estamos cerca de la pirámide del rey Djoser, son muchas horas de camino hasta las ruinas de Skeon. No sé qué ha cambiado del paisaje. Puede que todo sea ciudad. Puede que todo sea desierto o alguna combinación. Es probable que no reconozca ningún punto de referencia. Tampoco tengo la llave, así que, a pesar de mi estrecha relación con el cristal, puede que no sea capaz de encontrarlo. Por último, el drenaje del cristal se realiza con una sacerdotisa de la luna y un sacerdote del sol trabajando juntos. No se puede hacer solo".

Violeta frunció el ceño. "Eso suena desalentador. ¿No sería mejor huir? Poner la mayor distancia posible entre nosotros y el cristal".

"Podríamos hacer eso", aceptó sombríamente, "pero podría no funcionar. No sé hasta dónde llegará la... explosión. Puede ser que ningún lugar sea seguro. Además, es mi responsabilidad. Siento que debo intentarlo. No es correcto dejar morir a esta gente inocente. No son mis enemigos, ni los hijos de mis enemigos, y no les deseo ningún mal. Debo intentar hacerlo. Debo intentar evitar la ruptura".

La pareja se quedó en silencio, contemplando el sombrío escenario y deseando una opción mejor.

"Entonces, ¿debemos separarnos?" Preguntó Violeta al fin, volviéndose hacia Leontios y encontrándose con que la miraba fijamente en contemplación. "¿Qué? Debo quedarme y esperar a mi padre. Tú debes ir y tratar de salvar a todos".

"Podrías ayudarme", sugirió. "Tienes una afinidad con la luna. La llamaste, ¿recuerdas? En el desierto. Las nubes te obedecieron. Podrías actuar como mi sacerdotisa".

"¿Crees que podría?" preguntó Violeta. La idea de participar en un ritual arcaico la emocionaba, y dado que su creencia en la historia de Leontios aún estaba lejos de estar asentada, era el tipo de emoción que había sentido al montar en un automóvil o al zambullirse en una piscina: en su mayor parte segura y con sólo una pizca de riesgo. Sin embargo, no le gustaba la idea de que su padre llegara (después de ser rehén y con quién sabe qué tipo de heridas) y no estuviera allí para recibirlo.

¿Cómo podía hacerle eso? Podía imaginárselo, desconcertado al oír que estaría en el hotel esperando y luego llegar para no encontrar a nadie allí. *Sobre todo, si está herido, lo que es probable dada la violencia del descarrilamiento. Es más frágil y estaba más adelantado hacia el impacto.*

Pero, ¿y si no vuelve? La idea le dolía y, sin embargo, tenía que considerarla. *Es un hombre mayor. Ya tiene más de setenta años. Su corazón ha actuado de forma extraña durante años. Incluso necesita medicamentos para ello. ¿Permitirán los luchadores por la libertad que un rehén tome medicinas si tiene un ataque? ¿Será capaz de llegar a nuestro camarote y sacar las pastillas del equipaje antes de sucumbir? Y eso sin tener en cuenta la posibilidad de que se produzcan actos de violencia.*

"Creo, Violeta Warren", dijo Leontios solemnemente, sacándola de sus tristes cavilaciones y volviendo a su conversación, "que tengo más posibilidades de éxito contigo que sin ti".

"Oh, pero padre", protestó ella en voz alta, sin saber qué quería que él le respondiera.

"Sinceramente", respondió, "si no drenamos el cristal a

tiempo, ninguno de los dos sobrevivirá. Lo mejor que puedo hacer por ti es sacarte de tu cuerpo, para que no sientas el dolor de la muerte. Por tu padre, no puedo hacer nada".

Era tan sincero y tan serio que le hizo palpitar el corazón. *No tiene sentido, pero ¿y si tiene razón? ¿Y si hay una amenaza? ¿Y si él puede ayudar? ¿Y si puedo ayudarle a salvar a todos? ¿Salvar las antigüedades que amo?* Le miró profundamente a los ojos, a esa mirada cálida e hipnótica que le hacía querer creer lo imposible. Casi sin pensarlo, su boca formó las palabras: "Intentaré ayudarle en todo lo que pueda. Si papá está bien, lo llevaremos al hotel y lo esperaremos. Le gusta beber té y leer periódicos en lugares exóticos. Incluso ir de compras desgasta su interés. Si... si no sobrevivió al ataque..." Ella tragó saliva. "Si eso es lo que pasó, bueno, sentarse aquí no le ayudará de todos modos".

Leontios asintió, exhalando fuertemente, por lo que su aliento apartó de su frente un mechón de pelo marrón dorado que se había escapado de su moño. "Me alegro de tu ayuda, Violeta Warren. En realidad, creo que eres la única que puede hacerlo. Al menos en esta época".

Sonrió, con una fina curvatura de los labios que sabía que no se correspondía con el fruncido de sus ojos ni con la arruga de su frente.

Su mano se levantó, tocó su cara y trazó una línea por su mejilla.

Cerró los ojos y se apoyó en su mano. Él le cogió la cara. De nuevo, Violeta apretó los labios, deseosa de probar su beso.

"Deberíamos partir lo antes posible", dijo Leontios, con voz tierna. "Al atardecer de esta noche, si podemos".

Violeta abrió los ojos y le miró. Él no se había retirado de su intensa conexión. Sus ojos se clavaron en los de ella con el mismo calor de siempre, pero no le acercó la cara. En cambio, bajó la mano, tocando las puntas de sus dedos con las de ella.

"¿Tienes algún medio de transporte en este mundo tuyo que sea más rápido que caminar?"

Violeta asintió, apartando sus dedos de los de él y

tamborileando nerviosamente sobre la mesa. "Tal vez. Si puedo encontrar un conductor con un coche o carruaje, podríamos contratarlo para que nos lleve a las afueras de la ciudad. Eso nos quitará al menos algo de tiempo de nuestro viaje. Tal vez más, dependiendo de la existencia de caminos".

"No sé qué significa eso", dijo Leontios, "pero estoy dispuesto a confiar en ti". Y sin embargo, parecía decepcionado.

Violeta se mordió el labio, preguntándose qué hacer con su expresión. "Muy bien. Intentaré encontrar a alguien que pueda llevarnos hasta donde podamos. ¿Tienes al menos una dirección en mente?"

"Al suroeste, en general", respondió. "Sin embargo, no es directamente al suroeste. Hay varios giros estratégicos a lo largo del camino, todos marcados por formaciones rocosas que quizá ya no estén presentes. Además, sólo he recorrido la ruta una vez, y fue cuando era un niño".

Violeta negó con la cabeza. "Inquietante, por decir lo menos".

"Disculpe", una voz suavemente acentuada interrumpió la intensa conversación.

Violeta levantó la vista para ver al camarero que le había servido la sopa ese mismo día. "¿Sí? ¿Puedo ayudarle?"

"No, señora", respondió el joven, "pero quizá pueda ayudarla. ¿Le he oído decir que necesitaba contratar un vehículo y un chófer?"

Violeta asintió.

"Resulta que he heredado un coche de un pariente lejano, y a veces, cuando no estoy trabajando en el restaurante, llevo a la gente por la ciudad. Precio razonable".

"Qué casualidad", dijo Violeta con cautela. "Parece una buena solución. ¿Es un coche fiable?"

"Sí, señora", respondió el caballero.

Violeta miró a Leontios y lo encontró estudiando al joven egipcio con mucha atención. "¿Crees que puede ser una buena opción?", le preguntó.

"Tal vez". Entrecerró los ojos, y los tatuajes de sus sienes rodaron en un mar de patas de gallo.

Por un momento, el corazón de Violeta se apretó. *Hace dos días que conozco a este hombre. No debería sentir más que una atracción pasajera, y sin embargo... Es inteligente, de otro mundo y tremendamente guapo. Esos ojos. Dios mío.*

Se sacudió la distracción y volvió a mirar a Leontios. Esta vez, él se encontró con su mirada, enviando una sacudida directa a su núcleo.

"Tomemos un momento para reunir nuestros pensamientos y recursos", sugirió Leontios, "y volvamos a confirmarlo con ustedes más tarde. Por favor, danos..." Pronunció un término que Violeta no entendió.

"¿Perdón?" El camarero se volvió hacia ella.

"Dos horas", adivinó Violeta. "Danos dos horas, por favor, para que pase el calor del día". Ella sonrió. "No estoy criada para el clima de Egipto".

"Hace un calor inusual para marzo. El Khamsin es desagradable este año".

"Ah, sí. Recuerdo haber leído sobre eso", coincidió Violeta. "Esperaba encontrar una temperatura agradable en contraste con el frío de casa. Parece que me he equivocado".

"¡Turistas!" El camarero puso los ojos en blanco.

"Lo sé", aceptó Violeta. "Cometí un error, pero debo seguir adelante. El esfuerzo y el gasto que he hecho en este viaje no pueden desperdiciarse, a pesar del viento caliente. Así que, ya que es el caso, agradezco su ayuda. ¿Cuál es su nombre, señor, por si necesitamos preguntar por usted?"

"Me llamo Azaan, señora", le informó el joven, "y si pregunta por mí en el mostrador, me encontrarán. Mi turno en el restaurante termina en breve, pero la esperaré. También conozco el mercado cercano. Puedo ayudarte a encontrar provisiones si las necesitas". Se dirigió a Violeta, pero su mirada se fijó en Leontios. Inhaló profundamente por la nariz como si estuviera considerando algo que no había compartido.

"Gracias". Violeta descubrió que su mano volvía a tocar la de Leontios, con las yemas de los dedos apretadas.

Azaan se alejó, desatando su delantal mientras avanzaba. Los dedos de Leontios cambiaron de posición, enlazándose con los de Violeta e impulsándola a levantarse mientras él se ponía en pie.

"¿Adónde vamos?", preguntó.

"¿Tienes un lugar privado donde podamos hablar?", preguntó.

Las cabezas se giraron alrededor del restaurante.

La cara de Violeta ardía al pensar en todos esos extraños especulando, pero no había esperanza para ello. "Ven conmigo".

Lo condujo fuera del comedor y a través del vestíbulo, subiendo las escaleras (tantas escaleras) hasta la caja de madera y blanco de un dormitorio donde había pasado su inquieto sueño diurno. Aunque sabía que era totalmente inapropiado tener a un hombre extraño en su dormitorio, no podía sentirse mal por ello. De alguna manera, en su breve relación, Leontios se había convertido en algo tan vital para ella como su propio corazón. Apenas podía imaginar pasar otro día sin él. Como si, en un solo día, se hubiera convertido en familia. *Como si hubiera sido mi compañero durante años. Como... mi libro.* Apartó ese pensamiento y le instó a sentarse en un pequeño sillón con una rica tapicería azul que había en un rincón.

"¿Es esto prudente, Violeta Warren?", preguntó después de mirarla fijamente durante un largo y silencioso momento.

"¿Por qué no iba a serlo?" preguntó Violeta mientras se encaramaba al borde de la cama. "¿Tus sentidos de otro mundo te han dicho algo poco fiable sobre este joven?"

"No estoy seguro", respondió Leontios, con los ojos entrecerrados. "Casi podría jurar que lo conozco. Pero eso no tiene sentido. Aparte de usted, todos los que conozco están muertos desde hace varios milenios".

"Cierto. Y no me resultaba familiar, aunque sólo "conozco" a un puñado de personas en Egipto, todos conocidos de paso. ¿Tal vez sea un descendiente de muchas generaciones?"

"Tal vez. En cualquier caso, eso no supondría ninguna diferencia. Ningún recuerdo de mi pueblo podría existir en esta época".

"Puedo dar fe de ello", aceptó Violeta. "No es por darme aires de grandeza, pero conozco al menos un poco de la mayoría, si no de todas las civilizaciones antiguas que se conocen en la actualidad, y estoy especialmente instruida en las antigüedades egipcias. Nunca he leído ni oído hablar de Skeon. Si existiera algún conocimiento, me gustaría pensar que lo conozco".

"Es probable que sí. Sospecho que el rey Djoser, al enterarse de su derrota en Skeon y de la desaparición total de la ciudad, se negó a dejar constancia de su fracaso para la posteridad".

"Eso es típico de los reyes egipcios", convino Violeta. "Así que, a menos que tengas razones para pensar que Azaan no está tramando nada bueno, la ayuda para navegar por el zoco y un paseo en coche hasta donde el camino pueda llevarnos será beneficioso".

"Tendré que confiar en su experiencia, ya que no entiendo nada de lo que describe", coincidió, poniendo los dedos delante de los labios y apoyando los codos en las rodillas.

"¿Qué suministros crees que necesitaremos?" preguntó Violeta. "Después de nuestra improvisada caminata por el desierto de anoche, no quiero ir *a ninguna parte* sin al menos cantimploras de agua y un cubrecabeza. Una muda de ropa también sería bienvenida. No voy bien vestido. También deberíamos llevar algún tipo de lámpara. Está oscuro ahí fuera, lejos de la ciudad, y si debemos seguir viajando durante más de un día, es mejor moverse de noche. Sobre todo, porque este parece ser un marzo inusualmente caluroso".

"Tienes razón en todos los aspectos", convino Leontios. "Los vientos cálidos de la primavera son dolorosos este año. ¿Cómo podemos conseguir pieles de agua, coberturas para la cabeza y... lámparas? ¿Qué es eso?"

"Un dispositivo para iluminar nuestro camino por la noche", explicó.

"Ah", respondió Leontios. "Yo habría dicho antorchas".

"Sin duda lo habrías hecho", aceptó ella. "Una lámpara no es más que una antorcha dentro de una caja con ventana. Protege la llama del viento y la lluvia y al portador del hollín y la ceniza".

"Una maravilla moderna", dijo Leontios, con una suave ironía en su voz. "¿Descansamos un tiempo, hasta que pase el calor del día, y luego volvemos a conectar con nuestro guía?"

Violeta asintió y se puso en pie. El pulso le latía en la nuca mientras se acercaba a la silla y al extraño hombre que había irrumpido en su vida, inesperado pero irresistible, sólo el día anterior.

Estaba ante ella, delgado y majestuoso, con sus ojos oscuros clavados en los de ella. Extendió una mano y se detuvo, esperando.

Violeta se mordió el labio, extendió la mano y puso la suya sobre la de él. Sus dedos se entrelazaron con los de él, instándole a acercarse.

Su expresión cambió de intensidad a desconcierto.

¿Qué estás preguntando? se preguntó Violeta, dejando que su confusión contorsionara su rostro. *No debería querer que me besaras, pero lo hago. ¿Por qué te confunde eso, Leo? ¿Qué quieres de mí?*

"Volveré a la cama que me han proporcionado. No parece haber espacio aquí para los dos, y esta silla está lejos de ser cómoda".

Sin saber qué hacer con sus comentarios, y mucho menos con su expresión ilegible, Violeta se sintió marchitar. "Sí, supongo".

CAPÍTULO 9

*D*os horas después, Leontios y Violeta salieron del hotel. Azaan ya estaba en la entrada, de espaldas al río que daba al hotel, mirándolos con una postura ociosa que contradecía su intensa mirada.

Violeta lo estudió, tratando de entender lo que creía estar viendo. *Un par de turistas que planean algo tonto y desacertado, sin duda. Probablemente se esté preguntando cuánto dinero puede sacarnos antes de que nos alejemos hacia nuestra perdición.* "¿Por dónde empezamos?"

"Eso depende", respondió Azaan. "¿Qué quieres comprar?"

Violeta reflexionó brevemente. "Ropa adecuada para ir a lo bruto. Este vestido no me hace ningún favor. Una linterna. Comida que no se estropee con el calor durante varios días. Recipientes para el agua".

"También necesitaré un medio de transporte de mercancías", añadió Leontios. "La señorita Warren no debe llevar toda la carga".

"Sé dónde ir", dijo Azaan. "Sígueme. Espero que no te importe dar un paseo. Mi coche es demasiado grande para entrar en estas calles estrechas, y llama demasiado la atención".

"Comprensible", dijo Violeta. "No tengo problemas para caminar. De todos modos, es mejor para disfrutar del ambiente".

"Sígame", le instó el joven, poniéndose en marcha a paso ligero. Los alrededores del hotel, con sus calles ordenadas y sus imponentes palmeras, evocaban imágenes de lujo y extranjería que les resultaban familiares y, al mismo tiempo, erróneas. Pasaron por delante de otra gran estructura. "La embajada británica", dijo Azaan por encima del hombro. "Pero usted no es británica, ¿verdad, señora?"

Violeta no respondió. Estaba demasiado ocupada mirando el reluciente edificio blanco de dos plantas con su césped excesivamente regado. *Nunca dejan las cosas como están, ¿verdad? Siempre tiene que parecer un hogar.* Sacudiendo la cabeza, siguió a su guía hacia el interior, por calles cada vez más estrechas y menos cuidadas. Con el tiempo, el paisaje empezó a coincidir con sus expectativas, basadas en las fotos que había estudiado en Pittsburgh. Se encontró con una hilera de pequeñas tiendas escondidas bajo los voladizos de edificios más grandes, algunas con toldos que protegían parcialmente a los comerciantes del sol oblicuo de última hora.

La primera tienda consistía en un desordenado y encantador conjunto de objetos de cerámica y metal, incluyendo una enorme cantidad de lámparas de latón que colgaban de las vigas.

"Hola", dijo Violeta en árabe a la mujer con velo que se afanaba en quitar el polvo de la calle de las lámparas que brillaban suavemente.

La mujer levantó la barbilla y miró a Violeta con curiosidad.

"¿Cuál es el propósito de estas lámparas?"

La mujer inclinó la cabeza. "Son para ceremonias musulmanas. No los vendo a los extranjeros que buscan curiosidades, aunque le hablaré de otro comerciante que lo hará si quiere".

"¡Oh, no!" protestó Violeta. "Jamás se me ocurriría. ¿Tienes algo adecuado para iluminar el camino de un viajero por la noche?"

La mujer la consideró un minuto más. Aunque la prenda de lentejuelas que velaba su rostro impedía a Violeta ver su boca, una arruga en las esquinas de sus ojos sugería una sonrisa. "Porque tienes algunos modales, a diferencia de tus compatriotas, y porque hablas mi idioma en lugar de exigirme que hable el tuyo, te mostraré algo útil". Se escondió detrás de una cortina de un profundo y vibrante tono azul, cosida con formas geométricas de oro metálico, y salió con..."

"¿Es una linterna *que funciona con pilas*?" Preguntó Violeta.

La mujer asintió. "Mucho más fiable que el aceite, y mucho más resistente. Te iluminará el camino".

"Sin embargo, las baterías no duran mucho", señaló Violeta. "Puedo traer un suministro de aceite. ¿Puedes suministrar una batería adicional?"

"Lamentablemente, no puedo", respondió el comerciante. "Pero no tengo lámparas de viaje aquí, como puedes ver. Esta llegó a mí por accidente, y estoy feliz de desprenderme de ella si la quieres. Si no, si quieres otro tipo de farol, te dirigiré a otro".

"Un momento", pidió Violeta.

Ante el asentimiento de la mujer, se volvió hacia Leontios. "Tiene una especie de lámpara que podría ser útil. El combustible no puede derramarse porque está contenido en... en una especie de carcasa de metal. Otras lámparas se alimentan con aceite, que tendríamos que conseguir, y que podría derramarse si yo tropezara o si estallara una tormenta de arena. Sin embargo, no durará mucho tiempo. ¿Qué te parece?"

Leontios apretó los labios hacia un lado. "Basándonos en la luna que vimos anoche, creo que no necesitaremos luz para nuestro viaje, incluso en plena oscuridad, a menos que se nuble. Además, hace viento, lo que evitará que se formen nubes. Tal vez sea mejor llevar esta... ¿linterna? Sí, la linterna que ofrece. A no ser que creas que debemos llevar las dos cosas".

Violeta miró a su alrededor en busca de Azaan, que se había retirado al otro lado de la estrecha calle para charlar con un hombre que vendía narguiles. Parecía estar fuera del alcance del oído, así que dijo, en voz muy tenue, "No estoy segura de cuánto pesarán nuestras otras provisiones. No queremos ir sobrecargados con algo que no necesitamos. ¿Dices que tu ciudad está muy lejos de aquí?"

Se encogió de hombros. "No puedo decirlo sin saber dónde está la pirámide del rey Djoser. Cuando lleguemos a ella, al menos una noche completa de camino. Lo más probable es que sea más, porque nos llevará tiempo encontrar la entrada. De dos a tres días, parando una vez que el calor se vuelva peligroso, supongo. Tal vez más".

Violeta asintió, con su mente ocupada en desenredar el rompecabezas. "Creo que la linterna de esta señora sería lo mejor entonces. Es un tiempo relativamente corto, con una luna brillante y la posibilidad de fuertes vientos".

"Confiaré en tu criterio", aceptó Leontios.

Espero que tu confianza no esté equivocada, pensó Violeta. *No estoy nada segura.*

Tomó su mano y la apretó suavemente. "Todo estará bien, Violeta Warren. El sol y la luna están con nosotros".

Violeta asintió. Volviéndose hacia el comerciante que esperaba ansiosamente, dijo. "Me llevaré la linterna a pilas si el precio es asequible".

La mujer levantó una ceja, lo que hizo que las lentejuelas de su velo tintinearan. "Entonces negociemos".

Diez minutos después, Violeta y Leontios salieron de la tienda llevando la linterna por la anilla fijada en la parte superior de un pentágono de paneles de cristal.

Azaan se apresuró a acercarse a ellos, examinando su compra. "Espero que no te haya dejado engullir demasiado", comentó.

Un insulto en árabe flotó hacia ellos en un viento caliente y polvoriento, demostrando que la comerciante hablaba más inglés de lo que había dejado entrever.

"Fue una negociación de lo más satisfactoria", respondió Violeta con primor. "¿Qué es lo siguiente, Azaan?"

"Sígueme. Sé dónde encontrar una tienda de comida y otra de ropa cerca". Se alejó de nuevo a toda prisa. Violeta tuvo que trotar para seguirle el ritmo.

Una serie de giros y vueltas les llevó al corazón del zoco, donde el aroma del comino y el cardamomo flotaba en el aire. "Y ahora, amigos míos, debo dejaros para que preparéis el coche. Podéis encontrar el resto de lo que necesitáis en esta zona. Reúnanse conmigo en el hotel". Se perdió de vista.

Violeta frunció el ceño. "¿Cómo cree que podremos hacerlo?", preguntó. "Hace tiempo que perdí la noción de dónde estamos. Leontios, ¿recuerdas el camino?" Miró a su alrededor, a los abarrotados cubículos, cada uno de los cuales albergaba diferentes artículos exóticos o prácticos para tentar tanto a los viajeros como a los lugareños. Ropa. Artículos de metal. Textiles. Papiros. El apretado ajetreo hizo que Violeta se sintiera un poco mareada, como si estuviera dentro de una de las ruidosas y bulliciosas fábricas de acero de su padre.

Los vendedores ambulantes gritaban en una mezcla de árabe e inglés, anunciando sus productos en la calle ante ellos. Una multitud de hombres, mujeres y niños (algunos de piel morena y otros de piel pálida británica) trotaban a su alrededor.

Un tentador aroma a miel y nueces tostadas atrajo la atención de Violeta en una dirección hasta que un áspero grito en árabe, "¡Pescado seco!", la hizo volverse. Se puso las manos en las orejas y cerró los ojos para bloquear el estímulo salvaje.

Una mano cálida se cerró sobre su muñeca, y ella abrió los ojos para ver a Leontios mirándola con preocupación. "Creo que puedo llevarnos de vuelta al hotel", dijo, "pero dejarnos aquí no ha sido prudente. Una persona menos consciente podría perderse".

"Entonces me alegro de estar contigo", dijo ella.

Él sonrió con un lado de la boca y le tendió la mano. Ella entrelazó sus dedos.

"Entonces, ¿qué necesitamos ahora, Violeta Warren?"

"Empecemos con algo de ropa de aventura adecuada para

mí. Eso de ahí parece una tienda de segunda mano. Puede que también tengan una mochila para ti. Luego podemos llenar ambos con comida de los diversos vendedores de carne y pita que veo por allí". Señaló hacia adelante, donde los tentadores aromas de las salchichas y el pan se extendían por la calle. "Mientras no demos más vueltas, ¿estás seguro de que puedes llevarnos de vuelta?"

"A medida que reflexiono, aumenta mi confianza. Mientras permanezcamos en este camino particular, no nos perderemos".

"Sigamos entonces", instó Violeta. "Queda muy poca luz solar, y siento una brisa fría que se arrastra".

"El desierto será más frío por la noche. Debemos prepararnos para ello, o estaremos muy incómodos", advirtió.

"Eso he oído," Violeta estuvo de acuerdo. "Vamos". Tirando de su mano, le llevó a la tienda de ropa más cercana.

A pesar de sus esfuerzos, la obtención de suministros les llevó más de una hora mientras la temperatura bajaba y la luz se desvanecía. Violeta y Leontios se dirigieron por fin a la fachada del Hotel Shepheard, donde la luz carmesí caía en un rayo cegador.

"Ay", se quejó, protegiéndose los ojos y entrecerrando los ojos. "Espero que nuestro viaje esté listo. Ya he caminado bastante por un día".

"¡Oh, estás aquí!" La familiar voz de Azaan llegó a sus oídos.

Se giró para mirar. "Sólo hay que encontrar el camino de vuelta al hotel, ¿eh?"

Su habitual y penetrante mirada se transformó en un instante en una mirada de excesiva inocencia. "¿Has tenido algún problema? No es tan difícil encontrar la salida del zoco. No te has perdido, ¿verdad?".

"No lo hicimos", dijo Leontios con severidad, frunciendo los labios ante el joven, "pero no creo que gastar bromas a la gente sea una buena forma de congraciarse con los desconocidos".

"Es una pena", añadió Violeta. "Iba a añadir una generosa propina a sus honorarios. Ahora, no sé si debo hacerlo". Mientras hablaba, su visión finalmente se ajustó a la luminosidad, y vio algo que nunca hubiera esperado. "Oh, mi palabra," ella respiró. "¿Es eso un..."

"Bugatti Tipo 18", respondió Azaan, sonriendo. "Lo he modificado para añadir el banco trasero detrás de los asientos, ya que rara vez transporto a una sola persona". Acarició el capó negro y brillante, atrayendo la mirada de Violeta hacia la luz cegadora que se reflejaba en la pintura y el cromo.

"Es precioso", dijo ella con reverencia. "Me temo, Azaan, que no puedo permitirme un viaje en un coche tan lujoso. ¿Cuánto querrás por llevarnos a las afueras del suroeste de la ciudad?"

"No te preocupes", respondió el joven. "Sé cuánto puedo cobrar. Es un coche de lujo, pero al final, un paseo es sólo un paseo. No te voy a gafar... mucho". Le guiñó un ojo.

Violeta se rió y levantó su mochila, que ahora pesaba más que antes con la adición de varios artículos esenciales. "Vamos, Leo. Vamos".

Leontios miró con recelo el coche. Frunció el ceño, con los tatuajes rodando por la piel de sus sienes.

"¿Qué le pasa?" preguntó Azaan.

"Oh, él es de una parte remota de, ehm, México. No está acostumbrado a los coches", explicó Violeta.

"Me da pena". Azaan miró con dureza a Leontios.

"Creo que estará bastante nervioso por la velocidad", continuó Violeta. "Será mejor que me siente con él en el banco trasero. No te importa, ¿verdad?"

Azaan se rió. "No es lo que esperaba", miró a Violeta de arriba a abajo, "pero te dejaré servir... ¿a tu criado?". Su tono se volvió sugerente, burlándose de Violeta e instándola a discutir con él.

"Bien", aceptó Violeta con facilidad. Se encaramó al lateral del vehículo descubierto y se posó en la plancha de madera tapizada que se había atornillado al chasis detrás de los dos asientos de cubo. "Vamos, Leo", le instó de nuevo, palmeando el asiento a su lado.

Con el ceño fruncido, Leontios se dirigió al coche y se subió tímidamente al banco.

Azaan pasó otro minuto, con la mano protegiendo sus ojos del sol, mirando de Violeta a Leontios como si tratara de entender lo que estaba viendo. Luego sacudió la cabeza con fuerza, se subió al asiento y pulsó el botón.

El Bugatti arrancó con un gruñido gutural. Azaan lo apartó de la acera, abriéndose paso con cuidado entre el salvaje tráfico de peatones, animales y algunos otros coches que se abrían paso por las calles de El Cairo. Un claxon emitió un fuerte bocinazo. Un burro rebuznó. Una voz gritó palabras feas en árabe que hicieron arder la cara de Violeta.

El gruñido se hizo más fuerte a medida que aumentaba su velocidad.

Leontios agarró la mano de Violeta. Ella se volvió para mirar y parpadeó para ver su rostro blanco como la muerte. Sus dedos temblaban más que el coche. *Pobre hombre. Esto es difícil para mí, y ya he estado en un coche. Leo está tan desconcertado por la tecnología.*

Se adentraron en una espesa corriente de tráfico y cruzaron un río. Es *el Nilo*, se dio cuenta. *Estoy cruzando el Nilo ahora mismo.* La puesta de sol brillaba en el precioso agua azul y Violeta podía imaginarse fácilmente a Cleopatra flotando en su barcaza.

Su compañera parecía menos emocionada y más... aterrada.

Se inclinó hacia él y le habló directamente al oído para asegurarse de que la escuchaba por encima del ruido. "¿Estás bien?"

Sacudió la cabeza. "Es antinatural moverse a tal velocidad".

Sonrió. "Bienvenido al siglo XX".

"¿Siglo de qué?", replicó.

Se encogió de hombros. "Puedo explicarlo si quieres, pero no mientras conducimos", respondió. "Hay demasiadas cosas, y hay demasiado ruido".

Asintió con la cabeza.

Deslizó sus dedos entre los de él, disfrutando del calor de su palma. Casi sin pensarlo, su pulgar se deslizó sobre el de él.

Leontios sacó el pulgar y atrapó el de ella bajo el suyo. Se sintió extrañamente erótico, como si la sujeción de un dedo sobre otro reflejara caricias mucho más íntimas. Él confirmó la imagen, acariciándola como ella lo había hecho.

Él también me desea, se dio cuenta. *No tiene sentido, pero es tan real. Lo más real que he sentido nunca.*

A través de las abarrotadas calles, pasaron junto a edificios de color marrón rojizo intercalados con agujas, minaretes y palmeras. La gente vestida con túnicas se escabulle entre el tráfico. Soldados con trajes de faena británicos de color arena miraban a la multitud con expresiones de aburrimiento. Las fuerzas egipcias con sombreros fez rojos fruncían el ceño en señal de desaprobación hacia los británicos. Aunque nadie mostraba agresividad, Violeta podía sentir la tensión en el aire, palpable como una corriente eléctrica. *La paz no se encuentra en este lugar. Padre y yo hemos cometido un grave error de cálculo, y no tiene nada que ver con el tiempo. Me pregunto si la parte de las vacaciones llegará alguna vez.*

El Bugatti giró bruscamente a la derecha hacia una carretera más ancha y aún más transitada. Aumentaron la velocidad para adaptarse al ritmo del tráfico. El banco en el que estaban sentados se tambaleaba y se balanceaba sobre unos pernos demasiado pequeños mientras traqueteaban y chocaban por los lugares irregulares de la calle. Los coches y los carros se lanzaron al arroyo sin cuidado, haciéndoles dar un giro brusco. Violeta se aferró con más fuerza a la mano de Leontios, ya no confiaba en la seguridad del lujoso automóvil. Ir rebotando en la parte trasera no se parecía en nada a ir sentada dentro de un vehículo. *Si nos caíamos, nadie podría parar a tiempo para evitar atropellarnos.* Su mano libre se aferró al borde del asiento, y sus rodillas se apretaron también.

"Más al sur", gritó Leontios por encima del rugido del motor. "No tan lejos hacia el oeste".

Azaan asintió y giró bruscamente a la izquierda, provocando gritos y bocinazos mientras se abría paso a través de los carriles de tráfico en sentido contrario hacia una calle más pequeña.

Aquí pudo reducir la velocidad y Violeta soltó una respiración temblorosa. "Esto es terrible", murmuró, esperando que su conductor no la oyera.

Leontios volvió a acariciar su pulgar con el suyo. A pesar de los nervios, el suave contacto le provocó una oleada de cosquilleos que le llegaron directamente al vientre.

"¿Cuánto tiempo durará esto?" preguntó Leontios.

"Probablemente más de lo que crees", respondió Violeta. "El Cairo es bastante grande".

Asintió con la cabeza, con las comisuras de la boca apretadas por la incomodidad.

La predicción de Violeta resultó ser correcta. Pasaron largos minutos mientras atravesaban las calles, esquivando vehículos y peatones más lentos, abriéndose paso lentamente hacia el sur y el oeste siguiendo las instrucciones gritadas por Leontios, hasta que los edificios se adelgazaron y extendieron, transformándose de estructuras centrales de varios pisos a casas y pequeñas tiendas. Una forma se asomó en la distancia y Violeta aspiró con fuerza. Un jadeo resonante coincidió con el suyo.

"Violeta Warren, ¿es esta la estructura que vi de niño?"

Ella negó con la cabeza. "No, Leo. No es así. Esa está más al sur. Después de que el rey Djoser hiciera su pirámide, muchos de sus descendientes también pensaron que era una buena idea".

Asintió con la cabeza. "Creo que debería ver el original. Podría ayudarme a entender... lo que estoy buscando".

Bajó la barbilla, reconociendo su comentario, pero al mismo tiempo, observando que su conductor se había inclinado ligeramente hacia atrás en su asiento, con la oreja inclinada hacia ellos.

No *necesita saber demasiado*, pensó, sin saber qué daño podría causar este fisgón. Un fino y plateado susurro que trascendía la razón le advirtió que no dijera demasiado. No trató de alegarlo.

"Bueno, amigos, hasta aquí he llegado", dijo Azaan, deteniéndose en la acera frente a una ruidosa taberna. "Los caminos se vuelven demasiado accidentados para mi coche si continuamos. Si quieres que te lleve al desierto... ¿tal vez a las pirámides? Tengo un primo que alquila camellos. Puedo llamarlo por la mañana".

"No estoy segura", dijo Violeta, observando de nuevo cómo su mirada se detenía, estrecha y entrecerrada, en el rostro de Leontios. "¿Podemos llamarle mañana si lo necesitamos? ¿O nos darías el nombre para que podamos preguntar por él si es necesario?"

"Tal vez. ¿Seguro que quieres arriesgarte a no tener acceso?" Azaan salió del Bugatti y ofreció a Violeta una mano.

"¿A ti?" Violeta enarcó una ceja mientras saltaba al suelo. "Tranquilo con la venta dura, señor. Las pirámides están cerca. Estoy seguro de que hay camellos y burros y guías en abundancia. No hace falta fingir que nos quedaremos tirados sin su ayuda". Abrió su bolso y sacó algunos billetes, que entregó a Azaan.

Los labios del hombre sonrieron, pero sus ojos se endurecieron. Inclinó la cabeza ligeramente hacia un lado y escudriñó... el bolso de Violeta. "Ah, pero sin mi consejo, puedes ser estafada. No todos los guías son honestos".

"Correremos ese riesgo", dijo Leontios, bajando de un salto del improvisado asiento de invitados, con su recién adquirida mochila balanceándose con el movimiento. "Gracias por su ayuda esta noche, y le deseo una buena noche". Tomando la mano de Violeta, la llevó lejos.

Ella lo permitió.

Una suave maldición arrastrada por la cálida brisa de la tarde.

"Todavía hace demasiado calor para aventurarse en el desierto", dijo Leontios. "Aunque odio retrasar un minuto, morir de sed y de sol no es agradable. ¿Quizás podamos pasar una hora en este lugar? ¿Qué es este lugar?"

"Un bar", contestó Violeta, "y si en tu país había algún tipo de tiendas, debes saber lo que eso significa".

Asintió con los ojos, que parecían leer un documento que ella no podía ver. "¿Un lugar que ofrezca bebidas fuertes y quizás algo de comida?"

Violeta asintió. "Si Skeon no es un país musulmán, que estoy segura de que no lo es ya que no sabes lo que significa...", imitó sus singulares formaciones de palabras en un gesto amable, "supongo que tu pueblo no sigue la prohibición del alcohol".

Sonrió, mostrando unos dientes blancos. "Si te refieres a si disfrutamos de la cerveza en ocasiones frecuentes o de algún vino en las celebraciones, lo hacemos".

Sacudió la cabeza. *Los egipcios, los antiguos egipcios, también disfrutaban del vino y la cerveza. Qué diferencia con el Egipto moderno.* La evidencia de que su descabellada historia podía tener algo de verdad hizo que surgiera en su vientre una extraña sensación de retorcimiento.

"Bueno, esa sería una forma de pasar el tiempo". Miró a los rostros pálidos y los uniformes de color hueso que se agrupaban a su alrededor, de hombres sentados en las mesas, de pie conversando o apoyados en las paredes observando la escena.

"¡Tú ahí!", gritó una voz. "No permitimos que los egipcios entren aquí".

Violeta se giró para ver al camarero, un hombre corpulento con chuletas de cordero rizadas. Frunció el ceño y señaló a Leontios.

"No soy egipcio", gruñó.

"Espero que no. Señora, si se escapa con este tipo..." miró con recelo sus manos unidas.

Violeta pegó una sonrisa encantadora en su cara. "Por supuesto que no", respondió. "Como dice mi marido, no es egipcio. Es mexicano, y estamos aquí de luna de miel".

"Mal momento, si no le importa que lo diga", respondió el camarero, echándose hacia atrás, con los hombros relajados. "La gripe está menguando, pero sigue ahí fuera, hace un calor de mil demonios y, si no me equivoco mucho, todo el país está a punto de estallar como un polvorín".

"Así lo descubrí, un poco tarde. Las noticias tardan tanto en llegar a los Estados Unidos, y he estado tan ocupada con los preparativos de la boda, que no tuve tiempo de prestar atención a lo que llegaba, no una vez que la Gran Guerra terminó. Pero, ya sabes, aquí estamos. Bien podríamos ver las pirámides ya que hemos venido hasta aquí".

El hombre se encogió de hombros. "Supongo que sí. Será mejor que tenga cuidado ahí fuera, señorita... señorita..."

"Señora. Warren". Violeta batió las pestañas y soltó la mano de Leontios, rodeando en cambio su brazo con el de él. Así de cerca, podía sentir el aroma de su piel. No había sudor, extrañamente, sino una mezcla de colonia picante, excitación tentadora y papel. "Um... ejem. Sí. Tendremos mucho cuidado. Gracias por la advertencia".

Miró a su compañero como si estuviera embelesada y le vio enroscar una de las comisuras de la boca en señal de diversión.

"Así que, ya sabes, no habla muy bien el inglés. Usamos principalmente su lengua materna para comunicarnos. Pero me acaba de decir que le gustaría un vaso de cerveza, y... puede que yo también vaya a por uno".

El camarero se rió. "Elijan un asiento. Les traeré sus bebidas enseguida".

Violeta tomó el brazo de Leontios y lo condujo a una mesa en la esquina. Eligió un espacio oscuro y sombrío, lejos de los soldados que charlaban. "Aparta la silla de la mesa", dijo.

Leontios soltó el brazo y obedeció. Se hundió, atrapando los dedos de él contra la madera, y se desplazó hacia delante.

Luego indicó la otra silla con un sutil gesto de la cabeza. Se sentó.

"Violeta Warren", dijo Leontios en voz baja, "¿por qué le has dicho a esta gente que soy tu marido? Es mejor ser honesto con la gente".

"Lo sé", respondió ella, cerrando los ojos con frustración. "En general, yo también prefiero la verdad. Es más fácil de recordar. Sin embargo, la "verdad" de nuestra situación actual está tan lejos de ser plausible que no me atreví a mencionarla."

Concedió con un movimiento de cabeza. "Estoy de acuerdo en que la verdad, en este caso, sería difícil de tragar. Sin embargo, ¿esposo? ¿Por qué?"

"Bueno, para empezar", explicó ella, jugando con el borde del mantel, "no te comportas como un criado. Tienes el comportamiento del hermano de un rey".

"Ah. Es cierto", aceptó él, deteniendo su movimiento nervioso con una mano sobre la suya.

"Y parece que tampoco podemos dejar de tocarnos", añadió, indicando sus dedos entrelazados. "Para una 'dama', este tipo de toques sería indecoroso y profundamente sospechoso, sobre todo si el hombre en cuestión es un sirviente. Es más fácil dejar que piensen que estamos casados".

"¿Es común el matrimonio entonces?"

Ella asintió. "Es básicamente la única manera de que una mujer como yo (que no es tan joven) sea considerada totalmente respetable. Es raro que alguien elija una vida de soltera, como es mi caso. Especialmente cuando he tenido ofertas. No he preferido a ninguno de esos hombres".

"Me pregunto", dijo pensativo...

Pero antes de que pudiera decir lo que se preguntaba, el tabernero se acercó con dos jarras de cerveza.

Violeta le apretó la mano y empezó a hablar en egipcio antiguo, esperando que lo entendiera y pudiera responder. "Recuerda que nuestro amigo cree que no hablas inglés. ¿Puedes comunicarte en el idioma de tus enemigos?"

"Puedo", asintió Leontios con palabras que ella apenas podía entender, tan diferentes las pronunciaba.

Dos vasos de cerveza fría se deslizaron por la mesa. Violeta detuvo el suyo antes de que cayera al suelo y lo levantó, ocultando una sonrisa en un profundo sorbo. Leontios imitó sus movimientos.

"¿Seguro que quieres salir al desierto de noche?", preguntó el camarero. "Puede que no sea seguro. Además, a pesar de la ola de calor, seguro que hace un frío incómodo".

"Estaré lista", dijo Violeta, su voz se volvió fría mientras palmeaba su bolso. En su interior, su Derringer chocó primero con su cristal y luego con su cantimplora. Levantó una ceja.

"Oh-oh, de esa clase, ¿no? Bueno, os deseo suerte, a ti y a tu chico. Que tengáis una feliz luna de miel. Os traeré unos sándwiches por cuenta de la casa".

"Gracias", dijo Violeta con primor mientras se apartaba, acariciando su patilla.

"Este hombre es demasiado inquisitivo", señaló Leontios.

"Lo es", convino Violeta. "Probablemente sólo esté aburrido, pero eso no significa que tenga que escudriñar nuestros asuntos".

Leontios bebió un poco de su cerveza, luego bajó el vaso y lo miró con curiosidad.

"¿Sabe diferente?", preguntó.

"Más bien sí. Nunca había tomado cerveza fría. Es agradable".

Violeta sonrió. "Es extraño", dijo, pensando en voz alta, "que, aunque todo lo que estamos haciendo es peligroso. Aunque sigo muy preocupada por mi padre, este es el tipo de aventura que he venido a vivir. No sólo para mirar antigüedades como todos los turistas. Quiero experimentar otra época como participante. Siempre he anhelado eso".

"Entonces me alegro de poder compartirlo con vosotros. Me gustaría poder traeros a Skeon como era en su época de esplendor. Era tan hermoso. Un oasis azul y verde rodeado de la arena más blanca. Palmeras datileras. Vides. Campos de trigo". Hizo una pausa en su recitación para volver a dar un sorbo a su bebida, y una suave media sonrisa adornó sus finos labios. "Me habría encantado compartirlo contigo. Creo que lo habrías apreciado allí".

"Sé que lo haría", respiró Violeta, "si estuvieras allí conmigo". Las imágenes se sucedieron detrás de sus ojos como si hubiera estado allí antes. *Era mi sueño,* recordó mientras las imágenes nebulosas y medio olvidadas se agudizaban en su memoria. *Soñé que estaba en Skeon con Leontios. Soñé que me tocaba.* Y, de hecho, él la tocaba a ella. Su mano permanecía en la de ella, cálida y suave. Sus callos acariciaban su piel. Ansiaba que la besara como nunca antes había deseado un beso. Sonaba, olía y *se sentía* tan bien, que no quería otra cosa que saborearlo. Que se le metiera en los sentidos. En el núcleo de su ser. En cada una de sus experiencias.

Leontios dejó su cerveza y se volvió completamente hacia ella, mirándola fijamente a los ojos mientras le acariciaba la mano con tiernas y suaves caricias.

¿Por qué no me besas? Ansiaba gritar, pero su interminable entrenamiento en el comportamiento adecuado ahogó las palabras en su garganta.

Él miraba fijamente pero no hacía ningún movimiento hacia su cara. Por fin, Violeta se rindió frustrada, rompiendo el intenso contacto visual y dando un gran trago a su bebida. "¿Crees que ha refrescado lo suficiente como para salir pronto?"

"Así es. Termina tu bebida y déjanos seguir nuestro camino".

Ella asintió, derrotada. *Debo estar imaginando su interés. Seguramente, ya habría hecho algo al respecto si quisiera.*

CAPÍTULO 10

Una enorme y gorda luna colgaba en lo alto, llena como un vientre de embarazada, irradiando su suave luz dorada sobre la blanca arena.

Se encontraban a la sombra de la pirámide escalonada en ruinas de Djoser. "Esta es la pirámide que viste de niño", explicó Violeta. Respirando profundamente después de tres horas de caminata desde las afueras de El Cairo, se quitó el polvo de los fragmentos de arena de sus nuevos pantalones de hombre y de su sucia camisa color canela. *No es bonito, pero es práctico*, pensó. *Me pregunto qué pensará Leontios de ellos... si es que hay algo.* Él no había mostrado ninguna reacción al verla en pantalones. Sus amigos de Pittsburgh se habrían escandalizado.

Leontios aspiró una profunda bocanada de aire y la soltó. "De repente puedo sentir los años. Pesan sobre mí como sobre esta pobre ruina. Ah, Violeta, era tan hermosa y nueva. Tan fascinantemente diferente. Nunca en mi vida había visto una estructura tan grande, hecha por el hombre, y allí estaba, erguida como un gigante sobre el desierto. Hablaba del poder del rey y también del poder de la creatividad humana".

"Eres bastante lírico cuando estás de humor para serlo", señaló.

"Si hubieras leído mi libro", dijo, "habrías visto que, bueno, disfruto manipulando las palabras".

"Me lo imaginaba. Ojalá hubiera tenido la oportunidad de leerlo una vez que tuviera el disco de traducción. Su lenguaje es un reto, incluso con ayuda. Sólo leí la primera página".

Su blanca sonrisa brilló en la oscuridad. "Puedes saber todo lo que quieras. Sólo pregúntame. Contaré mis historias y compartiré mis secretos, Violeta, sólo contigo".

Ella le devolvió la sonrisa, pero su respuesta la confundió. *Podría jurar que se está enamorando de mí. Las cosas que dice. La forma en que no suelta mi mano. Y sin embargo... no entiendo el mensaje.*

"¿A dónde vamos a partir de aquí?", preguntó ella, sin estar segura de si quería decir literalmente o si quería que él confirmara sus sentimientos.

Leontios, por supuesto, se tomó la pregunta al pie de la letra. "Debemos continuar hacia el suroeste. ¿Está listo el... el farol?"

"Está listo para cuando sea necesario", respondió Violeta. Levantó el anillo de metal, sosteniendo la linterna ante ellos. "Aunque no creo que la necesitemos a no ser que estalle alguna nube. Ojalá hubiera un camino que seguir. Caminar por el desierto, incluso a la luz de la luna, parece una buena forma de morir".

"Estoy de acuerdo. No lo sugeriría si la necesidad no fuera extrema".

"Bien, entonces, Leontios, por favor, guíe el camino. Si nos va a llevar toda la noche o más encontrar su casa, será mejor que nos pongamos en marcha".

Se puso en marcha. Violeta caminó tras él, tropezando en la profunda sombra de la pirámide. Fuera del complejo piramidal, la luna brillaba. La mano libre de ella permanecía entrelazada con la de él, palma con palma, los latidos de sus muñecas palpitando al unísono.

Saliendo de la sombra de la pila irregular de cajas apiladas y desmoronadas, miraron con cautela a su alrededor. La humanidad se arremolinaba aquí y allá en un ajetreo sin sentido. A lo lejos, vieron un campamento. Probablemente eran cazadores de tesoros. Los soldados británicos se acercaron, desafiando en voz alta a los acampados.

Repentinamente nerviosa, Violeta se apartó.

"¿Qué pasa, Violeta Warren?" Preguntó Leontios.

"¿Y si alguien nos interroga?", sugirió. "Recordad que parecéis egipcios, aunque no lo seáis, y que hay mucho malestar. ¿Y si suponen que vais a salir de la ciudad para encontraros con los rebeldes? Podrían dispararnos".

Lo arrastró hacia la sombra de la pirámide, donde serían menos visibles. La arena crujió suavemente bajo sus botas.

"¿Qué sugieres?" preguntó Leontios.

Violeta se encogió de hombros. "En circunstancias normales, probablemente me acercaría a todo el grupo y pediría ayuda. Afirmaría con inocencia que soy una aventurera que quiere hacer alguna cosa absurda. Movería las pestañas y haría una mueca. En grupo, no podrán hacerme mucho daño, pero... no pueden ayudar en esta tarea. No estoy pidiendo ver la pirámide o entrar en alguna tumba oscura. ¿Qué podría decir? ¿Quiero aventurarme en el desierto sin caminos en busca de algo que no sé cómo encontrar?"

"¿Entonces escabullirse sin llamar la atención es la mejor opción?"

Asintió con la cabeza. "Aunque no sé si podremos lograrlo".

"¿No podríamos decir, si nos detienen, que somos amantes que buscan privacidad? ¿Que queríamos ver la pirámide de noche porque es romántica, y que sólo deseamos ponernos detrás de una duna y estar juntos a solas durante una hora?"

Violeta tragó saliva. "Ellos asumirían... muchas cosas".

"Ya me has presentado como tu marido", señaló.

"Y ya me arrepiento", añadió. "Creo que el camarero no nos creyó, y en estas circunstancias..."

"¿Asumirán que eres un rehén?"

Ella asintió.

"Esa sería una conclusión razonable desde su perspectiva, supongo. Entonces debes ir sola. Si te atrapan (una mujer sola) puedes fingir que eres una aventurera escandalosa haciendo una tontería, y te creerán".

"¿Qué estás diciendo?", siseó más fuerte de lo que era prudente. "¿Cómo puedo ir sin ti? Apenas sabes a dónde vamos. No puedo ir sola. Es una locura. Todo esto es una locura. Debería volver a El Cairo y esperar a mi padre".

"Violeta, no..." Leontios agarró su codo. "Escúchame. No tendría sentido que fueras sola. Esto es cierto. Sólo me refiero a que te alejes de toda esta gente sola. Entonces, cuando estés libre de sus ojos..."

"¿Qué sentido tiene eso?", preguntó ella. "Si voy sola, ¿dónde estarás tú?"

"Estaré contigo".

Frunció el ceño.

"Puedo volver a transformarme en el libro. Méteme en tu mochila y sácame de esta zona... ve directo al sur. ¿Ves la gran duna de allí?", señaló.

Violeta levantó una ceja.

"Ve allí. Ve detrás de él. Si no hay nadie a la vista, llámame. Ya sabes cómo. Lee la invocación de la primera página. Volveré a mi forma humana".

Violeta frunció más el ceño. Sentía que toda su cara se arrastraba hacia abajo. *Probablemente creando nuevas arrugas,* pensó torpemente. Ahora, en este momento, tenía que enfrentarse a que, o bien el hombre con el que había estado flirteando, que realmente la había salvado del ataque al tren y sus consecuencias, que le había enseñado trucos de magia y que tenía un efecto inquietante sobre su libido, estaba loco o... Incluso ahora, su mente se desviaba de ese pensamiento. *¿Cómo puede un hombre, un hombre vivo y vital, ser un libro? Desafía la racionalidad.*

Su corazón no quería ser racional. Quería agarrar grandes puñados de su ropa y enterrar su cara en su pecho, atrayendo su esencia hacia ella. Leer los tatuajes que sabía que debían esconderse bajo su ropa mientras los trazaba con los dedos. No quería verlo como un libro. Tampoco quería ver cómo se revelaba su engaño.

"No quiero hacer eso", susurró ella, soltando su mano y dándose la vuelta.

"Entonces deberías idear rápidamente otro plan. Este es tu mundo, Violeta Warren. Tu tiempo. Debemos alejarnos de esta gente. Debemos salir al desierto. Yo debo, porque sólo yo conozco el camino. Tú debes porque sólo tú conoces este tiempo. No podemos ir juntos porque nos verán, y yo, que parezco un egipcio, probablemente seré asesinado antes de que puedas inventar una mentira lo suficientemente fuerte como para protegerme. Puedes pasar solo más fácilmente ya que eres más pequeño que yo. Más ligero. Más delgado. También puedes mentir para salir de los problemas si estás solo. ¿De qué otra manera puedes sacarme de los alrededores sin despertar las sospechas de estos guerreros que ya están al límite?"

Violeta se mordió el labio. Las lágrimas le escupieron los ojos y parpadeó con fuerza para despejarlos. "No quiero hacer esto", repitió.

"Pero debemos hacerlo. Confío en ti, Violeta Warren. Una vez que me transforme, sólo tú tienes el conocimiento y el poder para traerme de vuelta. Seré un libro insensible hasta que me revivas". Extendió una mano y, como antes, tocó con la palma y la punta de los dedos la de ella. Esperó, conteniendo la respiración. Violeta sollozó y entrelazó sus dedos con los de él.

Su mano se cerró en el aire.

Un suave golpe sonó y ella miró hacia abajo. Se le cortó la respiración al ver el libro familiar que había amado durante tantos años. La pintura brillante. El cuero grabado. Las páginas de papiro agrietadas que se asentaban de forma irregular en la cubierta. Conocía todos sus matices. Se inclinó y recogió el querido tesoro contra su pecho. Las lágrimas se escaparon de sus pestañas, cayendo por sus mejillas sin control, incluso cuando controló su respiración hasta el silencio.

No había espacio en su mochila para el libro, ni en la de Leontios, que yacía en la arena casi olvidada. Incapaz de manejar ambas bolsas, el libro y la linterna con seguridad, desabrochó la correa de su mochila y pasó la anilla superior de la linterna por ella, abrochándola de nuevo para que la lámpara colgara a lo largo de su espalda. Colocó la correa de la otra bolsa sobre su hombro, de modo que quedara apoyada en la cadera opuesta. Así, dejó ambas manos libres para aferrar el libro contra su pecho, el cuero suave y cálido como la carne.

Se giró para mirar el campamento donde soldados y aventureros se gritaban con acento británico. Su discusión se había hecho tan fuerte que todas las figuras que había visto alrededor de la pirámide se habían vuelto para mirar. Violeta volvió a salir sigilosamente de detrás de la pirámide, escudriñando los alrededores en busca de cualquier señal de amenaza.

Salió de la estructura que la protegía, lejos de la mayoría de la gente que podía ver, y bordeó los terrenos de la pirámide, lejos de la turba enfurecida. Dejando de lado a una figura sombría con sombrero de soldado que permanecía congelada, contemplando la pelea, Violeta se movió lentamente (paso y parada, paso y parada) esperando que cada movimiento no llamara la atención. Sabía que no podía hacerse invisible. La brillante luna que le permitía moverse con libertad también la revelaba en un claro relieve contra la pálida arena.

Las horas parecían pasar mientras se alejaba de la pirámide hacia la duna en la que Leontios le había indicado que se refugiara. A su derecha, un sonido suave parecía una pisada. Violeta se congeló. Lentamente, giró la cabeza, pero no pudo ver nada. Todas las figuras dispersas por el antiguo emplazamiento se habían arrastrado hacia delante, disfrutando claramente del drama que se desarrollaba en primer plano.

"¡Por última vez, muévete!", bramó una voz autoritaria.

"Este sitio no es tuyo", respondió otro. "Lárgate".

"No pasa nada, amigo", gritó la primera voz. "Nos han encargado la protección de las antigüedades, y no tenéis ningún derecho a estar aquí".

"Y vuelvo a decir que no necesito tu permiso".

Un fuerte sonido resonó en el paisaje llano. Sonó como carne golpeando carne.

Alguien recibió un puñetazo, se dio cuenta Violeta.

Todas las figuras que permanecían en el lugar corrieron hacia adelante, deseosas de ver la pelea desde más cerca. Al ver su oportunidad, Violeta se adelantó con ellos, con la cabeza agachada para ocultar sus rasgos femeninos.

En el último momento, se desvió. No *me veas*, le instó. *No te des cuenta. ¿Ves la pelea? Tanto drama. No me veas. Luna, por qué tienes que ser tan brillante.*

Una ráfaga de viento caliente le asaltó la cara, y la noche se volvió oscura. Casi demasiado oscura para ver. Violeta tragó saliva y miró hacia arriba para ver una nube gorda que se desplazaba por la superficie de la luna. No era especialmente grande y sólo duraría un momento, pero si se daba prisa...

Sus oídos se esforzaron por captar cualquier grito de advertencia mientras corría por la zona abierta entre la pirámide y la duna, pero no hubo nada.

Se deslizó por la sombra más oscura que la de la enorme pila de arena, agachándose por la parte de atrás, la más alejada de la melé, y se puso de rodillas. La nube pasó, permitiendo que la luz iluminara el rostro de Violeta mientras dejaba que la mochila que llevaba en el brazo se deslizara hasta el suelo. El contenido chocó entre sí y la linterna emitió un suave zumbido metálico al aterrizar. Bajó la cara hacia el libro. *¿Cómo puede ser? ¿Cómo? No es posible.*

Pasaron largos minutos mientras ella lloraba con confusa incredulidad. *Deja que tú, Violeta, te enamores de un libro. ¿Qué podría tener más sentido que eso?* El pensamiento irónico se abrió paso en su aturdimiento, y tuvo que reprimir una carcajada histérica.

Por mucho que me gustaría quedarme aquí toda la noche, no puedo. Necesito que el hombre, no el libro, me guíe. Se sentó en la arena y se secó los ojos. Colocó en su regazo el libro que, de alguna manera, era más de lo que ella misma podría haber imaginado y, abriendo la cubierta, trazó los símbolos con la punta del dedo. Su significado se había grabado a fuego en su memoria. "Yo dentro de ti", respiró, y sus ojos se cerraron. "Tú dentro de mí. Por el poder de la luna y el sol, todas las cosas (a través de nosotros) pueden hacerse. Vuelve a mí, Leontios. Vuelve, te necesito".

No ocurrió nada durante un largo momento mientras su mano acariciaba el cuero. Bajo sus dedos, la funda se extendía cada vez más. El peso en su regazo se hizo más pesado. Un tacto familiar capturó la palma y las yemas de los dedos.

"Tenemos que darnos prisa", susurró, sin abrir los ojos. "Ha estallado una pelea. Es una oportunidad perfecta para poner distancia entre nosotros y la pirámide.

Sin decir nada, Leontios entrelazó sus dedos con los de ella y la ayudó a ponerse en pie. El peso de la mochila se desprendió de su hombro y ella se la quitó del brazo.

"¿Estás bien, Violeta Warren?", preguntó, con voz preocupada.

Ella negó con la cabeza. "En absoluto".

"Bueno, debemos seguir adelante. Tal vez, cuando estemos lejos de este lugar, podamos discutirlo. Por ahora, por favor, abre los ojos y déjanos avanzar".

Sus párpados se sentían como pesos de plomo. Luchaban por permanecer cerrados, para evitar el último golpe a su sentido de la realidad. Sin embargo, debían abrirse, y como sabía que lo harían, se sobresaltó al ver el rostro apuesto y tatuado de Leontios. Su respiración se estremeció al inhalar. Sin embargo, dejó que Leontios la guiara hacia el desierto. La arena crujía bajo sus pies, plana y desnuda. La mano en la suya se sentía cálida como la vida misma. Mucho más cálida que el aire de la noche, que se había enfriado después de la puesta de sol.

Cuanto más se alejaban de la pirámide, más salvaje se volvía el desierto. Pequeñas y resistentes plantas se agrupaban a la sombra de las dunas. Huellas de lagarto y de camello salpicaban la arena, con formas iluminadas por el brillo de la luna.

La pareja caminó en silencio durante largos minutos mientras ponían espacio entre ellos y la civilización.

Se acercaron a otra gran duna.

A la sombra de la pila de arena, dos hombres se encontraban frente a frente, mirándose con una sola intensidad. Uno de ellos, más joven y bajo, agarraba al otro por el hombro. El mayor, más alto, permanecía inmóvil.

Entonces, el hombre mayor se movió, saliendo como una serpiente para aplastar la barbilla del más joven con su mano y capturar su boca en un beso salvaje.

Violeta dio un paso atrás de nuevo, alejando a Leontios de la pareja. Bordeando el extremo de la duna, lejos de los amantes, murmuró: "Y yo que pensaba que mi atracción por los hombres extranjeros era un problema".

"Violeta Warren", dijo Leontios en voz baja mientras se alejaban de nuevo, "¿qué has visto? Pensé que los hombres iban a luchar".

Ella negó con la cabeza. "Se estaban besando. Quería darles espacio".

"No sé qué significa eso", dijo Leontios.

Violeta se detuvo en seco. "¿Hablas en serio?"

"Sí", respondió. "¿Esto te sorprende?"

"¡Sí! Leontios, un beso es un signo casi universal de afecto. Los padres besan a sus hijos. Los amigos a veces se saludan con un beso, pero el beso entre amantes es el más importante y apasionado de todos. ¿Cómo es posible que su gente muestre afecto a sus amantes sin un beso? ¿Cómo se preparan para la intimidad?". Sus mejillas se calentaron al ver cómo soltaba la indiscreta pregunta.

"Hay muchos toques que se utilizan para mostrar afecto. Abrazamos a amigos y familiares. El toque especial entre amantes consiste en que el hombre ponga su mano sobre la de la mujer, palma con palma. Le da a ella la opción de aceptar el toque juntando sus manos o de rechazarlo apartándose".

"¿Pero no hay beso?"

Sacudió la cabeza.

Ella parpadeó. "Dios mío. No tenía ni idea. Incluso los egipcios se besaban, aunque eso pudo ser más tarde, ya que su imperio duró muchos siglos".

"Así que has explicado para qué sirve este... beso, Violeta Warren, pero no qué es. ¿Qué es este toque mágico que el mundo entero ha adoptado mientras yo estaba insensible?"

Sintió que el calor en sus mejillas aumentaba. "¿No los has visto?"

"No entendía lo que estaba viendo antes de que me arrastraras", explicó, con diversión, arrugando la boca y los ojos.

"Un beso es un toque de los labios de una persona a una parte del cuerpo humano. En particular, los besos en la mejilla o en la parte superior de la cabeza son comunes entre padres e hijos, o entre amigos. Un hombre en la primera etapa del noviazgo puede besar el dorso de la mano de una mujer. Cuando las personas están comprometidas en una relación, se besan en los labios, lo que demuestra amor y despierta la pasión".

"Ah". Leontios pareció ponderar la información. "Y en esta época, ¿es una señal universal de afecto romántico?"

Ella asintió.

"¿Así que esos hombres eran amantes?"

Ella asintió. "Eso parece".

"¿Entonces debemos seguir alejándonos de ellos y darles privacidad?"

"Creo que sería una buena idea. De todos modos, tenemos que ponernos en marcha. ¿Por dónde deberíamos ir?"

"Por aquí". Leontios se puso en marcha. Hacía tiempo que Violeta había perdido la noción del norte, el sur, el este y el oeste después de rodear tantas dunas, pero su compañero se movía con tanta seguridad que no tenía motivos para dudar de su convicción.

Así pues, salieron como un par de maníacos, alejándose de toda ayuda posible hacia la naturaleza. La arena plana salpicada de dunas se transformó lentamente en un paisaje más rocoso. Mientras caminaban, Violeta reflexionaba sobre la conversación. *No me besó porque no sabía cómo hacerlo. No porque no quisiera. Me pregunto si querría...*

Se fijó en sus manos unidas. *Puso su palma sobre la mía varias veces y esperó. Cuando no respondí, pareció decepcionado. Cuando tomé su mano, parecía confundido. Eso sugiere que se siente atraído por mí.* Su estómago se estremeció al darse cuenta. *Nos deseamos, pero no hablamos el mismo lenguaje táctil.* Se le volvió a cortar la respiración.

Bueno, todo es extraño, supongo. Ayer conocí a un hombre y ya quiero amarlo. Con locura. Y... es un fantasma que lleva varios milenios atrapado en un libro. Y no estoy soñando. Sacudió la cabeza. *Quería una aventura, pero esto no es exactamente lo que tenía en mente. ¿Cómo puedo estar con un libro (si es que realmente es lo que quiere)? Aunque siga teniendo forma humana, su cultura es totalmente ajena a la mía.*

Y, sin embargo, su alma lo conocía. Lo conocía y codiciaba cada momento que pudieran pasar juntos. Empezando esta noche en su +viaje a ninguna parte.

CAPÍTULO 11

Un brillante amanecer persigue el horizonte, calentando el desierto.

Leontios pronunció una palabra que Violeta no entendió, pero se sintió bastante segura de que era una maldición. "Debemos abandonar nuestra búsqueda por hoy", dijo largamente. "Pronto hará demasiado calor para movernos con seguridad".

"¿Has visto algo que reconozcas?" Preguntó Violeta.

"Varias cosas", respondió, "al menos, creo que sí. Más de cuatro mil años de erosión han alterado enormemente los hitos. Vi una roca roja. Recuerdo una roca roja. Ahora es mucho más pequeña, como era de esperar, pero la forma ha cambiado, así que no puedo asegurar que fuera la misma. He visto varios puntos de referencia que podrían haber sido familiares pero que podrían no haberlo sido".

"Eso es frustrante", convino Violeta, "pero sabíamos que esta parte no sería rápida ni fácil. Al menos podemos saber por la posición del sol que estamos orientados en la dirección correcta. Lo estamos, ¿verdad?". Un rayo abrasador le tocó el costado de la frente, y una gota de sudor rodó por su cara. "Veo unas palmeras delante. ¿Investigamos? No dan la mejor sombra, pero quizá haya más cosas que ver allí".

Leontios asintió distraídamente.

Llegaron a la cima de una colina de arena. Debajo de ellos, un pequeño oasis rodeaba un charco de barro. Dos desgarradas palmeras datileras cruzaban sus troncos y colgaban su follaje bajo. Pero lo mejor de todo era que, en el lado más alejado del estanque, una roca inclinada proporcionaba un pequeño parche de sombra que duraría hasta la parte más calurosa del día. "Es perfecto".

"Estamos cerca de nuestro objetivo", dijo Leontios solemnemente. "Este oasis fue una vez un pequeño pueblo afiliado a Skeon. Entonces era mucho más grande, naturalmente".

"¿Cómo lo sabes?" Preguntó Violeta.

Leontios señaló una cadena de grandes colinas rocosas. "Aunque el tamaño ha cambiado, hay un patrón de rostros en las cuevas bajo los picos. No han cambiado lo suficiente como para ser irreconocibles".

"Pero entonces, ¿dónde está la ciudad?"

Se encogió de hombros. "Estamos a una hora de camino".

"¿Sólo una hora? Entonces deberíamos seguir adelante", sugirió Violeta.

"Pero todavía no sé exactamente dónde está la ciudad en relación con este manantial, ni sé lo fácil que será encontrarla. No quiero caminar una hora para llegar a las cercanías de Skeon y luego pasar otras varias horas vagando bajo el sol. Deberíamos refugiarnos aquí y esperar hasta el anochecer. ¿Crees que podrás dormir, Violeta?"

Ella sonrió. "Me imagino que sí. Me siento como si llevara un mes caminando. ¿Puedes creer que sólo llevamos unos días en esta aventura?"

No dijo nada en respuesta a su inane comentario. Bajaron la colina hasta el estanque, bordearon el pequeño estanque y se arrastraron hasta la sombra de la roca. Violeta se puso boca abajo y se apoyó en los codos, colocando su bolsa delante de ella y rebuscando en sus profundidades para sacar un pan de pita fresco, partido y relleno de carne asada picante y queso fuerte y oloroso. Lo desenvolvió de su soporte de papel de periódico y le dio un mordisco mientras buscaba su cantimplora.

"¿Crees que el agua del manantial es segura para beber?", preguntó, "¿O sería mejor conjurarla desde el aire?".

"Creo que sí", respondió él, sacando igualmente su bocadillo e imitando sus movimientos. "Lo fue en su día. Recomiendo que tomemos el agua del propio manantial. La piscina es bastante poco atractiva".

"¿No podrías sacar agua del aire?", sugirió ella. "Lo hiciste una vez".

"Es más difícil en el desierto profundo", explicó. "Donde estábamos antes, había más humedad en el aire. Podría, pero no deseo hacerlo. No cuando este manantial está disponible. Será más fácil por la noche, cuando pueda canalizar la luna".

"No sé cómo hacerlo. Así que, agua de manantial será". Se puso de lado, cansada pero no lista para dormir. "¿Ehm, Leontios?"

Él se volvió hacia ella, y ella pudo ver por la expresión de su cara que no estaba nada seguro del queso.

"Suponiendo que encontremos la forma de entrar, ¿qué implica el ritual para unirse al cristal? Imagino que es bastante *complicado*. ¿Está escrito en las páginas de... bueno... tú?"

"Sí", aceptó. "La descripción está aquí". Puso la mano sobre su caja torácica, "pero sin el contexto de muchos años viviendo en Skeon, tu capacidad de traducirla a tu idioma no te mostrará realmente los secretos. Son sólo mis notas".

"¿La versión abreviada?"

La miró.

"No importa. Me llevaría una eternidad explicarlo, y no es tan interesante. Entonces, Leontios, Sumo Sacerdote del Sol, hermano del Príncipe de Skeon, ¿qué implica drenar el cristal para que no entre en erupción?"

"Debemos trabajar como uno, Violeta Warren. Eso no es una metáfora. Debemos ser como una persona literal, con el poder del sol y la luna fluyendo a través de ambos".

"Eso será un reto para mí", señaló secamente. "Me gusta la luna y todo eso, pero no sé cómo dejar que su poder *fluya* a través de mí".

"Te ayudaré a entrar en un estado receptivo", prometió. "Hay, como supones, un ritual para prepararnos. Una vez preparados, el drenaje es bastante sencillo. Hay una piscina con un manantial. En mi época, era mucho más grande y bonita que ésta. Un verdadero oasis del desierto en la hendidura de la roca. Juntamos las manos. Tú tocas el agua. Yo toco el cristal, y la magia fluye a través de nosotros hacia el agua, donde se disipa en el suelo y las plantas circundantes".

"Suena sencillo. ¿Duele?"

"Sospecho que sí. Normalmente, se siente como un suave cosquilleo, pero normalmente se drena una vez al mes".

"Ouch", comentó Violeta. Dio otro mordisco a su sándwich demasiado maduro y se llevó un poco de agua a la boca, tragándola. "Um, Leo, ¿estás seguro de que podemos sobrevivir a eso?"

"Lamentablemente, no", respondió. "Puede ser demasiado para que nuestros cuerpos lo soporten".

Frunció el ceño.

"Pero si todo va bien, la energía no debería hacernos un daño duradero. Está destinado a fluir. Lo que más me preocupa es que luches contra él. Eso podría ser mortal. ¿Eres bueno sometiéndote?"

Violeta se burló y guardó el sándwich en su bolso. "En absoluto".

"Eso es lo que me temía. Es una cualidad encantadora, pero quizás no sea la mejor para esta misión. ¿Lo intentarás?"

Suspiró. "Recién ahora estoy aceptando que todo esto es real. Todavía estoy decidiendo si la histeria sería una respuesta más adecuada".

"Justo".

Rodó sobre su espalda y se sentó. "Entonces, cuéntame más. Sabes que adoro las antigüedades, y tenemos que pasar muchas horas. Muchas más de las que necesito o podré dormir. ¿Qué debo hacer para prepararme para ser un conducto de energía para una magia que no creo del todo que exista?"

Sus labios se curvaron hacia arriba, pero la tristeza que se dibujaba en las esquinas de sus ojos lo decía todo. "Primero, debemos ungir nuestros cuerpos con aceite".

"¿Tienes algo?"

"Sí", respondió. "Era abundante y barato en el mercado una vez que entendí cómo el... ¿dinero? Cómo funcionaba el dinero. Lo compré mientras tú seleccionabas los alimentos. Ellani siempre odió el aceite".

"¿Quién es Ellani?" Violeta interrumpió.

"Mi mujer", contestó Leontios, con la atención todavía centrada en su sándwich. Curvó el labio en una innegable mueca de desprecio.

Violeta se puso en pie de golpe, golpeando su cabeza contra la roca bajo la que se refugiaban. Se sentó con fuerza. "¿Estás casado?"

"Sí. Por supuesto. Sin mi alta sacerdotisa de la luna, no podría realizar los rituales, como dije".

Violeta se mordió el labio. "No me di cuenta. Lo siento".

"¿Para qué, Violeta Warren?"

Cerró los ojos, sin saber cómo explicarlo.

Leontios la acercó más a él, frotando la parte superior de su cabeza para calmar el escozor del impacto. "¿Estás bien?"

Cerró los ojos, con las lágrimas escocidas por el dolor del cuerpo y del corazón.

Por primera vez en su breve relación, Leontios la abrazó, alineando sus cuerpos lo más cerca posible mientras estaban sentados uno al lado del otro. "Por favor, habla conmigo, Violeta", le instó. "¿Por qué estás molesta?"

"Leontios, estás casado. Tienes una esposa. Creo que..."

Aspiró un pulmón lleno de aire y lo soltó en un lento silbido. "Pensé que había algo más entre nosotros. Quiero decir, el toque de los amantes es esto, ¿verdad?" Ella agarró su mano y dejó que sus dedos se deslizaran juntos.

"Sí". Parecía confundido. "¿Por qué?"

Piensa, Violeta. ¿Por qué? "Recuerdo que dijiste que el matrimonio era raro en tu sociedad, ¿sí?" Ella se apartó del abrazo y le miró a los ojos.

"Sí". Todavía parecía desconcertado, y no es de extrañar.

¿Cómo puede entenderlo si no se lo explicas? Sin embargo, ¿qué palabras podrían transmitir esto de una manera que él entienda? "Tal vez, como el concepto de besar, es una diferencia de comprensión. En esta época, el matrimonio es tan común como extremadamente importante. Es un voto político, religioso y personal para honrar su vínculo y nunca intimar con otra persona, mientras ambos vivan".

Leontios enarcó una ceja. "Es diferente", explicó. "Sí, el matrimonio se refiere a un compromiso político y religioso, pero no es un voto personal. Incluso el reducido número de personas que se casan pueden buscar el amor en otra parte. Es una conexión ceremonial que puede ser personal, pero no tiene por qué serlo".

"Oh," Violeta respiró. "Creo que lo entiendo. ¿Así que Ellani era tu esposa ceremonial, lo que significa que realizaba rituales contigo?"

Asintió con la cabeza.

"¿Pero no la amabas?"

"No, Violeta. La amé. La amé con todo lo que tenía en mí".

Se mordió el labio, con los ojos escocidos.

"Ella no me amaba. Ella tenía una pareja, que es una cosa aparte, un compromiso personal que cualquiera y todos pueden hacer."

"Lo siento". Le puso una mano en el brazo. "Eso debe haber dolido. Pero, Leo, si amas a tu esposa, ¿por qué tocas mi mano como un amante?"

Suspiró. "Es difícil de explicar. Ya has visto cómo nos ha costado comunicarnos".

"Tienes mucha razón en eso", coincidió ella, "pero ¿no lo intentarás de todas formas?".

"Lo intentaré. ¿Intentarás entenderlo?", le preguntó, observándola atentamente.

Ella asintió.

"He amado a Ellani durante años, pero para ella, nuestro matrimonio siempre fue más político que personal. Creo que ella se preocupaba por mí, pero su corazón pertenecía a Kel. Hasta que desperté después de mis miles de años como libro, ella era la persona por la que más me sentía atraído, pero siempre supe que no significaba para ella lo que ella significaba para mí."

"Supongo, además, que, aunque lleva mucho tiempo fuera, debe sentir que sigue contigo".

"Fue asesinada el día que Egipto saqueó a Skeon. Atravesada por una flecha. Puse su alma dentro de la llave como yo puse la mía dentro del libro. Así que, ella está aquí en el mundo de alguna manera, tal vez. Como el propio Skeon, la llave es frágil y propensa a la destrucción, pero por el momento, mis opciones eran limitadas".

"Hiciste lo mejor que pudiste por ella", le tranquilizó Violeta. "Sin embargo, todo esto no me tranquiliza. Parece el amor de tu vida".

"Lo era".

"¿Y ahora?"

"Ahora... y entonces, Violeta. Ahora y entonces, supe que, si quería amar y ser amado, tendría que abrirme a otra persona (como ella) porque ella no era para mí. No podía querer que sucediera". Para recalcarlo, volvió a apoyar la mano en la palma de la mano de ella.

Violeta tragó saliva, entendiendo, pero no creyendo del todo su mensaje. Incapaz de afrontarlo, se apartó, rechazando el contacto. Dejó caer su abultada e incómoda mochila en la arena, se acostó y la utilizó para acolchar su cabeza.

Aunque dudaba de poder descansar en un soporte tan inútil, con tantos objetos clavándose en su cara, con la arena filtrándose en su ropa y el calor creciente atrayendo el sudor a la superficie de su piel, se dejó caer al instante.

En su sueño, el cristal volvió a aparecer ante ella, blanco y cubierto de protuberancias afiladas. Era hermoso y peligroso.

Sintió una presencia detrás de ella y supo sin volverse que era Leontios. "¿Es este nuestro objetivo entonces?"

Le rodeó la cintura con los brazos y apoyó la barbilla en su hombro. "Así es. La quiero tanto como la odio".

De alguna manera, ella sabía que se refería al cristal... y a algo más.

"Debemos tener cuidado, Violeta Warren. Hay mucho más contra nosotros que lo que pensamos. Si podemos llegar a esto, será un milagro".

"¿Qué hay contra nosotros?", preguntó.

"Sabrás cuando sea el momento adecuado", le murmuró su voz al oído. "Sé tú misma con toda tu ambición salvaje, tu espíritu aventurero, tu corazón abierto. Amor y coraje, Violeta. Amor y coraje".

Una pistola rugió en su sueño y Violeta se despertó sobresaltada.

El ángulo del sol contra la roca proyectaba una larga sombra.

En el sueño, como cuando estaba despierta, Violeta se había acercado a Leontios. De hecho, su cabeza se apoyaba en su hombro. Su brazo la rodeaba. Respiraban al unísono. Sus pulsos palpitaban juntos.

Conozco a este hombre desde hace menos de una semana. De alguna manera, eso no importó.

Es de una época y un lugar muy diferentes. Eso tampoco importaba.

Es un libro. Apoyó un brazo en su pecho y se inclinó sobre él, examinando su rostro. Mientras dormía (¿cómo *duerme un libro?*), *su* rostro se había relajado y la boca se había hundido hasta soltar un suave ronquido. Leontios tenía un aspecto aún más hermoso y atractivo que cuando estaba despierto.

¿Cómo puedo sentir tanto tan rápido? Ya no le importaba pensar en las realidades racionales de las relaciones. No cuando estaba tan cerca de ese hombre, inhalando su aroma, que ahora se daba cuenta de que no sólo olía a libro viejo, sino a *su* libro viejo. *Lleva mucho tiempo conmigo. Años. La mayor parte de mi vida adulta.*

Sus ojos oscuros se abrieron y miró fijamente a los de ella. Su intensa expresión hablaba de poderosos pensamientos que no pronunció.

De nuevo, su mano buscó la de ella, aunque esta vez parecía más triste y tentativa que en las anteriores veces que se habían tocado. *Lo rechacé,* recordó ella. *Justo antes de quedarme dormida. Justo después de que me contara cómo su mujer le había rechazado por otro hombre durante todo su matrimonio. Ella murió hace miles de años que le parecieron menos de una semana en su conciencia. Y aun así se atrevió a acercarse a mí.*

Ella tragó con fuerza y volvió a entrelazar sus dedos con los de él, aceptando que, aunque tuvieran muchas más discusiones antes de poder decir que se entendían de verdad, esta conexión trascendía el entendimiento.

El contacto la calentó más allá del calor de una palma sudada en otra. Al bajar la guardia, su espíritu pareció deslizarse más allá de los límites de su cuerpo y mezclarse con el de él, de modo que sus manos unidas crearon una nueva singularidad. Un nuevo ser. Uno hecho de magia y modernidad, de conocimiento y sabiduría, de vida y de lo que está más allá de esta vida. Aunque todo aquello se contradecía, seguía teniendo mucho sentido.

Inclinándose hacia delante, Violeta acercó su cara a la de Leontios. Cerró los ojos y lo besó.

Los labios de Leontios se sentían firmes y suaves al mismo tiempo. A lo largo de sus treinta años, Violeta había permitido que más de un caballero la besara, pero nunca se había sentido así. Tan bien. Tan *perfecto.* Como si sus labios hubieran sido hechos específicamente para encajar el uno en el otro como una llave en una cerradura. *La forma en que nuestras manos encajan. La forma en que nuestras almas encajan.* Ningún hombre le pertenecería jamás como éste, y sintió que una paz que nunca podría explicar surgía en ella. *Ninguna explicación será nunca tan satisfactoria como dejar que esto sea. Es el destino.*

Levantó la cabeza.

"Eso fue delicioso", respiró. "Entiendo cómo ese toque se hizo tan popular".

Ella sonrió. "No sé por qué confías en mí", dijo, "pero te lo agradezco".

A diferencia de sus anteriores medias sonrisas irónicas, esta vez le brillaron los dientes y le brillaron los ojos. No dijo nada, pero su expresión decía palabras que no existían en ninguno de sus idiomas.

Su mano libre se deslizó por la espalda de ella y se enredó en su pelo, empujándola hacia abajo.

"¿Más?", se burló ella, con los ojos muy abiertos de falsa inocencia.

"Por favor", suplicó.

Violeta sucumbió al instante, comprimiendo los labios de él con los suyos, que permanecieron ligeramente separados para poder tentarle con un suave golpe de lengua. *Siempre he odiado esto,* recordó, *y siempre me ha parecido repugnante hasta ahora. Ahora, nada importa más que estar tan cerca de este hombre como sea posible.*

Como hombre inteligente que era, Leontios no hizo preguntas. Se limitó a dejar que ella guiara el beso, abriéndose para recibir el contacto e incluso respondiendo con un suave deslizamiento. No introdujo su lengua de forma agresiva en la boca de ella, sino que la exploró con avidez y facilidad, dejándola jadear de excitación. Los pechos y el vientre le hormigueaban.

Como si hubiera sabido toda su vida cómo los besos llevaban a más, Leontios se revolvió, cubriendo el cuerpo de ella con el suyo, de modo que su sexo firme y lleno comprimió su abdomen.

"Oh, Dios", respiró Violeta. "Oh, Leontios, ¿qué está pasando?"

"Cosas muy buenas", le recordó. "Cosas por las que vale la pena arriesgar todo para salvarlas".

Violeta suspiró, su extraña realidad invadió el abrazo, junto con una vaga sensación de malestar. *Esto no es seguro*, le advirtió un pequeño hilo de intuición. *Algo te está buscando, y este es un lugar demasiado bueno para buscar.*

Violeta se aclaró la garganta, la pasión se desvanece. "Lo que significa que probablemente deberíamos retrasar esta exploración hasta que la hayamos salvado. No nos hará ningún bien caer en los brazos del otro y dejar que el desastre nos alcance. No cuando tenemos la oportunidad de poner todo en orden. Después, tendremos todo el tiempo del mundo para hacer de esto..." Indicó sus manos unidas, "todo lo que siempre soñamos".

Sonrió, pero sus ojos parecían tristes. "Demasiado sabio. Cómo podría olvidarlo". Con un suspiro, se puso en pie y, tirando suavemente de sus dedos, la ayudó a salir de debajo de su roca protectora.

Aunque un poco destrozada por lo abrupto que había sido el final del tierno interludio, reconoció que el sol bajo significaba que era hora de ponerse en marcha. *Si Leontios es realmente un libro (que lo es), ¿significa eso que el resto de la misión también es real? ¿Realmente vamos a encontrar una ciudad oculta aquí en medio de la nada, una ciudad con un cristal gigante y desbordante que tenemos que usar la magia para difundir? Qué concepto tan extraño.*

Sin saber aún qué pensar de la situación, sacó la botella de la mochila y se dirigió al lado activo del manantial, donde el agua brotaba de la tierra, clara y limpia, antes de reunirse en un charco de lodo que rápidamente se escurría hacia la arena. Se arrodilló en la humedad, humedeciendo las rodillas de sus pantalones mientras sumergía la botella en el agua.

Mientras tanto, el sonido del papel que crujía le indicó que Leontios estaba intentando comer la pita de nuevo. "No me interesa esto", admitió.

"Yo tampoco", respondió, "pero la sal nos ayudará a mantener el equilibrio de nuestro cuerpo. Demasiado sudor y demasiada agua pueden ser peligrosos. Espera, tú eres del desierto. Debes saberlo mejor que yo".

"Supongo que sí", aceptó. "¿Las otras comidas son más sabrosas que ésta?"

"Creo que sí", aceptó. "Tengo dátiles, pitas simples y bolas de garbanzos. Tú tienes aceitunas y salchichas secas que huelen a cabra, pero no más queso. Será mejor que te lo acabes. No nos sobra mucho, y la edad no lo mejorará".

Volvió a suspirar.

Violeta terminó de llenar su cantimplora y siguió su propio consejo, masticando el desagradable bocadillo con la esperanza de hacerlo desaparecer lo antes posible. Leontios ocupó su posición en el manantial, llenando su recipiente: una anticuada bolsa de piel.

"¿En qué dirección debemos ir?" Preguntó Violeta.

"Suroeste. Siempre al suroeste", respondió Leontios. Se tapó la cabeza con un sombrero (que desentonaba con su aspecto de otro mundo) y se giró hacia el desierto abierto. El brillante orbe rojo de la puesta de sol se reflejó incómodamente en los ojos de Violeta, que lo siguió con la mirada. Se colocó su propio sombrero, mucho más moderno, en la cabeza y se apresuró a seguirlo.

A pesar de que el sol se hunde lentamente en el horizonte, el calor sigue siendo intenso. El sudor brotó inmediatamente en su piel.

Ella se puso al día y redujo la velocidad a un ritmo tranquilo que preservaba mejor sus fuerzas. "Es una suerte para ti", señaló, "que yo sea atlética y aventurera".

Leontios no respondió. Tampoco le tendió la mano como hacía normalmente. Avanzaron en un incómodo silencio mientras el sol bajaba más y más hasta que finalmente desapareció. Los pasos se convirtieron en kilómetros mientras la pareja buscaba algo que uno no entendía y el otro no podía encontrar. A medida que pasaban las horas, este último hecho se hacía cada vez más evidente.

Finalmente, se sentó en la arena, en la base de una imponente formación rocosa, una de tantas. Violeta no pudo entender las palabras furiosas que pronunció, pero sospechó que eran maldiciones.

"¿No hubo suerte?", adivinó.

Sacudió la cabeza. "Después de tantos años, la mayoría de las formaciones han cambiado de forma drásticamente. Incluso con la llave, me costaría encontrar lo que busco".

Se sentó a su lado. Él seguía sin hacer ningún movimiento para tocarla. La pérdida de su fácil intimidad la entristeció.

"¿Estás enfadado conmigo?", preguntó.

Sacudió la cabeza. Aunque la luna estaba menos llena esta noche, proporcionaba mucha luz para que ella pudiera ver sus movimientos. "No estoy enfadado, no. Pensar en Ellani me entristece. Además, hay algunas diferencias entre tu tiempo y el mío que hacen que no nos comuniquemos con claridad".

"Estoy de acuerdo", dijo Violeta. "Podemos superarlos si lo intentamos. Sin embargo, estoy segura de que debes estar muy triste al recordar a tu esposa. ¿Quieres hablar de ella?" Le puso una mano en el hombro.

"¿Por qué?", preguntó él, mirando por encima de su hombro para fijarla con sus convincentes ojos oscuros.

"Se me acaba de ocurrir que, aunque toda la tristeza que experimentaste tuvo lugar hace más de cuatro mil años, debes sentirla como si hubiera ocurrido la semana pasada. Creo que, si una persona perdiera a su cónyuge y viera arder su ciudad al mismo tiempo, estaría bastante triste una semana después".

"Sí, es triste", aceptó, respirando entrecortadamente. "Tengo la esperanza de que haciendo este trabajo, pueda apaciguar la pena o..."

"¿O simplemente tener una razón para seguir adelante?"

Asintió con la cabeza.

Su dolor brillaba en su oscura mirada. Violeta podía sentirlo clavándose en su propio corazón. Lo rodeó y se colocó de lado en su regazo, metiendo los dedos en su pelo, tirando el sombrero a la arena y atrayendo sus labios hacia los suyos. Le besó por empatía. Por atracción. En conmiseración. Con *cariño*, se dio cuenta. *Sería tan fácil enamorarse. Nunca había sentido algo así.*

Se aferró a él, esperando que su tacto y su presencia le reconfortaran.

Los brazos de Leontios la rodearon y la estrecharon contra su pecho.

Se acurrucó en su calor, dándole consuelo y llevando su conexión más adentro de sí misma. *¿Cómo puede alguien* no *amar a este hombre?* se preguntó. *Apenas lo conozco y ya es esencial para mi futuro.* Recordó a todos los hombres del pasado que habían intentado poseerla. Ninguno le había llegado al corazón. Leontios, en sólo unos días, se había instalado en él.

"Debemos seguir intentándolo", dijo por fin, frotando el lateral de su mano a lo largo de su nariz. "Puede que sea poco probable que logremos nuestro objetivo, pero si no lo intentamos, seguro que fracasaremos". Ayudó a Violeta a ponerse en pie, recuperó su sombrero y lo metió en su mochila. "Observaré las formaciones teniendo en cuenta cómo ha cambiado la pirámide con los siglos. Eso seguro que ayuda".

"¿Cómo se oculta la ciudad?" Violeta preguntó. "¿Cómo se puede ocultar todo un oasis?"

"Hay un muro de piedra detrás (que contiene la cueva que una vez fue el palacio real) así como al frente y a todos los lados. El camino hacia el oasis es estrecho. Lo he hecho invisible contra el resto de las rocas".

"¿Pero no hay puerta?"

"No hay puerta", aceptó. "No necesitamos una. A menos que conozcas el camino, la puerta está oculta. Al menos, lo está ahora. En su época de esplendor, Skeon se extendía más allá del valle hacia el desierto. Llevábamos agua desde el manantial para regar los cultivos y los animales. Un camino de piedra conducía a la puerta como una flecha".

"¿No podríamos encontrar el camino, entonces?" Violeta sugirió.

"Lo destruí", respondió. "Nuestro cristal es la vida misma. No podía permitir que nuestros enemigos lo tomaran. Destruí toda la ciudad exterior hasta dejarla al descubierto. No me cabe duda de que la arena ya lo ha recuperado todo. Sinceramente, no esperaba ser liberado, así que no consideré las complicaciones de intentar encontrar la ciudad miles de años después y sin la llave".

Hizo una pausa, escudriñando las rocas en busca de cualquier signo de irregularidad.

"Si no hay puerta, ¿cómo puede haber una llave? ¿Qué es?" Violeta también miró fijamente la roca blanca y brillante. La suave luz de la luna permitía mirar. Con el sol, habría sido cegador.

"Una pequeña pieza extraída del cristal más grande. Es una piedra blanca y lisa del tamaño de la palma de mi mano, con la forma del símbolo del tridente del príncipe de Skeon. Cuando se mira a través de ella, es más fácil ver los sutiles cambios de color que marcan la apertura".

"Un refractor", respiró Violeta. "Eso tiene sentido. Romper la luz en diferentes colores difuminará el efecto cegador y revelará bolsas ocultas".

"No sé lo que significa «refractor», pero esencialmente, sí. Lo que dices parece cierto. La llave cambia la forma de ver el paisaje. Hace visible lo invisible".

"Entonces, ¿no es probable que cualquier cristal haga lo mismo?", preguntó.

Leontios se volvió hacia ella, bajando las cejas en señal de concentración. "Tal vez. Yo veía el trabajo de la llave como algo mágico. La conexión entre las piezas grandes y pequeñas atraería nuestro ojo al lugar correcto, pero... sí es un fenómeno que has descubierto en esta época...", hizo una pausa, mirándola de cerca. "Tal vez. ¿Deberíamos entonces volver a Menfis... a El Cairo? Había muchas joyerías. Tal vez una podría suministrarnos lo que necesitamos".

"No creo que sea necesario", respondió ella, rebuscando en su bolso. "Lo compré hace bastante tiempo, allá en Pittsburgh. No sé por qué sentí la necesidad de traerlo a Egipto, pero, al igual que el libro, no me gusta separarme de él. Y suena muy parecido a tu llave, así que quizá funcione casi igual". Se metió en la espalda y sacó el cristal de cuarzo transparente.

Leontios se quedó mirando. Pasaron largos minutos mientras contemplaba con asombro el pequeño objeto. Luego tragó saliva, y cuando habló, su voz sonó rasgada. "Esto es, Violeta Warren. Esta es la llave. ¿Cómo, por todos los cielos, has llegado a tenerla?"

"No lo sé", contestó ella, aturdida al descubrir que el tonto capricho que no podía dejar de comprar había resultado ser tan importante.

"Tal vez la propia luna te lo trajo. Tal vez estabas destinado a este viaje".

"Eso es lo que dijo el adivino que me lo vendió. Más o menos. No lo describió con exactitud, pero sí dijo que viajaría a través del mar y me encontraría con un misterioso desconocido". Ella tragó saliva. "¿Qué significa todo esto?"

"Significa que has nacido para ser mi sacerdotisa. Ven, mi querida Violeta. Usemos esta llave para revelar la puerta. Pronto podré mostrarte mi hogar".

Leontios levantó el cristal, pero la tenue luz de la luna no poseía la fuerza suficiente para proyectar ningún arco iris.

"¿Esperamos hasta el amanecer?", preguntó.

Sacudió la cabeza. "Es demasiado peligroso. Puede que aún tardemos varias horas en localizar la puerta, y no podemos estar tanto tiempo al sol. La cálida noche me dice que el día será aún más caluroso que los anteriores. ¿Puedes encender tu linterna? A ver si podemos hacer este destello en la oscuridad".

Los dedos temblorosos de Violeta tardaron una cantidad ridícula de tiempo en desabrochar la hebilla de su mochila y sacar su linterna apenas usada. Se esforzó por hacer funcionar el mecanismo de la caja de cristal.

Leontios agarró la muñeca de Violeta. "Alejémonos de este lugar", sugirió.

Violeta se congeló. "¿Has visto algo?" Visiones de soldados británicos, de nacionales egipcios, de pistoleros desconocidos se asomaron a su mente.

"No es lo que veo sino lo que siento", explicó. "Aunque la amenaza aún no nos ha encontrado, está buscando. Llegará. Debemos irnos antes de que lo haga. En la oscuridad es mejor".

"¿Qué es?", preguntó ella, más nerviosa que nunca.

Negó con la cabeza. "No puedo decirlo. No es seguro. Ven conmigo. Avancemos a la luz de la luna y enciende tu linterna cuando estemos lejos". La tomó de la mano y la condujo hacia el sur, siguiendo el acantilado. Pasaron largos minutos mientras se alejaban de la amenaza que Leontios había percibido. *Yo también lo sentí*, recordó ella. *En el oasis, antes de partir. ¿Puedo sentirlo ahora? Tal vez.*

La luz de la luna se reflejaba en la arena blanca y la piedra blanca. Un par de chacales comenzaron a chillar entre sí, uno en la distancia cercana, el otro mucho más lejos. Sus agudos gritos hicieron que a Violeta le subiera un escalofrío por la espalda.

Leontios la acercó, rodeando su cintura con el brazo.

"Leontios", respiró Violeta, "¿ves algún punto de referencia mientras nos movemos?"

"Está demasiado oscuro", respondió, "y han cambiado tantas cosas. Tanto".

"Entonces paremos y busquemos. No queremos alejarnos demasiado de nuestro oasis por si no encontramos la puerta esta noche".

Leontios se detuvo en su carrera hacia adelante. "No me siento seguro aquí. La amenaza permanece, y sin embargo... Tal vez sea imposible escapar".

Sus palabras la helaron.

"Muy bien, Violeta Warren. Enciende tu linterna. Cuando lo hagas, llama a las nubes. Concentremos la luz a través de la llave para poder ver mejor su magia".

Aunque todavía no estaba del todo segura de poseer este poder, Violeta pensó mucho en la humedad. No había mucha, sólo un rastro, pero aun así pensó en ella. Pensó en que se reunía en tres bocanadas ondulantes y las colocaba entre la luna y ellas.

La luz plateada se atenuó. Violeta abrió unos ojos que no recordaba haber cerrado. Tres finas volutas ocultaban la luz más brillante. Temblando por la cálida brisa, Violeta accionó el mecanismo para encender el farol. Una luz pálida salió disparada, parte de ella directamente sobre el acantilado de cara blanca que tenían delante. "¿Funcionará esto?", respiró, sin apenas hacer ruido.

"Esto es perfecto", murmuró, con su cálido aliento acariciando su oreja.

Un escalofrío diferente recorrió la columna vertebral de Violeta. Le provocó un alboroto de mariposas en el vientre. Incómoda con su excitación, sacó el cristal de su bolsa y se lo entregó a Leontios. Lo extendió hacia el haz de luz y un arco iris salió disparado, pintando la roca de colores.

De alguna manera, la refracción hizo que los huecos y las depresiones de la roca cobraran mayor relieve. La oscuridad ya no ocultaba los secretos del acantilado.

No apareció ninguna puerta mágica ante su mirada, pero Violeta pudo ver inmediatamente cómo funcionaría la llave. "Muy interesante", comentó. "¿Vamos al norte o más al sur?"

"Al sur", respondió. "No sé por qué, pero el norte parece inseguro".

No señaló que si permanecían expuestos a la intemperie a la luz del día, correrían más peligro que de una amenaza indefinida. Después de todo, él los había llevado al sur todo el tiempo. El sur parecía el camino correcto.

Avanzaron a lo largo de la pared del acantilado, iluminando

las rocas y examinando las depresiones en busca de algo que pareciera más significativo que una simple alcoba, pero no apareció ninguna señal de una puerta. Una hora de escrutinio no dio resultados.

"Leontios", dijo Violeta con suavidad, "deberíamos volver al oasis. Es una larga caminata, y la noche está menguando".

Resopló con frustración. "Tienes razón", dijo. "Odio admitirlo, pero no nos atrevemos a arriesgar nuestra seguridad".

De mala gana, se volvieron hacia el norte.

Para distraerlo de su decepción mutua, ella entabló una conversación tranquila mientras guardaba el cristal en su bolso. "Así que nos hemos despistado antes cuando me estabas describiendo el ritual. Recuerdo que dijiste que nos untaríamos el cuerpo con aceite. ¿Qué pasa después?"

"A continuación, invocamos al sol y a la luna", explicó, con su atención centrada en la pared rocosa junto a ellos mientras buscaba pistas. "A lo largo de la noche, cantamos y fusionamos nuestras energías para que, en el momento en que el sol atraviese el horizonte, podamos actuar como uno solo".

"Interesante", comentó Violeta. "¿Qué significa fusionar energías? ¿Es otro ritual?" Miró a Leontios y vio su sonrisa.

"No es estrictamente un ritual, no", respondió. "De hecho, la fusión de energías se realiza de forma más sencilla mediante el coito, aunque es aconsejable cantar durante el mismo. Cuando se realizan actividades tan placenteras, es fácil distraerse".

Violeta se congeló, la linterna se le escapó de los dedos para aterrizar en la arena con un suave golpe. "¿Qué?"

Leontios se volvió hacia ella. "¿Qué pasa, Violeta Warren? ¿Ya no es común cantar durante el coito?"

Violeta tragó saliva mientras recuperaba lá linterna y la apagaba. "Um, Leo, el sexo ritual ya no es común". Su rostro ardió ante la franca admisión. "La intimidad física se considera muy privada".

"Bueno, por supuesto, esas cosas son privadas. No todos los rituales son para el ojo público. Pero estoy desconcertado.

¿Cómo puedes invocar ritos de fertilidad sin tener relaciones sexuales?"

Violeta estaba segura de que su cara pronto se incendiaría. "Um, no nos gustan mucho los ritos de fertilidad. Nuestra religión es más... simbólica".

"Por todos los cielos. ¿Estás seguro? No, por supuesto que sí. Pero no entiendo. ¿Cómo puede tu gente reproducirse sin tener relaciones sexuales?"

"Existe", admitió. "Por supuesto, la gente sigue haciendo el amor. Como tú dices, es la forma en la que más gente llega a ser. Es sólo que... se supone que sólo los casados lo hacen. Como ya he dicho, el matrimonio no está tan restringido para nosotros como lo estaba para vosotros. Casi todos se casan eventualmente".

"Sí, esto lo puedo imaginar. Pero sigamos avanzando". Aplicó una suave presión en su espalda.

Violeta se dejó dirigir. "Quiero estar segura de que entiendo tu perspectiva. Como dijiste antes, para tu pueblo, el matrimonio era un rito religioso y político reservado a los altos sacerdotes y a la realeza..."

"Correcto". Una suave presión en su hombro la impulsó a acercarse al acantilado. "Quedémonos cerca de las rocas. Quizás seamos menos visibles en la sombra".

"Tal vez", aceptó, "y para aclarar, la gente común se une en familias, pero no hay ningún ritual para sellar el vínculo...".

"También es correcto", coincidió Leontios.

"Entonces, ¿qué ocurre (continuó) cuando la gente decide que ya no quiere estar junta? ¿Cómo se evita que las familias se rompan?". Ella le miró a la cara.

Parecía desconcertado, pero no respondió.

"¿Mantener las familias unidas no es una prioridad?" Su ceño no cambió. "¿Quién es responsable del cuidado de los niños entonces?"

"Todos", respondió. "Los niños son el futuro. Todo el mundo es responsable de su cuidado. En cuanto a con quién viven, depende. Un niño de pecho obviamente se queda con su madre. Un niño mayor se desplazaría. Y hay que tener en cuenta que las familias extensas vivían en una especie de complejos, por lo que la madre y el padre nunca habrían sido las únicas opciones. Nada de esto es ya cierto, ¿verdad?"

Violeta negó con la cabeza. "En algunos casos, los abuelos, otros parientes o los padrinos acogen a un huérfano o a una madre viuda y a su hijo, pero la mayoría de las veces la gente espera que el marido mantenga a la familia y la mujer atienda el hogar y los niños".

Leontios negó con la cabeza. "Creo que hará falta más de una noche para entender estos diferentes puntos de vista. Lo que debemos determinar es cómo afectará esto al ritual. Tengo la impresión de que estás intentando distraerte de algo importante que debes abordar, y creo que puedo adivinarlo. En una sociedad en la que las relaciones sexuales significan algo muy diferente, te molesta utilizarlas con este propósito utilitario. ¿Es eso correcto?"

"En cierto modo", admitió Violeta, "aunque eso apenas empieza a abarcar el problema. Leontios, soy virgen".

Volvió a hacer una pausa en la marcha. "No sé qué significa eso", admitió, "aunque parece muy importante para usted. Por favor, explíquese".

Violeta se lamió los labios. "Nunca he tenido relaciones con ningún hombre. En esta época, se espera que las mujeres permanezcan... intactas hasta el matrimonio".

"¿De verdad?" La expresión de desconcierto de Leontios se tensó hasta que sus cejas se tocaron, y las arrugas alrededor de sus ojos y boca parecieron brillar a la luz de la luna. "¿Es posible algo así? ¿Cómo lo hacen valer sus autoridades?"

Ella negó con la cabeza. "Nadie lo impone, pero una mujer que íntima con hombres antes del matrimonio pierde su reputación".

"Pero si las relaciones sexuales son tan privadas, como dices, ¿cómo se sabe?"

"Chismes", respondió ella simplemente. "Además, un hombre espera que su esposa sea virgen en su noche de bodas. Y ahí está el problema. No pienso casarme, Leontios, pero no lo he descartado. Ya soy raro y viejo. Si además no fuera virgen, podría perder mi última alternativa".

"No sé lo que es una ficha", le dijo Leontios, "pero si un hombre no te valora sin estos regateos, no te merece".

Las mariposas revoloteaban en su estómago.

"Aun así, si por las reglas de tu pueblo sientes que no puedes acostarte conmigo, tendremos que probar otro método que nos ayude a trabajar como uno solo".

"Gracias", dijo en voz baja, sintiéndose a la vez aliviada y extrañamente desinflada. "¿No estamos yendo un poco lejos, sin embargo?"

"¿Qué quieres decir?", preguntó.

"Creo que vi el lugar en el que giramos hacia el sur en la cara del acantilado unos veinte pasos atrás".

Leontios dijo una palabra que no entendió, pero que le pareció probablemente una maldición. "Tienes razón. Esto no parece familiar..." Se detuvo, sus palabras murieron.

"¿Qué?" Preguntó Violeta.

"¿Ves esta gran roca roja?

Violeta asintió. Era difícil no verlo. Era tan alto y tan diferente de las piedras blancas que lo rodeaban.

"Creo que es lo que solíamos llamar El Centinela. Por supuesto, los símbolos hace tiempo que desaparecieron, pero algo en la forma y sobre todo en el color me hace dudar".

"¿A qué distancia de la puerta está El Centinela?" Preguntó Violeta. La emoción comenzó a burbujear en su vientre.

"Quizás una hora. Tal vez menos. Dependerá, como siempre, de si puedo identificar la puerta en la oscuridad, con o sin llave".

Violeta reflexionó sobre esta información. "¿Debemos seguir hacia el norte entonces? ¿O volvemos al oasis? Si encontramos la puerta, ¿habrá refugio dentro?"

"Sí", dijo. "¿Recuerdas que te dije que había una cueva que

fue el palacio real y la sala del trono? Evitará que el sol nos alcance, y como también es el lugar del que surge el manantial para llenar la piscina, está (o estaba) forrado de un musgo suave y blando. Suave como cualquier cama. Si lo encontramos, deberíamos dormir cómodamente".

Los ladridos de los chacales dividían la noche mientras merodeaban. Una espesa nube recorría la superficie de la luna. Un frío nacido, no de la noche del desierto, sino de algo peor, algo malévolo, recorrió su columna vertebral. "Apenas llevamos unos días de aventura y ya anhelo la comodidad. Qué niña de ciudad tan mimada estoy resultando". Se rió, pero con un toque de histeria.

"Lo sientes, ¿verdad, Violeta Warren?" preguntó Leontios, apretando su mano. "¿Sientes la amenaza en el aire? Cuanto más al norte vayamos, más se acercará a nosotros. Debemos movernos rápidamente. No sólo para escapar del amanecer".

Violeta no respondió. Sentía que, de alguna manera, nombrar la amenaza atraería su atención. En su lugar, se apresuró a avanzar, manteniendo la pared blanca y brillante del acantilado junto a ellos. *Será nuestra guía. Nos mantendrá en el camino.*

De alguna manera, a medida que cada hora se adentraba en la noche, parecía más posible que Skeon fuera real, que lo encontraran y que todas las descabelladas historias de Leontios fueran ciertas.

La noche se hizo más profunda. Se oscureció. El borde del amanecer, no presente pero cercano, trajo un soplo de ligereza. Al final, Leontios se detuvo. "Violeta Warren, por favor, dame la llave".

Rebuscó en la mochila y sacó el trozo de cristal, entregándoselo a su compañera. "¿Necesitas la luz?" Levantó la linterna apagada.

"Sí, gracias". Levantó la llave entre ellos mientras ella volvía a iluminar el aparato. Un pequeño charco de luz surgió y golpeó la llave, haciendo que los arcoíris destellaran en la noche. Brillaron contra el blanco descarnado de la cara del acantilado.

Violeta entornó los ojos, a la caza de no sabía qué. "¿Ves algo?"

Agitó su mano libre. "Por favor, no estamos solos", siseó.

Violeta giró la cabeza, buscando en el desierto abierto. Cualquiera que se acercara desde esa dirección sería visible al instante. No vio nada.

Leontios agarró la mano de su linterna, estabilizándola. "Ya está", respiró.

Ella se volvió para ver su dedo señalando la roca donde, por encima de sus cabezas, una brillante barra de luz dorada se alineaba directamente con un grueso saliente. Debajo, un azul intenso teñía una estrecha hendidura.

"¿Es eso?", susurró.

Asintió con la cabeza. Incluso con poca luz, ella pudo ver cómo se movía su manzana de Adán. "Ven", le instó, con voz áspera.

Sólo puedo imaginar lo que debe sentir. Para él, esto era una ciudad, estado próspera la semana pasada. Verlo debe ser insoportable.

Bajó el cristal a su lado. La visión de la roca y la abertura se desvaneció, pero Leontios tomó la mano de Violeta y la condujo hacia adelante con confianza. Se adentraron en la sombra más profunda. Se acercaron lo suficiente como para tocar la roca. Pasaron por una abertura tan estrecha que parecía poco más que una grieta en la piedra... excepto que no lo era. Se alejaba en ángulo de la roca visible en un túnel que no se percibía hasta que ella entraba en él. El pasaje continuó hasta que Violeta sintió que entraba en una montaña. La oscuridad era intensa. La presionaba con un peso palpable. Sólo el fino rayo de luz de la linterna iluminaba unos pasos antes de ellos.

Quiso preguntarle cuánto duraba el túnel, pero no se atrevió a romper el silencio que la dejaba sin aliento. Incluso el tintineo de la anilla de la linterna parecía invitar a las fuerzas amenazantes a descender del techo rocoso sobre ellos.

A Violeta se le cortó la respiración. Su corazón latía con fuerza. Sintió como si las paredes se agolparan sobre ella.

Y entonces, sin previo aviso, el túnel se abrió. La luz de la luna reveló un recinto abierto del tamaño de tres manzanas. El agua salpicaba desde una cueva situada frente a la pared exterior hasta formar un estanque centelleante. A su alrededor, a pesar de la arena del desierto, crecía una espesa vegetación en una maraña salvaje.

Un extraño zumbido parecía vibrar en su aire. Aunque no podía oírlo del todo con sus oídos físicos, podía sentir que consistía en tonos superpuestos y discordantes. Se dio cuenta de que el zumbido era pulsante y parecía venir de detrás de ella. Se giró y recuperó el aliento. Detrás de ella, un enorme trozo de cuarzo del tamaño de un coche estaba parcialmente incrustado en la pared de roca.

Las rodillas de Violeta cedieron. Se hundió en el suelo, que no era de arena, sino de suave musgo, no sólo bajo el voladizo, sino alrededor de la piscina y a la sombra del muro exterior.

"Bienvenida, Violeta Warren, a la ciudad interior de Skeon". Aunque su pronunciamiento sonó, sonoro en el espacio reverberante, sus palabras parecieron atrapar y desgarrar su garganta. "Si hubieras podido verlo... Verlo...", se le quebró la voz.

Violeta dejó la linterna y su mochila en el suelo y se levantó sobre piernas inseguras, tambaleándose hacia él. "Es precioso. No se parece a nada que pudiera haber visto o imaginado".

Se acercó, pero a diferencia de todas las veces que se habían tocado, vaciló, con su rostro tatuado y fruncido en una expresión dolorosa e ilegible.

Se lanzó contra él, rodeando su torso con los brazos. "Lo siento mucho", murmuró. "No puedo imaginar lo que debes sentir".

Sus manos se posaron en su espalda.

Violeta apoyó la cabeza en su pecho, acurrucándose mientras él temblaba en su abrazo. Él se hundió en un asiento como si sus piernas hubieran perdido fuerza, y ella se encontró en su regazo.

Le miró a la cara. El blanco de sus ojos se había enrojecido, y las profundas arrugas en las esquinas de sus ojos y alrededor de su boca se habían vuelto duras y tristes.

Como si no pudiera contenerse, Leontios se inclinó, tocando con sus labios la frente, los párpados, las mejillas y terminando en su boca. El ligero toque se volvió salvaje. Leontios se comió los labios de ella como si el beso pudiera poner fin a su intenso dolor.

Sin embargo, cuando levantó la cabeza, su dolor no se atenuó.

"Aprendes rápido", bromeó ella estúpidamente, no tanto para consolarle como para romper la tensión.

Leontios no dijo nada.

"¿Se supone que el cristal hace ese sonido?"

Sacudió la cabeza. "Siempre zumba", admitió con voz áspera y dura, "pero no así. No puedo imaginar semejante presión. Debería haber entrado en erupción hace tiempo". Tragó con fuerza y entrecerró los ojos en el cristal. "Ha saltado una pequeña fuga. ¿Puedes ver el goteo de luz que corre hacia el suelo desde esa grieta cerca del fondo?"

Violeta miró con atención el cristal y se dio cuenta de que podía ver la fuga. Podía ver la grieta de la que salía un fino hilillo de energía hacia abajo. "No es suficiente, ¿verdad? La presión sigue aumentando, y este pequeño alivio no nos va a dar mucho más tiempo".

"Dudo que no tengamos más que un par de días. Una semana como mucho. Debemos drenarlo inmediatamente".

"En el momento de la salida del sol, ¿no es así?"

Asintió con la cabeza.

"Eso es lo que va a pasar pronto. ¿Qué debemos hacer? Dijiste que ungimos nuestros cuerpos con aceite. ¿Alguna parte específica? ¿Qué más debemos hacer?"

"No lo sé exactamente", respondió Leontios. "Nunca lo he intentado sin el ritual del coito. He oído que es posible. La gran sacerdotisa de un antepasado mío era su hermana gemela. No se acostaron juntos. Pero como compartían el vientre, no tenían problemas para actuar como una sola. Sin embargo, no guardaron ningún registro escrito de su método. Sólo conozco el método tradicional. Hay que colocar el aceite en los puntos clave del cuerpo: a lo largo de la parte superior de la cabeza, desde el centro de la frente hasta el nacimiento del cabello, a lo largo de la nariz hasta el labio inferior, una línea en el centro de la garganta, una línea que atraviese el corazón de pezón a pezón, una cruz en el vientre, una en la planta de cada pie y en la palma de cada mano. Luego, nos tomamos de las manos, de derecha a izquierda. Yo tocaré el cristal y tú te arrodillarás para tocar el agua. La magia fluirá a través de mí, de ti y de la piscina.

Violeta se mordió el labio. "Tengo miedo", admitió. "Esto parece que podría salir terriblemente mal".

"Podría", aceptó. "La leyenda dice que si el sacerdote y la sacerdotisa no pueden actuar como uno, la magia los quemará vivos".

"Encantador". Violeta cerró los ojos. "Supongo que el riesgo es mayor desde que el cristal está tan reprimido".

"Eso parece probable", aceptó. "Para ser sincero, Violeta, preferiría no experimentar con técnicas no probadas. Comprendo que seas reacia a dar ese paso, pero... Me sentiría más cómodo si pudiéramos completar el ritual correctamente".

Violeta consideró su petición. Desde su perspectiva, tenía mucho sentido. Por supuesto, lo tenía. Llevaba mucho tiempo casado (y acostándose con) una mujer que no lo amaba por motivos rituales y religiosos. *Y sé honesto contigo mismo. Estás tentado. Te sientes locamente atraída por ese hombre al que apenas conoces.* Violeta suspiró. *La razón por la que no puedo hacerlo es que para él es sólo un ritual. No es amor. Ni siquiera el principio del amor, que ya pondría la decencia al límite.* Pensó en lo desconocido. En las manos fuertes y tatuadas de Leontios sobre su cuerpo, provocando placeres secretos. Luego pensó en la razón por la que lo haría. *Por la magia. Por el poder. No porque nos amemos.* "No puedo", se lamentó.

Leontios frunció el ceño. "Muy bien, Violeta Warren.

Haremos lo mejor que podamos sin. Sólo espero que sea suficiente". Por un momento tan breve que podría haber jurado que lo había imaginado, un dolor que eclipsaba su pena por la pérdida de todo su mundo se encendió detrás de sus ojos oscuros. Hizo que le doliera el alma.

Bajó los párpados, impidiéndole ver sus sentimientos más profundos. Cuando los abrió de nuevo, parecía que una placa de hierro se había interpuesto entre ellos. *Después de todo, ¿cuánto rechazo puede soportar un hombre?* La constatación le dolió, pero no había tiempo para superarlo. Incluso en los pocos minutos que llevaban en Skeon, el sonido procedente del cristal había cambiado. Más agudo y discordante, parecía raspar el interior del cráneo de Violeta.

"Pronto amanecerá", señaló.

"Tienes razón", respondió, su voz carente de expresión. "Aquí está el aceite. No lo desperdicies. Esto puede requerir varios intentos. ¿Recuerdas las instrucciones?"

Ella asintió y aceptó el pequeño frasco de aceite. "¿Hay algún lugar donde pueda aplicarlo en privado?"

Señaló el saliente de roca que conducía a la cueva.

"¿Vive algo ahí dentro?", preguntó.

"¿Cómo voy a saberlo?" Leontios respondió. "No he estado aquí en varios miles de años. Cuando Skeon estaba vivo, el rey y la familia real vivían aquí. Era nuestro palacio. Se remonta a mucho tiempo atrás. Dividimos el espacio con telas. Antorchas y lámparas de aceite iluminaban el interior. Las paredes estaban pintadas con los colores más ricos. Era glorioso".

Ella sonrió. "Me gustaría haberla visto".

Frunció los labios. No era una sonrisa.

Violeta se escabulló hacia el interior de la estructura en forma de cueva, reprimiendo sus ganas de chillar cuando varios murciélagos se acercaron tras una noche de caza de bichos y se colocaron alrededor del techo.

Sacudiendo la cabeza, se aflojó la ropa y se quitó las botas. Luego se echó un pequeño charco de aceite en la mano izquierda y, con el dedo índice de la derecha, acarició una fina línea sobre la parte de su cabello, a través de la frente, en la garganta. Se sintió profundamente inquieta mientras introducía la mano por debajo de la ropa para acariciar el aceite en todos los puntos que Leontios había mencionado. *Está molesto conmigo, y no le culpo. Me gustaría poder explicar que no estoy evitando... su ritual porque me desagrade. Es porque me gusta demasiado. No sé si él lo entendería. Hay demasiado contexto cultural perdido.*

La tarea de Violeta sólo le llevó un momento. Salió de la cueva, con las hojas y la suciedad pegadas al aceite en las plantas de los pies, y extendió en silencio el frasco a Leontios.

Había aprovechado el tiempo para despojarse de su propia ropa, de modo que se encontraba descalzo y sin camisa, con la luz de la luna brillando sobre su cuerpo bronceado, y sus tatuajes contrastando en la oscuridad. Ahora, ella podía ver mucho más de su amado libro grabado en su piel. Los símbolos y bocetos que había estudiado durante años se escondían en las curvas de sus brazos y se dibujaban en las costillas. Cada dedo llevaba un símbolo, cada pie una frase. Su belleza le robaba el aliento.

Ella tragó saliva.

Me gustaría ser el tipo de mujer que se acuesta con un hombre que apenas conoce. Que sea él mismo es razón suficiente, no hace falta ningún ritual. Pero como el ritual era necesario (más necesario que el extraño amor que parecía estar creciendo entre ellos) su corazón protestó.

Quiero que me amen, no que me utilicen. Demasiados hombres han intentado utilizarme. Si Leontios también lo hiciera (no porque quiera ganarse el favor de mi padre, ni porque quiera mi dinero, sino porque lo exige algún arcano rito religioso) creo que podría ser mi fin.

Un silencioso sorbo indicó que el tapón de la botella había sido reemplazado. Violeta levantó los ojos hacia Leontios y se encontró con que éste la observaba a ella. Por un momento, la expresión de cautela bajó de nuevo. Bajó para revelar los ojos atormentados de un hombre que había visto demasiado, hecho demasiado, y ya no estaba seguro de ser apto para la raza humana.

Ella se adelantó sin pensarlo, ya con la costumbre de tocarlo. Sus brazos se deslizaron alrededor de su cuello y lo atrajeron hacia abajo, capturando sus labios en un beso de innegable pasión. "Me importas, Leo. Lo hago", murmuró ella contra su piel. "Me importas mucho. Por favor, ten paciencia conmigo. Las cosas son diferentes ahora. No es porque piense mal de ti".

Tragó saliva. "No lo entiendo, pero le agradezco que lo diga. Es vital que nos conectemos lo mejor posible".

Ella asintió, lamentando la pérdida de la intimidad abierta que había crecido entre ellos.

El brillo comenzó a iluminar el cielo detrás de la pared de roca que encerraba la ciudad central de Skeon. Con ella llegó una sensación, no de corrección o seguridad, sino de riesgo. "¿Deberíamos... avanzar?", sugirió.

"Deberíamos". Se apartó del abrazo.

Todavía dolida por su tensa conversación, extendió la mano y entrelazó sus dedos con los de él, con la esperanza de que, al utilizar el lenguaje romántico de su cultura, él entendiera sus sentimientos conflictivos, por no hablar de su inquebrantable afecto.

Se congeló, escudriñando su rostro. Sus tatuajes faciales dibujaron una retorcida expresión de confusión.

Lo siento, pensó ella en él. *Nunca quise hacerte daño.*

Bajó las cejas y tiró de sus manos unidas, conduciéndola hacia el cristal, situándolas entre éste y la piscina.

Violeta se arrodilló, estirándose para mojar sus dedos en el agua. "¿Esto está bien?"

Asintió con la cabeza. "¿Estás listo?"

"Supongo que sí", respondió ella. "¿Tengo que hacer algo?"

"Concéntrate en la apertura. Concéntrate en dejar que el poder del sol y la luna fluya a través de ti. Eres un conducto de magia. No luches contra ella".

"Lo entiendo", dijo ella, aunque en realidad no lo hacía.

El cielo se aclaró visiblemente. El borde de un sol rojo hirviente apareció en el borde del muro. La luna seguía en pie, alta y brillante sobre ellos.

"Yo dentro de ti", entonó Leontios. "Tú dentro de mí. Por el poder de la luna y el sol, todas las cosas «a través de nosotros» pueden hacerse".

Violeta respiró las palabras, esperando que tuvieran propiedades mágicas de confianza que no podía sentir.

Leontios extendió una mano y puso la palma sobre el cristal.

Su mano se calentó en la de ella. Más caliente. Caliente. Ardiente. La palma de su mano ardía como el fuego. Sus dedos parecían hierros candentes. El calor se extendió por su brazo hasta el pecho y la cabeza. Estaba ardiendo.

Violeta gritó de agonía cuando la fuerza bruta del sol penetró en su cuerpo. Podía sentir que se convertía en ceniza, que volaba en pedazos. *Pronto dejaré de existir.*

Tuvo una vaga sensación de movimiento, aunque no le prestó atención, completamente sumida en la agonía de su ardiente muerte. Eso fue hasta que arrancó la mano de Leontios de la suya.

Se echó hacia atrás y cayó en el suelo cubierto de musgo, jadeando. Por puro instinto, apoyó su mano ardiente en la tierra fresca y húmeda y suspiró mientras la aliviaba.

Cuando Violeta abrió los ojos y miró a la luna, se dio cuenta de que se había desvanecido hasta convertirse en una pálida silueta blanca mientras el sol se hacía totalmente visible en el horizonte.

Levántate, mujer. Las palabras explotaron en su mente. *Levántate y ponte de pie. Tienes una misión que cumplir. Sin tu sacerdote, morirás sola en el desierto, y todo lo que has arriesgado será en vano. Levántate y lucha.*

"¿Pelear?", susurró ella. "¿Luchar contra qué?" Se sentó lentamente, deseando que sus ojos se enfocaran. El oído se despertó primero. Golpes y gruñidos. Palabras gruñidas en un idioma que no podía entender. Luego, sus ojos volvieron a la vida.

Ante ella, una figura conocida había derribado a Leontios en el suelo. Algo plateado brilló.

Un cuchillo. Oh, Dios. Está tratando de matar a Leo. Respiró profundamente. Aunque su cuerpo le dolía y palpitaba, se puso de rodillas, tambaleándose y temblando.

"Azaan", ladró Leontios, "¿qué estás haciendo? Debes parar".

"No", gritó su conductor. "No, no puedo dejarlo".

"Debemos difundir el cristal. Se va a romper".

"¡Bien!" El hombre se levantó, con el cuchillo preparado para clavarse en el pecho de Leontios.

Violeta no esperó a ver qué le ocurriría a un hombre cuya esencia era el cuero y el papel si se le clavaba un cuchillo. Se arrastró rápidamente hasta la mochila que se le había caído y rebuscó en su interior. El contenido se clavó dolorosamente en la quemadura de la palma de la mano, pero lo ignoró y sacó su Derringer. Apoyándola en su dolorida piel, apuntó al intruso que había... *Salvado nuestras vidas, supongo,* pensó.

Leontios también se movió rápidamente. Cuando Azaan se inclinó hacia arriba, interpuso un pie desnudo e hizo retroceder al hombre.

Perfectamente silueteado contra el fondo rojo ardiente del amanecer, era un objetivo que Violeta no podía perder.

Disparó la Derringer.

Su mano herida tembló, de modo que, en lugar de clavarse en el pecho de Azaan, la bala se clavó en la parte superior de su brazo, cerca de la articulación del hombro.

La sangre salpicó, volando en dirección a Violeta, salpicando su piel. Ardía, pero después de la quemadura que acababa de experimentar, el calor de la sangre vital apenas se percibía como algo cálido.

Azaan rugió y se agarró el brazo. El cuchillo cayó de su mano y se clavó en la tierra, hiriendo la pierna de Leontios a su paso.

La sangre, negra como la tinta, rezumó en el suelo cubierto de musgo.

Azaan se hundió lentamente sobre Leontios.

Aparentemente imperturbable por su herida, Leontios empujó al atacante y se puso de pie. "¿Qué estás haciendo?", preguntó.

"Arrrrgggggh", gruñó Azaan. Se lanzó a por el cuchillo con la mano herida, pero Leontios lo apartó de una patada.

"Detente", gritó Violeta, apuntando la pistola a Azaan. "Tengo una bala más lista para ti".

Se rió amargamente. "Como si eso fuera a ayudar". Pero, aun así, se desplomó sobre el musgo, con el rostro dibujado en líneas de dolor, ira y resignación.

"¿Qué estás haciendo?" Preguntó Leontios. "¿Por qué tratas de detenernos?"

Violeta rápidamente reunió la imagen más amplia de lo que había observado. "Quiere que fracasemos. Quiere que el cristal se rompa. Nos ha estado siguiendo desde que nos montamos en su coche. ¿No es cierto, Azaan? Incluso antes. Trató de perdernos en el mercado. Trataste de desviarnos con promesas de camellos y guías. Cualquier cosa para evitar que viniéramos aquí. ¿Por qué?"

Él frunció el ceño, pero no contestó.

"Fuiste tú todo el tiempo, ¿estoy en lo cierto?" Preguntó Leontios. "Fuiste tú en el tren. Nos seguiste hasta El Cairo, y nos has estado acechando por el desierto hasta Skeon. Siempre fuiste tú".

"Eso tendría sentido", comentó Violeta. "El otro hombre del tren, el luchador por la libertad, lo llamaba Ajnabi. Extranjero. Aunque se haya puesto del lado de ellos, siempre ha tenido otro motivo, ¿no?"

El hombre se volvió para mirarla a través de unos ojos oscuros y atormentados. "Sí".

"¿Cómo sabes lo que estamos haciendo y por qué intentas detenernos?" Leontios exigió

Azaan se burló, agarrándose el brazo mientras brotaban nuevos chorros de sangre. Ya se había formado un alarmante charco debajo de él. "Podía olerte, *maestro*. ¿Cómo podría olvidar tu rostro? Ningún paso de los años podría obligarme a olvidar. Ningún cambio de cuerpos. Tu rostro es lo último que vi antes de morir y no morir... la primera vez. Como si no conociera la energía de Leontios desde el primer momento", se mofó. "¿Qué otra cosa podía hacer sino seguirte y buscar mi tan demorada venganza?"

"¿Eithon?" Leontios respiró.

"Así que lo descubriste, ¿no? Ya era hora".

"Pero ¿cómo sigues aquí? Yo... te maté cuando destruí a Skeon".

"Oh, no, no lo has hecho", rió amargamente Azaan-Eithon. "Ojalá lo hubieras hecho. Separaste mi espíritu de mi cuerpo y me dejaste a la deriva. Vivo, consciente y sin un cuerpo que habitar. Me convertí en un fantasma. Y como fantasma, he vagado, solo, a través de los últimos cuatro mil años. Incapaz de tocar a otra persona hasta que aprendí a robar cuerpos. Usted fue una vez un hombre decente, Maestro. Si te queda algo de decencia, no hagas esto. Deja ir el cristal y llévame con él. No tardará mucho".

Violeta podía imaginarlo: estar atrapada, sin cuerpo y a la deriva durante siglos, sin poder conectar con otra persona, y ese pensamiento le dolía. La compasión brotó. "Eso es terrible". Colocando su arma cuidadosamente fuera de su alcance, se acercó.

"Ten cuidado, Violeta Warren", advirtió Leontios. "Este hombre es peligroso".

"Sí", respondió, "peligroso como un animal maltratado. Como una mascota querida arrojada a la calle para que se valga por sí misma sin habilidades ni recursos. Es asilvestrado, y eso es triste".

"Ha violado a muchos otros", le advirtió Leontios mientras se ponía en pie. "¿Qué pasa con la persona cuando robas su cuerpo,

Eithon? ¿Los matas?"

"No precisamente", dijo Eithon. Aunque sonaba físicamente tenso, su discurso seguía siendo tranquilo. "Su personalidad sigue viva, y compartimos una cierta intimidad. Es cierto que no lo pidieron, y les cuesta mucho tiempo aceptar mi liderazgo. En ese sentido, mi presencia es una especie de violación o quizás de invasión. No los asesino, pero los hago mis esclavos".

El chorro de sangre de su hombro se redujo a un triste goteo.

"Esa es una mala herida". Violeta sacó una pequeña botella de alcohol de su mochila y se acercó. "Tengo que limpiarlo".

"No te molestes", respondió. Se aclaró la garganta y escupió un esputo teñido de sangre que cayó al suelo. "Es una herida mortal. Limpiarla no importará, pues ya he perdido más sangre de la que este cuerpo puede soportar, y pronto me abrumará".

"Estás muy tranquilo", comentó.

Asintió con la cabeza. "He muerto tantas veces, de tantas maneras, que ésta no es la peor. Ni siquiera duele. La conmoción está embotando el dolor". Con cada palabra, su voz se volvía más fina.

"¿Y el hombre que has robado? ¿Tiene miedo?"

"Lo es". El rostro de Eithon se volvió ceniciento. "Él, por supuesto, nunca ha muerto antes. Le estoy ayudando a entender que esto no es tan malo".

"Pero es joven, y esto no es lo que esperaba". Leontios frunció el ceño.

"Tampoco esperaba morir joven, y mucho menos convertirme en una sombra sin cuerpo. Nadie puede elegir".

"¿Y qué harás una vez que este cuerpo esté muerto?" Preguntó Leontios. "Irás a robar otro".

Se rió amargamente. "Me llevaré a Violeta", respondió. "No podrás destruir el cristal sin ella. Aunque con lo mal que lo estabas haciendo antes, parece que no serás capaz de ninguna de las maneras. Una vez que el cristal reviente, seré libre".

"Tampoco sabes si esto funcionará", señaló Leontios. "Como dices, has muerto muchas veces. ¿Por qué iba a cambiar las cosas el cristal? Lo más probable es que vuelvas a quedarte sin nada, pero con todos los que están cerca muertos, te sería mucho más difícil encontrar un cuerpo que robar".

Eithon tosió. Una gota de sangre salió de la comisura de su boca. "Maldita sea. ¿Qué debo hacer entonces? No puedo seguir así. Es una tortura. Cómo lo va a arreglar, Maestro, ¿ya que es su culpa? Me debes la paz".

Leontios tragó saliva. Su rostro se contrajo, y sus tatuajes se arrugaron en forma de arrugas de angustia. "Sé que hay que probar algo. Cuando liberé mi espíritu en un objeto (mi libro) quedé insensible. No tuve conciencia hasta que Violeta me despertó. Puedo incrustar tu fantasma en un objeto, en el propio cristal. Allí, permanecerás para siempre. No es la verdadera muerte, pero se sentirá igual. Puedes estar en paz para siempre".

"¿Por qué debería confiar en ti ahora?" Preguntó Eithon, con una voz áspera y delgada.

"Permíteme intentarlo, amigo mío", instó Leontios, con el rostro retorcido por la culpa y el horror. "No era mi intención hacerte daño, y tienes razón en que soy responsable. Por favor, no hagas daño a mi Violeta, ni a todos los inocentes cercanos y lejanos. Todavía tengo todo mi poder. Te ayudaré a estar en paz. ¿Me dejarás intentarlo, Eithon? Confiaste en mí una vez".

Eithon soltó un suspiro. Sus párpados agitados se calmaron, con los ojos fijos. Una respiración traqueteante salió de sus labios y se quedó sin fuerzas.

Violeta se levantó rápidamente y se alejó del cadáver. "Uh, Leo, ¿puedes mover su fantasma dentro del cristal ahora? No me fío de él".

"Por supuesto". Miró su brazo con un intenso escrutinio.

Algo blanco y tenue flotó en su dirección. "¿Leo?"

"Un momento, por favor, Violeta", murmuró antes de pronunciar varias palabras que ella no entendió. La brizna se alejó de ella y desapareció en la superficie rugosa del trozo de cuarzo.

Se desplomó y volvió a sentarse con fuerza sobre el musgo. "Qué *demonios* acaba de pasar. ¿Quién era?"

"Mi antiguo aprendiz", explicó Leontios. "Me explicó más o menos lo que pasó, aunque me pregunto si fuiste capaz de darle sentido".

"En absoluto", respondió Violeta. "¿Lo mataste?"

Leontios asintió. "Me lo rogó. Los egipcios no eran amables con sus enemigos. Quería una muerte rápida y misericordiosa. Intenté dársela. Al parecer, fracasé". Bajó los ojos.

Violeta frunció los labios. "Imagino que, dado el estrés del momento, no estabas en tu mejor momento".

"No lo era", aceptó Leontios. "Eithon era mi amigo. Mi estudiante. Mi sucesor. También mi sobrino. Lo sometí a un destino peor que la muerte". Tragó con fuerza, su voz era áspera. Caminó hacia ella, sin ninguna intención evidente. Se tumbó en el musgo junto a ella y le tendió la mano.

Ella lo abrazó sin pensarlo, atrayendo su cabeza hacia su pecho y acariciando la sedosa negrura de su cabello. Él se estremeció en sus brazos. "Lo siento, amor", murmuró ella. "No puedo imaginar lo que debe doler. Shhhh. Shhhh. Déjalo pasar. No tienes que ser fuerte todo el tiempo".

Él sollozaba. Las lágrimas empaparon su camisa mientras ella lo abrazaba, acariciando su pelo, su espalda. "Es demasiado", se atragantó.

"Lo sé", dijo en voz baja. "Lo sé. Has aguantado más de lo que nadie debía aguantar. No sé cómo has aguantado tanto tiempo". Pasaron largos minutos mientras el día se hacía más luminoso y el sol caía a plomo.

Una gota de sudor se formó en la frente de Violeta. El ojo rojo del sol, todavía bajo en el horizonte, pero cada vez más caliente, parecía clavarse en ella. "Leo, ¿puedes moverte? Es demasiado tarde para estar al sol. Tenemos que ir al refugio". Ella le instó a levantarse.

"Tenemos que retirar el cuerpo", dijo desgarradamente, con

la voz quebrada en cada palabra. "Si lo dejamos aquí, estará apestando al atardecer".

"Oh, querido". Violeta suspiró. "¿Debemos enterrarlo? Es mucho trabajo en el sol caliente".

Leontios negó con la cabeza. "No es necesario", dijo. Se aclaró la garganta y dijo: "Sólo hay que dejarlo fuera de las murallas de la ciudad. Los buitres y las hienas lo dejarán limpio en poco tiempo. Era lo que siempre hacíamos. Honrar a los espíritus de la naturaleza alimentándolos con nuestros cuerpos".

"Eso es... muy diferente", dijo Violeta.

Leontios suspiró, y cuando habló, sonó más firme, como si el hecho de tener una tarea concreta le hubiera anclado. "Si hubiera permanecido y muerto en su cuerpo original, hasta sus huesos habrían desaparecido hace tiempo. Esta es la naturaleza de la vida, Violeta. Todos mueren y, al morir, dan vida a muchos. Es nuestro destino y no un destino a evitar. Sobrevivir a tu vida no es una bendición".

Ella frunció el ceño. "Tú también".

Asintió con la cabeza. "Pero no tengo conciencia de ello. Desde el día en que morí hasta ahora, sigo siendo un hombre en la flor de la vida, y no parece haber pasado ningún tiempo. Sólo puedo imaginar lo terrible que debe ser vivir una y otra vez..." sacudió la cabeza. "No te preocupes por eso. No puedo pensar en todo de una vez. Traslademos su cuerpo fuera de la ciudad y luego nos instalaremos durante unas horas. Debemos idear un nuevo plan".

Violeta tragó saliva. "Déjame beber un poco de agua primero. ¿El agua de esta piscina es buena para beber?"

"Probablemente mejor que bien", le informó. "Aunque no está tan impregnada de magia como antes, todavía entra un pequeño chorro. La luz del sol y de la luna se filtran a través de esta agua, convirtiéndola en un elixir. Además, como puedes ver, proviene de un manantial natural en las profundidades de la tierra. A menos que algo terrible le haya sucedido a lo largo de los siglos, seguirá siendo clara y dulce. ¿Está tu recipiente vacío?"

"Casi", respondió ella, sacando la cantimplora de su mochila y escurriendo las últimas gotas tibias con el ceño fruncido. "Vamos a sacarlo de aquí y luego a lavarnos. Nunca he tocado un cadáver y no me siento nada cómodo haciéndolo ahora".

"Entonces prescindamos rápidamente de las molestias". Le tendió una mano y ella la tomó, poniéndose en pie.

El sol la golpeaba, ya incómodo por el calor. "¿Debo tomar la cabeza o los pies?", preguntó mientras sumergía su cantimplora en el agua fría. La tapó y se colgó la botella en el torso.

"Los pies", dijo Leontios. "La cabeza es más pesada".

Aunque se preguntó si incluso los pies relativamente ligeros no serían demasiado para ella, Violeta se acercó obedientemente al cadáver. Se dio cuenta de que *yo había matado a este hombre, y ese pensamiento le revolvió el estómago. Le disparé, se desangró y murió. Nunca he matado nada más grande que un mosquito o una mosca, pero he acabado con la vida de un compañero. Una persona con la que una vez hablé e hice negocios, y ni siquiera lo pensé dos veces. ¿Cómo fui capaz de hacerlo?*

Se inclinó sobre unas piernas que se sentían más firmes de lo que hubiera esperado y le agarró las botas. Al parecer, los años que había pasado levantando grandes trozos de cerámica y piedra la habían fortalecido más de lo que esperaba, pues, aunque la parte inferior del hombre le parecía pesada, no le costó levantarla, de modo que su trasero se despegó del suelo.

"Uf", comentó. "Lo del peso muerto no es sólo un dicho, ¿verdad?"

"No lo es", convino Leontios, gruñendo mientras metía los brazos bajo los de Eithon y lo levantaba en el aire. "Es una suerte que Eithon haya elegido un anfitrión de complexión similar a la suya. Un hombre más corpulento no habría sido agradable de llevar con este calor".

El movimiento hacia arriba reveló el rostro a Violeta, que se estremeció al ver la boca muy abierta y los ojos saltones. *Debimos estar sentados más tiempo del que yo creía.* "Llamemos a este pobre hombre víctima, ¿podemos?", sugirió. "Anfitrión implica una invitación que nunca fue extendida".

"Estoy de acuerdo. Odio pensar que alguien a quien una vez confié el futuro de mi pueblo se haya equivocado tanto, pero supongo que, bajo tal coacción, es difícil juzgar".

"Estoy de acuerdo. No me gusta, pero no puedo ni empezar a imaginar lo que haría después de siglos sin poder tocar a otro humano. O un objeto. O cualquier cosa. Espero que encuentre este tipo de muerte agradable".

"Espero", discrepó Leontios mientras se acercaban a la boca del túnel, "que no encuentre nada en absoluto".

"Eso es lo que quería decir", aceptó. "Me cuesta entender la nada. Eso es todo".

"Lo es", respondió. "Lo he experimentado, y no puedo entenderlo ni describirlo porque no es... nada. No hay nada que describir, excepto...", se interrumpió.

"¿Excepto qué, Leo?" Se metieron en el túnel y una espesa negrura los envolvió. Aunque el sol en el exterior era cada vez más brillante, en el interior de esta estructura rocosa perdía rápidamente su fuerza. Tropezando en la creciente oscuridad, Violeta tuvo que confiar en la memoria muscular de Leontios (mientras él caminaba hacia atrás) para evitar que chocaran con las paredes.

"Excepto que siento que", dijo, tranquilo como si estuvieran sentados en un picnic, "a veces tenía casi una conciencia. Un toque suave. Un cálido abrazo. Un dulce aroma. Como un sueño de un sueño".

"¿Quizás te acuerdas de que te leí?", soltó una risita que tenía más que una pizca de histeria. "Ya sabes, cuando eras un libro".

"Tal vez", aceptó. "Es demasiado nebuloso para decirlo, pero debería haber estado completamente insensible, y sin embargo, lo sentí. No durante todo ese tiempo. Casi no tengo conciencia de los años y siglos que pasaron. Pero sí siento que dormí mucho tiempo, y que, durante ese tiempo, alguien me habló y me tocó.

Puede ser que empezara a hacer mi camino hacia la conciencia cuando me encontraste".

Violeta se mordió el labio, sin saber qué hacer con esa información. "Um, necesito un descanso. ¿Podemos dejarlo... un momento?"

Sintió que se movía antes de oír su respuesta y bajó su parte de la carga a la vez. Levantándose, Violeta rodó los hombros.

"¿Estás bien, Violeta Warren? Sé que un hombre muerto es una carga pesada".

"Puedo llevarlo", respondió ella. "No lo disfruto, y se está convirtiendo en un esfuerzo, pero podré llevarlo a través del túnel".

"¿Y después?"

"Después, espero que conozcas un lugar fresco y cómodo para dormir. Ya puedo decir que hoy va a hacer un calor miserable. Hubiera pensado que marzo sería más fresco. Vi la mención de los vientos de Khamsin, pero subestimé completamente el calor que haría. En cualquier caso, ha sido una larga noche, y la luz del día no es momento para estar al sol. No en ningún lugar de Egipto".

Le oyó moverse.

"O la gran ciudad de Skeon".

"Tienes razón", aceptó. "Creo que puedo conseguirte una cama cómoda, así que será mejor que sigamos para poder llegar antes a ella".

Con un suspiro, Violeta se agachó y levantó las piernas del muerto en el aire. Las sintió cien veces más pesadas y gruñó. "Muévete rápido", instó.

Leontios retrocedió.

Podía sentir que sus fuerzas disminuían momento a momento. Una noche sin dormir. Mínima comida. Estrés, tensión y confusión. Matar a un hombre. *Oh, Dios. Yo lo maté. Está muerto por mi culpa. Muerto.* Ella resopló. *Arrastrando este pesado cadáver a través de un túnel negro como el carbón para que los chacales puedan esparcir sus huesos.* Se le cortó la respiración.

"¿Estás bien?" Leontios, maldita sea, ni siquiera sonaba sin aliento.

"Me estoy quedando sin nada. ¿Cuán largo es este maldito túnel?"

"No mucho", respondió. "Puedo sentir la luz alrededor de los bordes de mi visión. ¿No puedes sentirla, Violeta?"

Ahora que él lo mencionaba, ella podía sentirlo, pero no gastó energía en palabras. Sus brazos empezaron a temblar y cada paso era más lento y doloroso. El ambiente se iluminó. Se iluminó. Se volvió dolorosa. Se volvió cegadora. Los temblorosos miembros de Violeta comenzaron a palpitar. Sus pies se arrastraron. Tropezó con la luz. Cayendo de rodillas, incapaz de dar un paso más, dejó caer sin contemplaciones el cuerpo robado de Eithon en la arena.

"Era mucho pedir, Violeta". Leontios se arrodilló junto a ella, apoyando una mano en su espalda. A pesar del calor abrasador, su cálido tacto la estremeció. *Imagínate*, pensó. *Si no fueras tan remilgada, podrías revolcarte en sus caricias. Sentirlo en cada parte de tu cuerpo...* Por un momento, sonó... maravilloso. Milagroso. *Y mientras tú regalas el último vestigio de tus esperanzas futuras, él realiza un ritual mágico.*

Su ardor murió. Cerró los ojos contra un repentino ardor.

"Tenemos que volver a entrar. ¿Puedes ponerte de pie?"

Violeta lo intentó. Se levantó con dificultad... y se cayó. "Creo que he regalado demasiado", dijo con dificultad.

La mano en su espalda se deslizó alrededor de su cintura, levantándola. El pecho de Leontios comprimió la espalda de Violeta. Ella dejó caer la cabeza sobre su hombro.

"Violeta, puedo ayudarte, pero yo también he usado mucha fuerza. No puedo cargarte. Por favor, trata de caminar".

Violeta aspiró una bocanada de aire polvoriento. El aroma de los minerales y el calor puro se hundieron en ella. Dejando la parte superior de su cuerpo sin fuerzas, forzó las piernas. Cada paso le quemaba, pero perseveró. *Si conseguimos entrar en el túnel, podremos descansar. Hay que protegerse del sol.*

Aunque sus ojos permanecieron cerrados, pudo sentir el cambio en la calidad de la luz a su alrededor cuando volvieron a entrar en el túnel.

Una breve sensación de caída terminó con ella suavemente depositada sobre un suave montón de arena.

Leontios se desplomó junto a ella. La atrajo contra él, abrazándola con un brazo alrededor de la cintura y una pierna sobre la cadera. No dijo nada, se limitó a exhalar un aliento caliente sobre su cuello. Los pelos se erizaron, aunque el resto de su cuerpo permaneció inerte.

A lo lejos, un chacal chilló. Otro respondió.

Violeta tuvo arcadas, se apresuró a abrir su botella de agua y bebió, tapándola de nuevo rápidamente.

"¿Estás bien?" preguntó Leontios suavemente.

Violeta exhaló, pero no respondió. No le quedaban palabras. Ni pensamientos. Nada que pudiera sacar a relucir, ni siquiera para consolar a este querido hombre. Lentamente, volvió a introducir aire en sus pulmones y lo dejó salir con la misma lentitud. Tembló. Se tambaleó. Se convirtió en un sollozo.

Leontios se movió y se sentó a horcajadas sobre ella por un momento antes de cruzar para reclinarse a su lado. Se inclinó hacia delante y le rozó la frente con los labios.

El tierno gesto la destrozó. Un escalofrío subió desde su diafragma hasta que todos sus músculos temblaron. Apretó la cara contra la piel desnuda de su pecho y soltó el día... la semana... el año... todos los años transcurridos desde la muerte de su madre en un torrente de lágrimas. Los sueños rotos la atormentaban. Esperanzas perdidas. Deseos desvanecidos. La muerte de la inocencia y el paso de los años. El pensamiento coherente se rompía y volvía a romperse hasta que sólo quedaban pequeños fragmentos de la vida que una vez tuvo sentido para Violeta, inútiles como trozos de mica brillantes en la arena.

En la muerte fragmentada de la decepción, fue consciente de la calidez. Brazos que abrazan. Labios que se besan. Lágrimas cayendo en su pelo, incluso cuando las suyas cayeron sobre su pecho. Aunque todo lo que creía haber conocido, lo que creía haber querido, se había ido, esto permanecía. Su libro. La única constante que la había llevado a través de tanta agitación había crecido brazos para sostenerla. Labios para besarla. Se había convertido en un hombre que la deseaba. *Tal vez tenía razón antes. Tal vez sí sufrí una lesión en la cabeza, y este es mi sueño mientras muero. Siempre quise una aventura. Tal vez mi mente ha conjurado una.*

Tonterías que pasaban por su mente, pero no dejaba de llorar.

Las lágrimas acabaron convirtiéndose en cansancio y el cansancio en sueño.

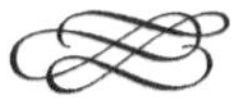

CAPÍTULO 12

*V*ioleta se despertó con el maravilloso confort del cuerpo firme y casi desnudo de Leontios acurrucado a su alrededor. La piel de él bajo sus dedos se sentía fresca y suave, aunque los enjutos músculos que había debajo le provocaban imágenes de fuerza.

Una sensación ligeramente en relieve cedió su significado a su curiosa exploración. Un símbolo de su antigua lengua. Aunque no conocía las palabras, sintió una irresistible compulsión por leer sus tatuajes como si fueran braille. Pasó las yemas de los dedos por su piel, explorando cada forma. *Si pudiera leerlos, tal vez podría entenderlo mejor. Conocerlo mejor. Me encantaría si pudiera. Y (alegría) él parece querer lo mismo. Si podemos lograr este objetivo y no quemarnos o explotar, tal vez podamos.*

Leontios se agitó, tal vez excitado por los dedos de ella. Sus propias manos empezaron a moverse, acercándose a las nalgas de ella. Ella se acurrucó más, sus manos se deslizaron desde su pecho hasta sus hombros, y se inclinó hacia él.

No necesitó que le insistieran. Sin dudarlo, posó sus labios sobre los de ella. Una especie de calor nacido más en el corazón que en su cuerpo transpirado la recorrió. Su cuerpo, ya relajado por el sueño, pareció fundirse como si pudiera disolverse completamente con él y rehacerse como algo nuevo. La rodilla de ella se dobló por sí sola y se apoyó en la cadera de él.

La inclinó más hacia delante, para que ella pudiera sentir la plenitud de su sexo contra su montículo. Sus pliegues íntimos se humedecieron. Abrió los labios, provocando a los suyos con un golpe de lengua. Él cedió fácilmente para que pudieran deslizarse juntos.

Una sensación de lánguida pesadez surgió en su vientre y se extendió hacia abajo.

Leontios sacudió sus caderas hacia adelante involuntariamente. Un gemido se le escapó de la garganta. Una mano abandonó su trasero para deslizarse por su torso y acariciar su pecho. El contacto provocó una oleada de cosquilleos desde los arcos de sus pies hasta las raíces de su cabello. Su pezón se tensó y él lo rozó suavemente.

"Aaaaah", suspiró, atrapada entre el impulso de actuar y la necesidad de rendirse.

"¿Me quieres, Violeta? Por favor, dime que sí. Dime que ya no dudas de mí".

Violeta se congeló, con el ardor destrozado. "¿Por qué has tenido que ir a decir eso?", se quejó. "¿Cómo no voy a dudar de ti? Te conozco desde hace una *semana*. Menos, en realidad. Eso no es mucha base para nada. Sí, me gustas mucho. Me atraes, como demuestra nuestra actual posición comprometida, pero no puedo *no dudar de* alguien que acabo de conocer. Eso sería una locura".

Leontios retrocedió. "No estoy sugiriendo que hayamos sentado las bases de un amor para toda la vida en una semana, o que hayamos compartido experiencias en las que basar esa vida. Sólo te pido que tengas una confianza básica en mí, que sepas que no te deseo ningún mal".

Violeta le miró a la cara, o lo intentó. Las profundas sombras ocultaban sus rasgos, pero no importaba. Ella sabía lo que vería. Su decepción destrozada.

Ya lo he visto tantas veces y, sin embargo, sigue volviendo. ¿Es sólo porque soy la única cara conocida en este siglo? ¿O hay algo más? Actúa tan enamorado como me siento yo. Pero, ¿es cierto, o sólo me quiere para su ritual?

"Confío en que no me deseas ningún mal, Leontios, pero eso no cambia nada. Recuerda que no crecí en Skeon con sus actitudes permisivas hacia el sexo". Sólo la oscuridad casi total le permitía decir la palabra con tanta franqueza. "Me educaron para que una mujer respetable permaneciera sin tocar hasta el matrimonio. Muchos hombres han intentado reclamar mi cuerpo, alegando razones que van desde mi avanzada edad hasta querer ser «parte de mi familia», lo que significa estar más cerca de la riqueza y las conexiones de mi padre. Nadie me ha deseado por mí misma".

Sintió que se acercaba en lugar de verlo. Sintió que su convincente presencia la tocaba y luego se hundía en ella. La atrajo completamente contra su cuerpo.

Intentó permanecer rígida en su abrazo, pero no pudo. Su cuerpo sentía lo que su mente rechazaba: que el lugar más seguro de la tierra estaba aquí, en sus brazos.

"Es un triste comentario sobre esta época, Violeta. Te mereces, como todo hombre y mujer de buen corazón, ser amado. No necesitas ningún incentivo extra ni ninguna persuasión tonta".

Su corazón se derritió, al igual que su cuerpo, pero aun así, su mente se resistió. "Tú también quieres algo de mí, no lo olvides. Quieres que haga algún tipo de magia arcana contigo. Que te dé mi cuerpo para que podamos realizar un ritual. Quizá sea egoísta por mi parte resistirme cuando hay tanto en juego, pero ¿no me merezco yo también más que esto? Tampoco me quieres por mí. Me quieres por la misión. Eso no se siente mejor".

Esta vez, Leontios se puso rígido. Sus brazos se apartaron. "No lo entiendo, tal vez porque no soy de este lugar ni de este tiempo, pero nunca forzaría a nadie. Y no te estoy obligando ahora. Nos unimos porque no podemos evitarlo. Seguramente debes saber que esto es cierto".

"Lo admito", aceptó. "Mi deseo de estar cerca de ti es... difícil de describir o explicar. No me opongo a explorarlo con el tiempo. Pero a tiempo, Leo. No bajo presión. No antes de que sea apropiado mencionar un compromiso, y mucho menos hacer uno".

"Entonces haré otro arreglo", respondió, resignado y triste. "Vamos. Debemos salir de este túnel. El palacio es más cómodo, y yo necesitaré más descanso. Además, debemos comer y beber. ¿Queda algo de comida en tu mochila? La mía se está agotando".

"Tengo comida", respondió Violeta. "Dos pitas vacías y algunos higos, no mucho más".

"Cuando caiga la noche, tendremos que explorar la zona que rodea la piscina. Antes, muchos alimentos crecían aquí; incluso teníamos un palmeral, como puedes ver. Los descendientes salvajes de estos alimentos pueden permanecer".

"Eso parece sensato", aceptó Violeta. Sabía que su voz sonaba dolorosamente neutral, pero tenía que hacerlo. Por dentro, se sentía como si estuviera sangrando". *¿Y por qué no? No hay nada que desee más que estar cerca de Leontios, y sin embargo no puedo evitar rechazarlo, aun sabiendo todo el rechazo que sufrió durante su vida. Su Ellani debió ser una mujer muy tonta para tener a un hombre tan glorioso como marido y herirlo una y otra vez por el toque de otra.*

"¿Y qué estás haciendo?", preguntó una voz astuta dentro de su mente. "Ni siquiera le estás haciendo daño porque amas a otra persona. Le haces daño porque temes tu propio deseo. Temes perderte por alguien que sabes que no te haría daño ni te juzgaría. Y lo deseas. Quieres que él derribe todas tus defensas y se imponga a ti como lo habrían hecho los hombres de tu país. Sólo que no lo hará porque es decente y valora tu voluntad. Entonces, ¿por qué no estás *realmente dispuesta*?"

Violeta no respondió al pensamiento argumentado. No podía. No tenía ninguna respuesta que dar. Sólo una vida de entrenamiento que luchaba con cada aliento contra el ser indecente, aunque se sentía como la cosa más natural del mundo.

En silencio, atravesaron el túnel, que esta vez parecía más corto, y salieron a una luz cegadora que oscurecía el patio y su piscina reluciente.

Violeta levantó una mano para taparse los ojos, pero fue inútil. El sol había recorrido su camino por la mitad del cielo y se encontraba casi en su cenit, iluminando el blanco de las piedras, el oro pálido de la arena y la brillante luminiscencia del agua y el cristal. "Aargh", protestó.

"Lo sé. Skeon a pleno sol es demasiado para soportar. Ven. Camina conmigo". Su mano agarró la de ella y la condujo. Ella le siguió a ciegas, con los ojos cerrados. Sus dedos se entrelazaron con los de ella y su corazón dio un vuelco. Sus pies perdieron el ritmo y tropezó. Incluso ahora, a pesar de todo lo que ella había hecho para herirlo, él la tocaba como un amante, utilizando el lenguaje de su pueblo para demostrarle cuánto le importaba. "Tranquila, Violeta. Quédate cerca de mí. Yo te guiaré".

Aunque se hubiera creído toda una llorona, otro sollozo luchó por escapar de su pecho. Lo contuvo, y la desgarró. Su dolor. Su dolor resonando en ella. Siempre sola. Siempre rechazada. Ella tragó saliva. Sus mismos pensamientos resonaban en su mente. En su corazón. Volvió a tropezar y casi se cayó.

"Esto no está funcionando", dijo en voz baja. "Acércate, Violeta Warren. No te dejaré caer". La atrajo hacia su cuerpo y la abrazó con un brazo alrededor de la cintura.

Usó mi nombre completo. Acababa de empezar a llamarme Violeta con regularidad, y ahora ha vuelto a la formalidad. Su exhalación sonó más bien como un resuello. Su dolor (su dolor) se hundió más en ella. Una lágrima corrió por su mejilla. Levantó la mano para limpiarla, pero le siguió otra. Luego otra.

Se dio cuenta de un cambio en el tono con el que zumbaba el cristal. Había subido de tono, entrando de lleno en el rango audible. Estridente y chillón, gritaba para llamar la atención. Para el alivio. Podía entender cómo se sentía.

La calidad de la luz tras sus párpados cambió, se hizo menos intensa. Leontios la instó a sentarse en una superficie fresca y suave.

Sin pensarlo, cayó hacia atrás, con la intención de acostarse. Unas manos fuertes la atraparon.

"Cuidado, Violeta", dijo. "Hay una pared cerca de tu espalda. No quiero que te hagas daño".

Pero te he herido, se lamentaba en su interior. *Te he herido y no te desquitas. No te enfadas. Lo aceptas y sigues siendo tan amable que no sé qué hacer conmigo.*

Por supuesto, sus palabras quedaron atrapadas.

"Si quieres acostarte, ve en esta dirección". La empujó hacia un lado hasta que se tumbó de lado. "Ahora, recuperaré nuestras mochilas, y entonces podremos pasar el calor del día descansando".

Oyó cómo se movían sus pantalones mientras se alejaba.

Violeta rodó hacia su vientre. Su cantimplora se clavó incómodamente en su costado. Metió la cara en el pliegue del codo y soltó las lágrimas.

Con el tiempo, Leontios regresó. Podía sentirlo moverse a su alrededor. Podía oír los suaves golpes de él colocando objetos en el suelo.

Se reclinó cerca de ella y la atrajo de nuevo contra su pecho. La sensación de la suave piel de él bajo sus dedos rompió su restricción, y ella volvió a acurrucarse contra él.

"No entiendo", le murmuró al oído, "cómo llegas a mí aunque estés enfadada".

"Estoy..." Sollozó. "No estoy enfadada". Sollozando. "No contigo". *Estoy enfadada conmigo misma. Con mi educación. Con todo lo que se interpone en el camino.*

Aunque ella no dijo las palabras, él pareció entenderlo. Acunándola contra su pecho, le acarició la espalda de arriba abajo con dedos suaves.

Te quiero. Las palabras resonaron en su cabeza.

No podía ser. No tenía sentido.

No importa. Algunas cosas son más grandes que el sentido.

Con el tiempo, Violeta se calmó. De nuevo, estar en contacto con la piel de Leontios se sentía bien en formas que le costaba explicar. Exhaló, liberando la tensión.

"Deberías beber un poco de agua", sugirió Leontios. "Hoy has gastado más en lágrimas que nosotros en sudor en todo nuestro viaje por el desierto".

Ella tragó saliva. "Supongo. Lo siento".

"No es sorprendente", respondió. "Han pasado muchas cosas en pocos días. No es de extrañar que estés emocionado. Yo mismo no he estado tranquilo".

Sonrió, aunque se sintió bastante aguada y poco sincera.

"Ahora, Violeta, ya que has terminado por el momento, debes comer y beber, y luego es mejor aprovechar nuestras horas de luz para dormir. Si no estás cansada, te ruego que me dejes descansar. Tengo mucho que hacer y muy pocas horas hasta que el sol se ponga de nuevo".

Por fin, Violeta abrió los ojos. El pesado saliente de la cueva atenuaba el cegador sol hasta un nivel tolerable. Unas sombras profundas se cernían sobre ellos como un crepúsculo. Más atrás en la cueva, la negrura anulaba la vista, pero podía oír el chapoteo del agua. La suavidad que había bajo ella resultó ser un musgo tan espeso como una alfombra.

"¿Este es el palacio?", preguntó, mirando el sombrío interior mientras se desabrochaba y se quitaba las botas y las medias. El fresco musgo le sentó de maravilla bajo sus calientes pies.

"Te dije que lo era", respondió con suavidad.

"Sí, lo hiciste", dijo ella. Levantándose, cogió su mochila y sacó pan, que mordió sin entusiasmo. Quería clavarse en su garganta, y las migas secas le hicieron sentir una sed ardiente. La botella aún colgaba de su pecho, y rápidamente desenroscó la tapa y bebió un profundo trago. Cerca de ella, Leontios también parecía luchar con un bocado de comida disecada. Tosiendo, tragó agua y suspiró aliviado.

"El agua es increíble", dijo Violeta. "Es tan... fresca. No sé cómo decirlo. Puedo saborear que es saludable".

Asintió con la cabeza. "Es un elixir, como he dicho. Imbuye la vida como ninguna otra agua puede hacerlo. Me alegro de que haya conservado su potencia durante todo este tiempo".

"Menos mal que el agua sigue siendo potable. Nos limitamos a alimentos muy secos para mantenerlos a salvo".

"Y eso hace que sea aún más importante tener agua abundante".

Esta conversación es tonta e inane, pensó. *¿No se nos ocurre nada mejor que decir?* "Um, ¿Leo?"

Se atragantó con otro desagradable bocado y lo corrió con un trago de agua. "¿Sí, Violeta?"

"¿Qué harás? Si no puedo trabajar como tu sacerdotisa, ¿cómo vas a drenar el cristal? Hay demasiado espacio entre él y la piscina. No puedes alcanzarlo sola".

"Correcto", aceptó. "Además, requiere el poder de la luna *y el* sol. Yo sólo puedo aprovechar el sol".

Violeta se mordió el labio. "Y está empeorando, ¿verdad? Suena terrible".

"Es terrible. Dudo que tengamos otra oportunidad. Si dura un día y una noche más, me sorprenderá".

Violeta inhaló bruscamente, o lo intentó. Su nariz, obstruida por el llanto, convirtió el jadeo en un resoplido poco elegante. "Entonces, ¿cuál es tu plan? ¿Cómo puedes arreglarlo sola?"

"No puedo", le dijo sin rodeos. "Requiere que dos trabajen como uno: la luna y el sol; el hombre y la mujer. Luz y oscuridad. Debo tener una gran sacerdotisa. Afortunadamente, tengo esa oportunidad a pesar de tu reticencia".

"¿Cómo?", preguntó ella. "No puedes volver a El Cairo de la noche a la mañana y empezar a entrevistar a posibles sacerdotisas".

Él arqueó una ceja hacia ella. "Por supuesto que no. Recuerda que cuando los egipcios invadieron, Ellani fue asesinada. Le dispararon con una flecha ante mis ojos. Yo... no podía dejarla ir. Conservé su espíritu. Ella está ahí dentro de tu mochila. Puedo traerla de vuelta. Podemos realizar el ritual juntos. No tienes que preocuparte. Todo estará bien".

Violeta tomó un sorbo de agua mientras sus sentimientos se agitaban. "Entonces, ¿la traerás de vuelta, le dirás que han pasado más de cuatro mil años, le harás el amor y, al amanecer, realizarás tu ritual?"

Asintió con la cabeza. "En esencia, sí".

Violeta no dijo nada.

"¿No le conviene esto? Debes entender lo importante que es esto. ¿Qué otra opción tengo sino traer de vuelta a mi esposa?"

La palabra «esposa» la golpeó con la fuerza de una bala. Le desgarró la psique. *Si la trae de vuelta, ya no la necesitará, y aunque su cultura le permite amar a una mujer mientras está casado con otra, la suya no. Ni tampoco su corazón. Sería el fin de esta cosa encantadora que estamos construyendo.*

El rostro de Leontios apareció de repente ante ella. Dio un salto hacia atrás, perdió el equilibrio y cayó sobre el musgo. El agua de su cantimplora salió a borbotones.

"Violeta, ¿estás bien?" La agarró del brazo y la ayudó a incorporarse. "Veo que tienes algo que decir sobre esto. ¿Podrías compartirlo, por favor?"

Sacudió la cabeza. "¿Qué puedo decir? Tienes razón. Esta es la solución al problema. Ella puede hacer lo que yo no sé hacer. Ella no tiene ninguno de estos impedimentos emocionales. Pero... ella no te ama. Tú lo has dicho".

"Es cierto".

"¿No te molesta? Me molesta pensar en ello".

"Lo acepté hace tiempo. No tenemos tiempo para mimar nuestros sentimientos, por mucho que lo deseemos. Si el cristal no se drena inmediatamente, todos moriremos. Debo hacer lo que debo hacer. Esto es todo lo que queda de mi patria. Cientos de miles o más de personas inocentes dependen de mí. Si no puedes ayudar, lo entiendo. Sin embargo, rendirse no es una opción".

Violeta frunció el ceño. "Lo sé". Volvió a tragar saliva. Un extraño pitido sonó en sus oídos. No tenía nada que ver con el cristal. "¿Puedo... puedo intentarlo una vez más? Quizás esta vez..."

Sacudió la cabeza. "No sabes cómo liberar las ataduras de tu cuerpo y tu tiempo. No sabes cómo ser uno con otra persona. No hay nada mágico en el coito, Violeta, pero permite una mayor sensación de conexión. Sin esa conexión, ambos estamos condenados".

"Sí. Conexión". Violeta suspiró. "Ahí está el problema. Tenemos esta conexión frágil, apenas formada. Es demasiado para que me sienta cómoda pensando en que revivas a tu mujer y te acuestes con ella, pero no es suficiente para que me comprometa a lo mismo."

"Entonces debes elegir", le dijo solemnemente. "Debe ser una cosa o la otra. No tenemos tiempo para terceras opciones. Si no puedes permitir esta intimidad debido a las reglas de tu sociedad, lo acepto. Pero eso significa que debo revivir a Ellani. Si te preocupas por mí y no deseas verme en los brazos de otro, que así sea, pero entonces el ritual recae en ti. ¿Qué eliges?"

Sacudió la cabeza. "Es muy difícil. Ambas parecen opciones imposibles. Supongo que... no... no lo sé. ¿Es mucho desear que la primera vez que comparta una intimidad así, sea con alguien que me quiera?" Ella moqueó, pero luchó contra los sollozos. Ya había llorado demasiado.

Leontios se arrodilló ante ella y puso la palma de su mano sobre la de ella. Ella entrelazó sus dedos con los de él sin pensarlo dos veces. "¿Por eso estás molesta, Violeta? ¿Porque crees que no te quiero? Te equivocas. Muy equivocado".

"Leo, vamos. Eres, bueno... eres maravilloso, pero apenas nos conocemos. ¿Cómo puedes decir eso?"

Se rió, con los ojos arrugados en las esquinas. "Después de lo que he vivido, el tiempo tiene poco sentido. Además. ¿Recuerdas nuestro primer encuentro?"

Curiosa por saber a dónde se dirigía con esta línea de preguntas, ella respondió: "Nos conocemos desde hace un puñado de días. Creo que es seguro decir que recuerdo casi todo".

"¿El primer momento, cuando tomé tu mano para aprender tu idioma?"

"¿Sí?" Ella respondió a su pregunta con una pregunta propia.

"Lo he visto todo. Quién eres hasta el fondo. Tu alma. Tu espíritu. Tu historia. Admito que no entiendo todo lo que vi, pero te aprendí, Violeta. Aprendí algo que me asombró".

"¿Qué es eso?", preguntó ella. El brillo de sus ojos oscuros hizo que su corazón latiera con fuerza.

"Tú eres el único. No tiene sentido. A través de los siglos. A través de tales distancias. Nunca deberíamos habernos conocido. Nunca debiste saber que yo existía, y sin embargo, eres la mujer que esperé toda mi vida mortal para conocer. Estamos hechos el uno para el otro. Te amo, Violeta. Eres más que mi amiga. Más que mi salvadora. Podríamos ser realmente uno si lo permitieras".

A Violeta se le cortó la respiración. Se mordió el labio, mirando fijamente sus hermosos ojos negros. Ojos que ardían de deseo... por ella.

No sabe nada de dinero. El acero no estaba cerca de ser inventado en su época. No me sorprendería que Skeon fuera anterior a la Edad de Bronce. Los tontos impedimentos que atan a los hombres de mi tiempo no significan nada aquí. La riqueza y las conexiones de mi padre no significan nada para él. Ninguna de las consideraciones superficiales de mi época le importan. No quiere nada de mí sino... a mí. Me mira así porque... porque me quiere. Oh, Dios. Es amor. ¿Qué otra cosa podría ser?

Si se concentraba, podía sentir, como antes, cómo su alma parecía deslizarse más allá de las ataduras de su forma física y acariciarla. Recorría su piel. Un toque que contenía todo el amor que había codiciado toda su vida. Un amor destinado sólo a ella.

Superada la resistencia, soltó la mano de Leontios y se lanzó sobre él. Le echó los brazos al cuello y lo abrazó.

La abrazó. "Entonces, ¿no debo despertar a Ellani?"

"Por favor, no te burles de mí", suplicó Violeta. "Siento que mi mundo se ha vuelto del revés... otra vez. Me estoy mareando".

"No estoy bromeando. Necesito saber cómo te gustaría proceder".

Enterró la cara en la curva de su cuello. "No la despiertes", murmuró. "No lo hagas. Yo... haré lo que tenga que hacer por ti. Por nosotros".

"Sin embargo, ¿es lo que quieres?", preguntó. "Sigue siendo, como dices, para un propósito".

Ese argumento suena más duro cada vez que lo expreso. "¿Realmente importa?", preguntó ella. "Te quiero conmigo. Por eso, sacrificaría mucho. Ningún hombre me ha conmovido como tú. Así que dime qué necesitas que haga y lo haré. Por el futuro que necesito que tengamos".

"¿Sacrificio? Oh, este mundo moderno", se lamentó Leontios. "¿Crees que sacrificaría un momento de tu placer? No hay necesidad de elegir. No perderás nada".

"Excepto mi virginidad", murmuró, aunque la forma en que su cuerpo volvió a intentar fundirse con Leontios le dijo que esta conclusión habría sido inevitable. Sin importar las circunstancias, esta relación habría progresado hacia un viaje apresurado al altar o hacia esto. Consumando su amor mucho antes de que cualquier pastor o sacerdote los acogiera.

"Qué pensamiento tan extraño. ¿Cómo puede ser que estar tan cerca de la persona que amas como dos personas pueda funcionar como cualquier tipo de pérdida?"

"No te preocupes por mí", le dijo ella. "Pienso demasiado".

"No. Me gusta que seas una mujer reflexiva. Esto no es pensamiento. Es miedo. No puedo imaginar por qué tu gente, tu cultura, ha decidido que las mujeres deben temer al amor. Creo que debe haber un propósito nefasto en ello. Pero deja eso de lado. Acuéstate y reunámonos. No por ningún ritual. No porque el mundo dependa de nosotros, sino porque yo soy tu hombre, y tú eres mi mujer, y nos deseamos mutuamente".

Sin querer herir a ambos, incapaz de resistir su propio deseo, Violeta asintió y dejó que Leontios la bajara sobre el suave musgo.

El estridente gemido del cristal invadió la conciencia de Violeta, recordándole por qué se apresuraban. Se puso en tensión.

"No, no", regañó Leontios. "Relájate, amor. ¿Qué es lo que temes? Sabes que no te abandonaré ni te faltaré al respeto. Esto es natural y para nosotros (creo) inevitable".

"Lo sé". Suspiró. "También estoy nerviosa por el dolor".

Se rió. "No habrá dolor, amor. ¿Qué, los mentirosos que encerraron uno de los mayores regalos de los dioses a la humanidad en un velo de vergüenza también te han dicho que te dolerá?" Se dejó caer en el musgo junto a ella. "Ya he tocado tu cuerpo antes. ¿Te ha dolido?"

Ella negó con la cabeza. "Por supuesto que no. Pero... um, eso no es lo que se supone que duele".

Los brazos de Leontios se deslizaron alrededor de ella, y comenzó a trabajar en los botones que mantenían cerrada su blusa suelta e informal. "Cuéntame este terrible mito, amor. Si nunca te han tocado, y sin embargo tienes este miedo, la historia debe ser poderosa".

Sus palabras la confundieron. "No es un mito, Leo. Es de conocimiento común. Las mujeres tienen una... um una especie de membrana delgada dentro de ellas llamada himen. Su primera vez compartiendo intimidad con un hombre, él la rompe, lo que provoca dolor y sangrado y demuestra que ella era virgen".

El último botón se rindió a sus hábiles dedos, dejándola cubierta sólo por una fina camiseta interior. Leontios le cogió los pechos con las manos. "Conozco esta membrana, sí. Es muy elástica y, para la mayoría de las mujeres, es fácil de sortear sin dolor ni sangre. Sólo un amante torpe y poco hábil podría hacer tal daño. ¿Se ha vuelto común que los hombres obtengan placer egoísta de las mujeres sin complacerlas a cambio?"

Violeta tragó saliva y luego suspiró cuando Leontios empezó a tocarle los pezones. El calor llegó a su feminidad, mojando e hinchando los tejidos. "Creo que es probable", admitió. "Al menos los hombres que he conocido, los hombres que quieren poseerme, piensan que esto...", gimió ella, incapaz de contener el sonido mientras él agarraba suavemente un tierno pico con cada mano, haciendo rodar los sensibles nudos. "Que esto es algo que pueden quitarme. Como mi herencia. Como mi padre. Ohhhhhhh."

Leontios la mordió donde su hombro se unía a su cuello. *No, no fue una mordida. ¿Raspó sus dientes sobre mi piel?* Repitió la caricia rasposa, y la cabeza de Violeta cayó a un lado, permitiéndole un mayor acceso. El placer gratuito de sus caricias le estaba quitando el miedo gota a gota. Poco a poco, empezó a relajarse.

"Qué terrible, terrible desperdicio", murmuró contra su piel. "Tener una mujer encantadora, inteligente, sabia e interesante como tú y que sólo te importen las cosas superficiales".

"Supongo que eso te beneficia", comentó ella. "Significa que, hasta que te conocí a ti, nunca sentí más que la más pasajera atracción, y eso fue sólo hacia extraños que nunca volvería a ver. Nadie me ha tocado".

"No me importaría si alguien lo hubiera hecho. No le quitaría nada a este momento más que su miedo".

"Este tipo de pensamiento es más de lo que puedo entender y seguramente no es útil en este momento", le dijo.

"Ah. Bueno, entonces, ¿ayudaría si te dijera lo encantadora que eres? ¿Cómo te deseo?" Le bajó los tirantes de la camiseta por los brazos hasta que el aire caliente de la cueva le tocó los pechos desnudos.

"Oooooh. Sí. Eso ayudaría más".

"¿Y esto?" Una vez más, la cogió, la plenitud de su pecho desbordó sus callosas manos.

"Eso es lo que más ayuda", admitió ella, con su voz en forma de ronco placer. "¿Leo?"

"¿Sí, mi amor?"

"Por la costumbre de tu pueblo... Oooooh". Le arrancó los pezones, y el disparo de sensación directo a su carne íntima le impidió hablar del todo.

Le besó el costado del cuello y le pasó la lengua por la piel.

"¿Por la costumbre de mi pueblo?"

"Podríamos... oooooh. ¿Podríamos considerarnos ya «emparejados»?"

"Sí, fácilmente. Sólo tenemos que expresar el compromiso en voz alta. ¿Te sentirías más cómodo?"

"Lo haría. Yo..." su garganta se cerró con sorpresa mientras una mano se deslizaba por su pecho hasta los cierres de sus pantalones de cintura alta. "Creo que eso me haría sentir mucho mejor".

"Violeta, sería un placer comprometerme contigo por las leyes de *cualquier* pueblo. Para mí, es una simple cuestión de decir que te amo y quiero comprometerme contigo, lo cual hago. Si tú sientes lo mismo, entonces estamos comprometidos, y no es necesaria ninguna otra ceremonia".

"Me siento comprometida contigo", admitió, "o no estaría aquí. Creo... creo que algo más grande que nosotros dos pretendía esto desde el momento en que nos conocimos".

"Mucho antes, amor", le dijo solemnemente mientras los botones de sus pantalones se rendían a sus manipulaciones. "Creo que los dioses nos destinaron el uno al otro desde el momento en que nací, si no desde los cimientos de la tierra".

Exhaló en una combinación de ardor y atracción. *Podría ser amor. Lo será. Y mucho antes de lo que cualquier persona racional creería posible.* Y así, cuando la parte delantera de sus pantalones colgaba suelta alrededor de su ombligo, se obligó a quedarse quieta. Leontios introdujo su mano en el interior, en la parte superior del pantalón.

"Más tarde, cuando todo esto esté hecho, ¿te casarías conmigo? Ya sabes, a mi manera".

Leontios se inclinó hacia delante y le besó la mejilla. "Será un honor. Sólo dime lo que necesitas y lo haré por ti".

Ella se relajó. ¿Cómo no iba a hacerlo cuando él le masajeaba el monte con la palma de la mano? Era el contacto más íntimo que jamás había experimentado. Su deseo había aumentado tanto que ya no podía pensar. Sólo podía sentir la conexión. El poder de su tacto, de sus cuerpos fundiéndose.

"Leontios... Leo", habló con un gemido urgente. "Necesito... quiero..."

"Sí, amor. Sí. Lo sé. Sé lo que necesitas y sé cómo dártelo. ¿Quieres quitarte estas prendas?"

Violeta se quitó la blusa de los brazos y la tiró. Se bajó los pantalones y se los quitó de los pies. Su chemise le preocupaba más, ya que sus manipulaciones la habían dejado atrapada y aplastada alrededor de su torso. "Ayúdame", le pidió.

Leontios volvió a abrazarla por detrás, agarrando la tela ofensiva y tirando de ella hacia arriba. Ella levantó los brazos y le permitió quitársela. Ahora sólo llevaba los calzoncillos, y por la nueva sensación de calor contra sus nalgas, se dio cuenta de que Leontios había aprovechado para quitarse los pantalones, y que se había tumbado desnudo y cómodo contra ella, deseoso de aliviar el anhelo que no podían evitar que creciera entre ellos.

"¿Puedo quitarte esto, Violeta?", preguntó con ternura, deslizando sus dedos en la cintura de sus bragas.

Se le escapó la respiración al pensar en el alivio que él podría proporcionarle. "Sí", murmuró. "Sí, por favor".

Le bajó la ropa interior por los muslos y ella la apartó de un puntapié. Cuando regresó, no se recostó directamente contra su espalda, sino que inclinó la parte superior de su cuerpo lejos del de ella, con las dos piernas entre sus muslos. La instó a doblar la rodilla hacia arriba, revelando sus pliegues íntimos.

Ella tragó saliva pero obedeció, tan ansiosa por sentir su tacto como reacia a admitir su necesidad de esta gran intimidad. *Quizá sea mejor que no pueda verme la cara*, pensó.

Ella se mordió el labio cuando la mano de él se posó

suavemente en su trasero desnudo y avanzó. Volvió a tocar su trasero, comprimiendo suavemente los tejidos. Ella gimió.

Sus dedos presionaron la costura de su vulva y los tiernos pliegues se abrieron con facilidad, permitiéndole acceder a su resbaladizo interior. Encontró la abertura y pasó el dedo corazón por la entrada.

Violeta gimió.

"Sí, amor. Siénteme. Siénteme dentro de ti. Tu deseo es grande".

"¿Lo vas a apagar?", preguntó ella, con voz temblorosa y delgada.

"No, nunca. Lo avivaré como un fuego. El amor nunca se puede apagar. Sólo puede fortalecerse y construirse a alturas cada vez mayores". Él retiró su dedo y lo volvió a deslizar hasta el fondo. Esta vez, se inclinó hacia la parte delantera de su cuerpo, explorando el interior de su pasaje. Su gruesa erección chocó contra su trasero.

A Violeta se le cortó la respiración. *Si un dedo se siente* así, *¿qué pasa con...?*

Agarró la mano libre de él, que se había apoyado en su cadera, y entrelazó sus dedos, con la palma de ella contra el dorso de la mano de él.

"Ven por aquí", le ordenó, atrayendo su mano alrededor de su costado e impulsando sus dedos entre sus pliegues. "Muéstrame cómo te gusta más que te toquen".

Violeta se congeló, sintiendo la punta roma y sensible debajo de ella. "Yo... no sé. Yo... no está permitido. Quiero decir..."

"Por todos los cielos", gruñó Leontios. "¿Qué ha hecho tu pueblo con sus mujeres? ¿No dejas que ningún hombre te toque y no te tocas a ti misma? Esto es una locura. Aquí, tendré que probar. Dime si algo no te gusta, pero ten paciencia. Esto no será fácil si no puedes guiarme".

Comenzó a acariciarla, moviendo el doloroso pico con un suave movimiento circular.

Violeta aspiró una bocanada de aire. Podía sentir la humedad surgiendo, y una extraña tensión comenzó a enroscarse en su vientre.

"Eso es bueno. Muy bien. Ahora, relájate, amor". Su dedo salió de ella, y ella gimió ante el vacío. Oh, pero Leontios no había terminado con ella. Esta vez, su lenta penetración la abrió de par en par.

Dos, se dio cuenta. *Tiene dos dedos dentro de mí. Oh, Dios.*

"¿Esta es la membrana que te tenía tan preocupada?", preguntó acaloradamente, presionando hacia afuera. "Es pequeña y no debería ser un impedimento para nuestro amor. Relájate y te facilitaré el camino".

Violeta se desplomó, con la cabeza apoyada en el brazo, y dejó que Leontios jugara libremente con las partes íntimas de su cuerpo. Cada toque aumentaba su placer. Le ardía la cara. Sus pechos hormigueaban y la tierna carne que él manipulaba se sentía... como ninguna palabra en ningún idioma que ella conociera podría describir.

En total rendición, dejó que él la estirara y acariciara, preparándola para el momento en que fusionaran sus cuerpos. *Tú también le dejarás hacer eso, ¿verdad? Sin una sola protesta.* Una pequeña sonrisa arrugó sus labios al darse cuenta de que lo haría, y no sintió más miedo. Sólo ansias de conocer a su amante. De ser una con él.

Pasaron largos momentos mientras Leontios trabajaba con maestría. Y tal como había prometido, avivó la llama de su ardor cada vez más hasta que ella temió que se incendiara de verdad. Un escalofrío la recorrió desde la raíz del cabello hasta la planta de los pies.

Se detuvo.

"¡Leo!", gritó ella, moviendo las caderas con inquietud.

"Lo sé, amor. Confía en mí. Sé que necesitas alivio. Pronto. Pronto. Siénteme ahora". Una presión contundente, totalmente distinta al dulce tacto de sus dedos, atravesó sus pliegues exteriores y comenzó a penetrar en su sexo.

"Respira despacio, Violeta", le instó.

Violeta aspiró aire y lo soltó en un ruidoso silbido mientras Leontios apoyaba su mano en la cadera de ella y empujaba. Volvió a empujar. Pequeños empujones lo hicieron pasar por su himen, y como él había predicho, ella no sintió dolor, sólo una intensa presión que se movía entre el placer y la incomodidad. "Sigue respirando, Violeta".

Ella soltó el aliento que no se había dado cuenta de que estaba reteniendo, y cuando el aire salió de sus pulmones, Leontios empujó una vez más, incrustándose dentro de ella tan profundamente como su posición se lo permitía.

Violeta gimió. Movió las caderas con la esperanza de aliviar la gruesa presión, pero no había escapatoria. Y ahora, él volvió a meter la mano alrededor de ella, acariciando su clítoris con la esperanza de recuperar su ansioso placer.

Sus dedos fallaron un poco, comprimiendo de una manera que, aunque no era incómoda, no producía la vorágine de sensaciones que ella había experimentado momentos atrás.

Violeta se mordió el labio. Quería más. Quería la anulación del pensamiento y el sentido que acababa de disfrutar, pero esto no funcionaría.

Armándose de valor contra la timidez, le agarró la mano y le guió.

"Mmm", tarareó. "Gracias, mi amor. ¿Esto es mejor?"

No pudo responder. El intenso placer le impidió hablar. Sus caderas se movieron hacia atrás, queriendo apartarlo. Tirar de él más profundamente. Evitar el intenso contacto o aumentarlo.

Sintió un tirón cuando Leontios se retiró y luego gimió cuando volvió a empujar hacia dentro. Su impulso interior arrastró su sexo a lo largo de un exquisito manojo de nervios dentro de ella. La acarició mientras empujaba, deslizándose suavemente hacia dentro, retirándose y deslizándose de nuevo. Violeta ardía más. Más caliente. El fuego irradiaba desde su núcleo hasta sus extremidades. A cada poro y músculo. Aunque nunca lo había experimentado antes, sabía que *le petit mort* llegaría pronto, y lo temía y lo anhelaba.

Pero ningún miedo pudo contener el placer salvaje que brotó e irradió por su cuerpo. Apretó con fuerza el sexo de Leontios y un suave grito de éxtasis escapó de su boca. Él aumentó la velocidad y la intensidad de sus embestidas, empujándola a mayores cotas de liberación hasta que su cuerpo quedó inerte.

Leontios volvió a agarrar su cadera, aumentando su placer con un ritmo suave pero insistente. Violeta no protestó. Se concentró en hacer entrar el aire en sus agitados pulmones. Con el fin de su orgasmo, volvió el pensamiento racional. Reflexionó sobre la sensación de su amante dentro de su cuerpo, la inocencia dando paso a la experiencia en el acto más tierno y amoroso que jamás hubiera podido imaginar.

Y sin embargo, algo se sentía incompleto. "Leo", dijo suavemente, "Leo, necesito cambiar esto".

"¿Qué?" Se detuvo, a mitad de camino, confundido por su comentario. "¿Te duele? ¿Te he hecho daño?"

"No, tenías razón. No me duele. Sólo... quiero ver tu cara. Quiero abrazarte".

"Ah. Tendré que retirarme para cambiar de posición, Violeta".

"Lo sé. ¿Por favor?"

Él retrocedió, y si ella se había sentido inconclusa al perder su dedo, la pérdida de su sexo fue peor.

"Rueda sobre tu espalda, mi amor".

Ella obedeció, separando los muslos y doblando las rodillas.

Se arrodilló entre sus piernas y agarró su mano, guiándola hacia su sexo. La humedad de ella mojó el grueso órgano.

Entendiendo su orden tácita, lo agarró y lo alineó torpemente con su abertura. Él volvió a entrar, sin encontrar resistencia.

El cambio de ángulo la estimuló de una manera nueva, y su espalda se arqueó mientras gemía. Sus piernas se enroscaron alrededor de las de él y le rodeó el cuello con los brazos, atrayéndolo hacia abajo. Reclamó sus labios al tiempo que él reclamaba su cuerpo y, por un momento fugaz, la idea de la unidad surgió en ella.

Los músculos de la espalda de Leontios se tensaron. Sus pantorrillas se apretaron bajo sus pies. Un gruñido de carcajada brotó de él cuando alcanzó su propia cima.

Jadeó mientras descendía, con todo su peso apoyado en el cuerpo de ella, pecho con pecho, con sus corazones latiendo al unísono.

"Te amo, Violeta", dijo suavemente.

"Mmm", tarareó.

"¿Lo disfrutaste?" Él sacó su sexo de ella, y esta vez, ella no sintió angustia. Su primer encuentro había terminado, pero ella sabía que habría más, cada uno mejor que el anterior.

"Fue encantador. Gracias por ser tan bueno conmigo, Leo. Tan paciente". Surgió una repentina timidez. "¿Y tú? ¿Disfrutaste... esto? Yo era... bastante ignorante".

"Violeta, mi amor, fue encantador. Recuerda que soy un erudito. La ignorancia no es un déficit sino una oportunidad. Juntos aprenderemos la mejor manera de complacerte. Estoy ansioso por comenzar mi estudio".

Ella soltó una risita. "Yo también". Se le escapó un bostezo.

"Hemos pasado gran parte de nuestro descanso diurno. No me arrepiento ni un momento de estar en tus brazos, pero ahora, amor, debemos dormir. Tenemos mucho que hacer cuando se ponga el sol".

Ella asintió, pero sus ojos ya se estaban cerrando. Violeta se colocó de lado, acurrucada junto al cuerpo relajado y desnudo de Leontios.

El sueño pronto la reclamó.

CAPÍTULO 13

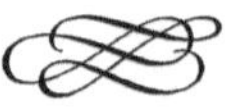

*L*a luna se cernía sobre las ruinas de Skeon. Su luz, suave y pálida, bañaba las rocas blancas con una brillante luminiscencia. Violeta levantó la vista para verla, una estrecha media luna con puntas mortalmente afiladas en cada extremo. A lo largo de la curva inferior, una mujer desnuda se encaramaba, con una pierna estirada hasta el pecho y la otra colgando.

Por puro instinto, Violeta se postró en el suelo. "Mi señora".

La mujer bajó de un salto y su cuerpo chapoteó en la piscina. "Silencio, tú", ordenó.

El cristal dejó de emitir su incesante gemido.

"Así está mejor. Lo has hecho bien, Violeta Warren".

Violeta se burló en el musgo. "Maté a un hombre y le di mi virginidad a otro. Sí, ha sido un día maravilloso".

La mujer suspiró. "Levántate. No podemos hablar con tu cara en el barro".

Violeta se puso de rodillas, aunque, de alguna manera, estar de pie ante este elevado ser parecía demasiado presuntuoso. Sin embargo, echó una larga mirada a la diosa de la luna de Leontios. Como era de esperar, su piel desnuda brillaba desde el interior, aunque no era blanca como la luna, como Violeta habría pensado, sino más bien de un color leonado que se asemejaba al de los nativos de la zona. El pelo negro, largo y rizado, le llegaba casi hasta los tobillos. Sus curvas fluían generosamente, como la fertilidad que cobra vida.

"¿Marvolo?"

La diosa soltó una risita.

"Y te llamaste Layla-noche. Qué apropiado. ¿En árabe, sin embargo?"

"Era una pista, aunque quizás demasiado sutil. Ahora escucha, Violeta. No hiciste nada malo. Hiciste lo que tenías que hacer. Salvaste al hombre que amas. Tú y él se comprometieron el uno con el otro, como debían hacerlo. Las reglas externas y los adornos de tu sociedad no significan nada bajo estas circunstancias. Admítelo. Ahora que sabes cómo debe sentirse el amor, un hombre de tu pueblo nunca lo haría".

"Lo admito", dijo Violeta. "Sin embargo, todavía me siento extraña".

La mujer se encogió de hombros. "Dolores de crecimiento. Vivirás. Durante mucho tiempo, si pudieras relajarte y dejarte llevar. ¿No le has hecho suficiente daño a él (y a ti misma) tratando de ser tan racional? Desde el momento en que este libro... (señaló el suelo junto a las rodillas de Violeta) llegó a tu vida, este resultado se convirtió en tu destino. Todo lo que queda es abrazarlo".

Allí, el libro familiar yacía en un montón de hierba. Violeta lo recogió y se dio cuenta de que tampoco llevaba nada puesto. *Bueno, me dormí desnuda,* recordó. Un cosquilleo entre las piernas le recordó los traviesos placeres que había experimentado.

"Deja de pensar así", ordenó la diosa de la luna. "No hay nada travieso, ni incorrecto, ni malo en ello. Es tu compañero por las leyes de su pueblo y pronto será tu marido por las leyes del tuyo".

"Mi señora", protestó Violeta, con la cara encendida, "no es por ser presuntuosa, pero podría no leer *todos* mis pensamientos, por favor. Estoy tratando de sentirme bien con lo que ha pasado, pero todavía soy un poco... tímida".

"Es justo", dijo la diosa. "No me entrometeré. Sin embargo, quiero que te esfuerces en no aumentar tus sentimientos más allá de la timidez. No le rechaces a él ni a lo que habéis compartido. No de nuevo. Piensa en ello como en tu noche de bodas si es necesario, pero deja que esa conexión crezca. Deja que florezca. Debes hacerlo. Tienes mucho que hacer".

"Mi señora, si puede acallar el cristal, por qué no..."

"Porque es su trabajo. El tuyo y el suyo. Debes tener éxito. Si lo haces, lograrás mucho más que este simple objetivo. Comenzarás a crear algo nuevo y especial. ¿Quieres un futuro hermoso reconstruyendo Skeon con tu amada? Ir a El Cairo a explorar el museo. Visitar las pirámides. ¿Participar en excavaciones y leer jeroglíficos? ¿Y al final de esos días, acurrucarte en esa encantadora cueva con tu encantador hombre?"

Violeta asintió. "Eso suena maravilloso. Más de lo que podría haber soñado".

"Entonces debes dejar de luchar contra ello. ¿Qué harán aquí las exigencias de la alta sociedad de Pittsburgh por ti?"

"Claramente, mi interés por seguirlos está disminuyendo".

"Abandónalos más rápido. Abraza la magia. Abraza los rituales. Abraza a Leontios, y todo estará bien".

Violeta se mordió el labio.

"Y deja de hacer eso. Te harás pedazos en el viento del desierto si no puedes mantener tus labios fuera de tu boca".

Violeta soltó su mordisco rápidamente.

"Es hora de que te despiertes".

"Despierta, Violeta. Ha caído la noche".

Violeta se incorporó con un sobresalto. "Dios mío". Al contrario que en su sueño, despierta, su desnudez la hacía sentir poderosamente tímida. Se cubrió los pechos con un brazo y el montículo con la mano libre.

"Descansa, mi amor", instó Leontios. "Eres encantadora, y eres amada".

Suspiró y dejó caer los brazos lejos de su cuerpo. Con nada más que un rubor en las mejillas, se puso en pie. Le dolían las piernas, los brazos, la espalda y la frente. Curiosamente, su sexo se sentía de maravilla, aparte de los claros indicios de que le había ocurrido algo trascendental. *Increíble. Tenía razón. La virginidad es un mito.* El resto de ella, sin embargo, le dolía mucho. "Leo, ¿tienes algún tratamiento para los dolores? Hicimos mucho trabajo manual ayer".

"Sí, Violeta. Conozco un remedio si todavía crece en el patio. Deberíamos aventurarnos. Incluso si esa hierba no está presente, debemos tratar de encontrar comida (me he cansado de pan seco y carne de cabra) y beber todo lo que podamos soportar. Nos hemos dejado secar demasiado y podemos enfermar si no tomamos más agua pronto".

"Estoy de acuerdo con todo eso", dijo ella, cogiendo su ropa.

Entonces, se dio cuenta de que Leontios salía desnudo a la luz de la luna.

Y después de todo, ¿por qué no? No hay nadie aquí. Nadie sabe que estamos aquí. Nadie sabe que aquí existe. A la diosa de la luna no le importa. Que así sea.

Estiró los músculos doloridos y salió tras su amado. *Mi marido*, se recordó a sí misma. *Casi.* Mientras la luna la iluminaba, se dio cuenta de que, en la extremidad del día anterior, había olvidado lavarse la sangre de Azaan. Frunció el ceño. *¿Cómo pude perderme tanto en mi pasión por Leontios que entregué mi virginidad con la sangre de un hombre salpicada por todas partes? Por Dios.* Se limpió las gotas, sólo para descubrir que no sólo se habían secado hasta convertirse en una repugnante costra, sino que el movimiento provocó una agonía en sus tensos brazos. Un chillido de angustia surgió.

Leontios se giró y su flácida hombría se balanceó con el

movimiento, lo que le dio una rara oportunidad de observar las partes de un hombre que nunca había visto fuera de un boceto o una escultura. Se acercó, la rodeó con un brazo y la atrajo hacia su lado. De cerca, pudo ver la maraña de imágenes, glifos y símbolos grabados en su piel. Estaba marcado de la cabeza a los pies por el conocimiento de sus muchos años de estudio, y parecía glorioso. "¿Te sientes tímida hoy, amor?", le preguntó, abrazándola. "Todavía te quiero. No quiero nada más que pasar todos los días que me quedan de esta existencia contigo. Cualquier predicción funesta que hayas temido no se hará realidad. No conmigo. No entre nosotros".

Violeta se mordió el labio, recordó la advertencia y lo soltó. "Supongo que sí. Por un lado, estoy dispuesta a creer que todo, incluido el amor predestinado y los cristales mágicos, es real. Por otro, has tocado partes de mí que nadie había tocado antes, ni siquiera yo. Así que, sí. Me siento un poco tímida... o quizás sensible".

"Fue encantador", le recordó él. "Lo será de nuevo. Predigo que algún día, pronto, desearás mi toque tanto como yo el tuyo".

"Sé que lo haré", dijo Violeta. "Ya puedo sentir el anhelo".

Le metió un dedo bajo la barbilla y, cómodo como si hubiera nacido para ello, bajó sus labios a los de ella en un tierno beso. "No lo temas", le instó. "Lo que esos otros hombres te hicieron sentir no tiene nada que ver con esto. Con nosotros. Somos uno, y nada puede interponerse entre nosotros. Esto es sólo una forma más de sentir la unidad".

Ella sonrió.

"Y por ahora, si lo deseas, puedes decirte que fuimos seleccionados el uno para el otro por deidades más allá de las reglas del hombre mortal. Hechos el uno para el otro. Aquí, en este jardín, nadie puede tocarnos, y somos libres de amarnos como ellos querían. Si eso me convierte en tu marido, no me opondré a que me llamen así".

Ella sonrió. "Gracias, Leo. Ahora, busquemos algo para comer, ¿podemos?"

"Sí, por supuesto. Aunque te ves tan hermosa con la luz de la luna en tu piel, estaría encantado de hacerte una comida ahora mismo".

Su vientre se agitó y sus muslos se apretaron. Y entonces su estómago gruñó. Se rió. "Más tarde. Cuando no esté salpicada de sangre y empapada de sudor... y muerta de hambre", añadió mientras su estómago rugía. "Vamos. ¿Qué puedo esperar encontrar aquí?"

"Puedo garantizarte citas. Basta con mirar esas exuberantes palmeras. Puede haber cebollas enterradas en el suelo. Uvas a lo largo de la muralla o trepando por los árboles. Antes cultivábamos granos como la cebada, pero sólo fuera de las murallas, así que dudo que encontremos mucho aquí".

"¿Hay algo con lo que deba tener cuidado, como la hiedra venenosa?"

"No sé qué significa eso", respondió. "Ten en cuenta el Samwa. Puede provocar picores, pero como huele y sabe repugnante, no creo que te tiente".

"Probablemente no", aceptó. "No puedo subir a una palmera, así que cazaré uvas si no te importa".

"Perfecto". Se apresuró a la palmera más cercana y se asomó a sus ramas.

Violeta se arrodilló junto a la piscina y se echó el agua fría y saludable sobre la piel, lavando los restos del tormento del día anterior. Luego, cruzó la pared exterior. Al acercarse al cristal, su estridente gemido amenazó con destrozarle los tímpanos. Se tapó los oídos con las manos. "Tranquilo, amigo", le dijo. "Pronto volveremos a intentar ayudarte. Aguanta. Aguanta un poco más".

En lo alto, la luna brillaba, no del todo llena, pero casi. Su luz parecía incidir directamente en el cristal, y Violeta juró que podía ver las vibraciones en lugar de sólo oírlas. Se apresuró a pasar por delante, examinando las enredaderas que habían trepado por el lado más alejado de la pared. Efectivamente, unas gordas uvas moradas se aferraban a las piedras. Violeta recogió varios racimos de la jugosa y madura fruta y los llevó al lugar cubierto de musgo que había en el borde del estanque. Los dejó en el suelo y siguió buscando algo más para comer. Después de días de pan, carne y garbanzos, la fruta sonaba deliciosa, y el agua que salía de la cueva la tentaba terriblemente. Se detuvo para sumergir las manos en el agua y se salpicó la cara de nuevo antes de coger un puñado para beber. Sabía a vida. A vida, a verdor y a maravilla. Bebió más y sintió que la vivacidad se apoderaba de ella.

"¿Qué has encontrado?" preguntó Leontios, colocando una rama cargada de dátiles junto a las uvas. "Mmm. Delicioso. No puedo esperar". Se recostó en el banco de musgo y se metió una uva en la boca.

Violeta cogió una cita. "Esto es tan bonito", comentó. "Piensa en todos los productos que podríamos vender en el zoco si pudiéramos ocuparnos de ese cristal".

"Esa sería una opción", aceptó.

"¿Te resulta incómodo andar así de desnudo?" preguntó Violeta, observando aún más de cerca su larga forma desnuda, desde las marcas azules grabadas en la parte superior de sus pies hasta los símbolos en sus sienes.

"No especialmente", respondió. "La ropa era mínima en Skeon. Lo que me has visto es más bien... formal y exagerado para la vida cotidiana. Prefiero un simple taparrabos".

"No llevas taparrabos", señaló ella, sin poder evitar mirar su pene.

Sonrió con un lado de la boca y la acercó. "Puedes tocarlo", dijo. "Sé que tienes curiosidad".

Dejando que ella decidiera su propio destino, arrancó otra uva y se la dio de comer.

Mordió el jugoso globo, escupiendo discretamente una semilla en el suelo. "Creo que voy a esperar en eso por ahora".

"Lástima", se quejó, metiéndose un dátil en la boca.

"Bueno, ¿no necesitas guardar tu excitación para el... el ritual?", preguntó ella.

"Tienes un punto excelente, amor", respondió.

Violeta alargó la mano para coger otro bocado de fruta y luego gimió cuando le dolieron los músculos de la espalda.

"Toma, mastica esto". Leontios arrancó una hoja de una planta baja cerca del agua.

Violeta no hizo ninguna pregunta. Se limitó a poner el fragmento entre sus dientes, frunciendo el ceño ante el sabor amargo. "¿Es un analgésico?"

"Correcto". Leontios adoptó el tono didáctico de un profesor. "En poco tiempo, deberías encontrar el borde de tu malestar. Sin embargo, para un verdadero alivio, sería mejor frotar los músculos doloridos con aceite".

"Eso también suena maravilloso. Sin embargo, no creo que tengamos suficiente aceite para conseguirlo y realizar nuestro ritual más tarde. Tendremos que volver a El Cairo para comprar un poco. Después de ocuparnos de los asuntos de hoy. Tal vez podamos visitar los baños. He oído que son bastante populares entre los turistas y los lugareños. Para que nos den una buena friega y un masaje". Se estremeció al pensar en ello y se dio cuenta de que, con toda la excitación, había olvidado el ardor en su mano. Al examinarla a la luz de la luna, no pudo ver ninguna lesión externa, aunque seguía sintiendo la rigidez y la sensibilidad como si estuviera debajo de la piel.

"Espero que ahora que estamos mejor unidos el uno al otro, no volvamos a experimentar tal dolor. Recuerda, Violeta. Puedo canalizar el sol, pero no la luna. Tú puedes canalizar la luna pero no el sol. Sólo cuando operamos como un solo ser, ambas habilidades pueden fluir a través de nosotros sin daño".

"Dices cosas que no entiendo", le dijo ella, frunciendo el ceño.

"Quizá no sea necesario entender cómo funciona", le informó. "Al fin y al cabo, yo mismo sólo tengo teorías. Basta con que funcione si no se lucha contra ella. Puedes ver lo que causa la lucha".

"Sí", aceptó. "Quemaduras y dolor. Es como una quemadura de sol, sólo que no puedo verla".

"Es exactamente una quemadura de sol", le dijo. "Una quemadura de sol del espíritu, si eso tiene algún sentido. Toma. Toma mi mano, Violeta. Puedes usar la que no está quemada si quieres".

Violeta extendió la mano y entrelazó sus dedos con los de Leontios. Tocarlo se sentía tan bien y natural como siempre.

"Ahora, abre tu mente. Deja a un lado las normas, las leyes y los descubrimientos de esta época. Sabed que, aunque algunas pueden ser más útiles que otras, ninguna es beneficiosa en este momento. Intenta dejarlas para otro momento. La magia es real. La has visto y la conoces. Yo soy real. Fui tu libro, y me amaste entonces. Ahora, soy tu hombre, y te amo a cambio. Tenemos una conexión especial. Ya somos uno".

Sus palabras tranquilizadoras se hundieron en ella. Su tacto la calmó. La suave luz de la luna bañaba sus sentidos con un brillo plateado. Si no fuera por la estridente nota que emanaba del cristal, podría haberse sentido perfectamente en paz. Más paz de la que había sentido en su vida. Es *como el Edén*, pensó. *Nuestro oasis en el desierto. Nuestra misión y nuestra meta. Nuestro propósito y nuestra recompensa. La vida en su estado más primitivo y perfecto.*

Sin pensarlo, se inclinó y besó a Leontios en los labios. Ninguna palabra empañó su comunión. Mano a mano, boca a boca, se bañaron en la presencia del otro, y de nuevo la comprensión de uno se elevó en Violeta. Ella buscó el significado, pero se le escapó. Lo dejó ir, atrapada en el abrazo con su amado. De sus cuerpos desnudos moviéndose, desplazándose hasta alinearse en el suave musgo. Es *como una luna de miel,* se dio cuenta. El zumbido del cristal, como un millar de mosquitos enfadados, se clavó en su conciencia. No rompió su conexión, pero interrumpió un poco el momento.

Hasta que Leontios deslizó un brazo por debajo de su cintura y la atrajo contra él. Le soltó la mano para acariciar su pecho.

"¿Ya?", preguntó ella, apartándose y parpadeando hacia él. "¿No deberíamos esperar hasta que el amanecer esté más cerca?"

"Poco importa", le dijo él, con los ojos encendidos en la oscuridad. "Recuerda, Violeta. Las relaciones sexuales no confieren unidad. Nuestra unión existe a pesar de todo. Ha estado en nosotros desde el día en que me recogiste en cualquier rincón polvoriento y me llevaste a casa. Estar juntos sólo nos recuerda de forma física que somos uno. Y se siente bien. Relaja la mente. Es importante estar física y mentalmente relajado antes de intentar interactuar con el cristal".

"Ya veo", dijo ella, aunque la verdadera comprensión aún se le escapaba. Sabía intelectualmente lo que él quería decir, pero un sentimiento de perfecta entrega permanecía fuera de su experiencia.

"Y tú sigues confundida", comentó, acariciando un mechón de pelo castaño dorado sobre su hombro. "Probablemente por eso fracasó nuestro anterior intento. Por lo que me cuentas, has protegido tu independencia con fiereza y durante muchos años. Negar a los pretendientes el acceso a tu cuerpo era algo más que una expectativa cultural, ¿no es así? Después de todo, has negado muchas otras reglas de tu tiempo. Esto era personal".

"Lo fue", aceptó. "No quería que me utilizaran".

"Es comprensible. Pero ya no es el caso. No te estoy utilizando".

"Sé que no lo eres", le dijo suavemente, acercándose para trazar el tatuaje en su sien. "Quiero decir, aquí estoy contigo, desnuda y desflorada. No habría dejado que nadie más me tocara de la forma en que lo hiciste... de la forma en que lo harás de nuevo, ¿tengo razón?"

"Otra vez, y otra vez". Se inclinó para besar sus labios una vez más. "Y otra vez, y otra vez. Me encantas, Violeta. Eres mágica, aunque no creas del todo en ello".

Ella sonrió y volvió a acercarse a él. Le cogió las nalgas y la arrastró contra él para que pudiera sentir su creciente erección.

Violeta se sonrojó y soltó una risita, apartándose y arrancando una uva para dársela.

"¿Tímida, dulce dama?", preguntó, con una ceja levantada. "Te tendré haciendo nuevos sonidos antes de que te des cuenta".

"Toma. Come algunos dátiles. Pega los dientes, así dejas de burlarte de mí", sugirió Violeta, tratando de ser amistosa, pero sin lograrlo.

Leontios se rió. "Eres tan hermosa cuando te ruborizas. Recorre tu piel con tanta belleza. ¿Cómo no desearía provocar unos cuantos rubores más?"

Violeta arrugó la nariz. *Lo está poniendo un poco difícil... pero me gusta. ¿Por qué me gusta? Este tipo de tonterías me habrían hecho salir corriendo de la habitación con cualquier otra persona.*

"Es porque sabes que es sincero", susurró la diosa de la luna en la mente de Violeta. "Esos otros hombres intentaban manipularte. Leontios te dice cosas dulces porque te ama y quiere que lo sepas".

La intromisión la avergonzó. Para distraerse de sus intensos sentimientos, reclamó otro beso de su hombre. Esta vez, le pasó la lengua, gustándole que pudiera ser la agresora sin repercusiones. Leontios respondió con entusiasmo, como siempre, dejándola dirigir su beso. Le acarició el hombro, la espalda. Le acarició las nalgas.

"No puedo dejar de desearte", respiró. "Vamos a recuperar el aceite. Ya siento que el amanecer no está lejos". Se puso en pie y se alejó, con su hermoso y firme trasero tentándola. Los glifos ondulaban con el movimiento de los músculos.

Violeta también podía sentir la llegada del amanecer. La calidad de la oscuridad había empezado a cambiar por debajo del muro que separaba el patio interior de Skeon del desierto egipcio más allá.

Un revoloteo de nervios trató de surgir. Su primer encuentro había nacido de una necesidad imperiosa de consumar su adoración mutua, pero éste había sido planeado y tenía un propósito. En un nivel profundo, eso seguía molestando un poco a Violeta, pero el grito del cristal anuló sus objeciones. *No hay que demorarse. No tenemos ni un momento que perder. Al menos ahora sé que este... ritual no será doloroso ni embarazoso. Lo hará dulce para mí.*

No pudo evitar sonreír.

Sólo unos momentos después, Leontios salió de la cueva, con el frasco de aceite colgando de sus dedos. El estómago de Violeta se apretó.

No le dio tiempo a ponerse nerviosa. Se puso en cuclillas, se estiró de nuevo y la acercó para calmar sus nervios con un beso salvaje.

Como antes, cuando Leontios aplicó su propósito de seducir a Violeta, a ella le resultó fácil relajarse y sucumbir. Sus manos en su cuerpo se sentían como el destino. Sus labios en los de ella generaban una sensación de amor eterno.

Luego, se cambió para sentarse con las piernas cruzadas en la orilla musgosa del estanque e instó a Violeta a ponerse delante de él. "Úntame", le instó, tomando su mano y vertiendo aceite en ella.

Sumergió el dedo en el charco y le pasó las manos por el pelo, haciéndole mechas en el cuero cabelludo. Él cerró los ojos. "Se siente muy bien", le dijo. Sus hombros se relajaron. Ella se tomó su tiempo, acariciando su cuero cabelludo y sintiendo cómo la miríada de pequeños músculos se soltaba.

Sus ojos se encontraron con los de él, y la pasión en los oscuros estanques la atrajo como un vórtice. Sintió que la realidad se alejaba. Se arremolinaba y se dejaba llevar. Cayó en sus ojos. En su corazón, que brillaba de amor por ella.

El amor por mí. Él me ama. Y yo lo amo a él. Es tan simple que anula las complejidades. Todo caerá en su lugar porque debe hacerlo. Porque así es. Le besó la frente y trazó un corazón alrededor del lugar con su dedo aceitoso.

Leontios se movió entonces, vertiendo aceite en sus propias manos. Le puso una línea gruesa a lo largo de la parte de su cabello, y ella se estremeció de placer.

Violeta cruzó el corazón que había dibujado con una fina

línea que subía hasta las raíces de su pelo y bajaba por el puente de su nariz hasta sus labios. Le besó el dedo. *Qué extraño y qué bonito es que la excitación se esté cocinando a fuego lento, aunque sólo nos hayamos tocado la cara. Esto no va a ser tan difícil como me temía.*

Leontios se frotó las manos, cubriéndolas de aceite. Luego le pasó los pulgares desde las cejas hasta el nacimiento del pelo. Se sintió de maravilla, y su cabeza se inclinó hacia atrás, revelando su garganta.

La mordió, arañando su piel con los dientes, de modo que los escalofríos recorrieron su cuerpo.

"¿Es correcto disfrutar tanto del ritual?"

"Oh, sí", respondió. "Estamos destinados a ello".

Tranquilizada, se relajó en las caricias mutuas de aceite sobre los puntos sensibles de la piel. Dar y recibir. Amar y acariciar. Leontios le acarició los pechos con sus manos aceitadas, apretando y masajeando suavemente. Sus palmas comprimieron sus pezones. Sus pulgares se deslizaron juntos sobre su corazón.

Violeta le devolvió el favor, rodeando cada uno de sus pezones con la punta del dedo. Pellizcó suavemente cada uno, disfrutando de su jadeo de placer.

Sus dedos se deslizaron más abajo, dibujando una pequeña pictografía entre su ombligo y su ingle. Incapaz de resistir la tentación, lubricó toda su mano y comenzó a acariciar su pene. El pene se endureció rápidamente, pasando de estar medio excitado a estar duro como una roca y listo. Le pasó aceite por el miembro y por los testículos.

"Con cuidado, amor. Es sensible", le instó. "Pero tócame. Se siente tan bien".

Con cuidado, cogió y acunó el saco, examinando su aterciopelada textura arrugada y los escasos pelos que salpicaban su superficie. Su amado soltó un gemido agónico ante su exploración. Aquí no tenía tatuajes. No entre la parte superior de su vello púbico y la unión de sus muslos con la ingle. Sólo esta pequeña e íntima mancha conservaba el precioso color caramelo de su piel.

Leontios le masajeó el vientre con los pulgares, comprimiendo órganos internos de los que ella nunca se había percatado de su poder erótico. Su vagina se apretó en respuesta.

Le pasó las manos por las piernas para masajearle profundamente los pies doloridos. Ella gimió en una combinación de dolor y placer cuando los apretados nudos se liberaron.

Apurada, le untó los pies con aceite y se movió, atrayéndolo hacia ella. "Te necesito", le dijo simplemente y sin vergüenza. "Te necesito ahora mismo".

Leontios retrocedió y se arrodilló entre sus muslos. "Permíteme estar seguro. Eres muy nueva en esto, Violeta, y no deseo que tus peores predicciones se hagan realidad".

"Nunca me harías daño". Ella empujó sus caderas con impotencia. "Sé que no lo harías".

"No lo haré porque soy cuidadoso, amor. Déjame probar tu disposición. La unción fue excitante, pero sospecho que necesitarás más antes de estar realmente preparada". Puso ambas manos sobre su vulva, separando los pliegues para que el aire fresco de la noche besara su carne febril.

Unos dedos bien engrasados se adentraron en ella, presionando suavemente hacia fuera para lubricar y ensanchar su paso. Los pulgares resbaladizos trabajaron en su clítoris, haciendo que su placer pasara de latente a salvaje. Entonces, la sorprendió agachándose y cubriéndola con su boca. Su lengua recorrió el tierno nudo como si lamiera un delicioso dulce. Sus dedos se adentraron en sus profundidades y se frotaron dulcemente. Violeta anhelaba un lecho al que pudiera agarrarse para combatir el apasionado ataque, pero sólo encontró musgo fresco y resbaladizo bajo sus dedos. Lo arrancó de las rocas de abajo y sacudió la cabeza mientras Leontios atacaba sus lugares más íntimos con tierna violencia.

La tensión se enroscaba en su vientre, tensa como una cuerda de arco, inclinando su espalda hacia la roca musgosa sobre la que estaba tumbada. La cuerda del arco se tensaba cada vez más hasta que ella la soltó con un gemido de placer irrefrenable. Apretó con fuerza los dedos de él, y sus caderas se impulsaron hacia arriba, buscando instintivamente más. Buscándole *a él*.

"Leo", gritó. "Leo, por favor... Por favor, ahora".

"Sí, amor", aceptó, sacando sus dedos. "Ahora, estás lista". Se agachó sobre ella, agarrando su sexo e introduciendo la punta en su apretado pasaje. Esta vez, como la había amado tan recientemente, no tuvo problemas para penetrarla completamente de una sola vez.

Le rodeó la cintura con las piernas y la espalda con los brazos, atrayéndolo hacia abajo.

Tan interesante, pensó ella, o empezó a hacerlo. Hasta que el aceite de sus pies resbaló en su trasero. Ella los dejó caer, llegando a descansar sobre las pantorrillas de él. Bajó su pecho hacia el de ella, y el aceite caliente sobre su corazón entró en contacto con el aceite caliente sobre el de ella. Ella podía imaginar, podía *sentir* su espíritu deslizándose por su cuerpo y rezumando a través del punto de contacto en ella.

El exquisito grosor de su sexo alargó su orgasmo, lo elevó a cotas cada vez mayores hasta que temió morir de él. Él apoyó su peso en un brazo y, con el otro, puso la palma de su mano sobre la de ella, pidiéndole en la lengua de su pueblo que lo amara. Ella cerró la mano alrededor de la suya cuando él comenzó a moverse, a penetrarla con tierna pasión. Sus palmas aceitadas proporcionaron otro medio para que su espíritu se mezclara con el de ella. Ella podía sentirlo. Podía sentir el *tú dentro de mí* cuando empezaba a suceder.

Ella gimió y se retorció mientras él penetraba cada vez más profundamente en su carne flexible.

"Yo dentro de ti", roncó, y ella pudo ver en su rostro cómo tenía que luchar para forzar las palabras. El movimiento de sus labios atrajo la atención de ella hacia el brillo de aceite que había allí.

"Tú dentro de mí", añadió, con su voz como un delgado gemido. Entregada por completo a la experiencia, pudo sentir a

Leontios dentro de ella. Dentro de su cuerpo, su corazón, su espíritu. Él la poseía.

Se dio cuenta de que *eso no está bien. No es la unidad, que es lo que necesitamos. Es sólo él el que me posee, pero debería ser yo dentro de él también.*

Ella enlazó una mano en la parte posterior de su pelo y tiró de él hacia abajo, besando su boca con ansioso ardor. Por fin, su espíritu se desprendió de su cuerpo, deslizándose por el aceite de sus labios y entrando en él.

"Mmm", le respondió con un zumbido complacido. "Sí, así, amor. Tú dentro de mí". Luego se calló mientras ella le lamía la boca.

Yo dentro de ti, pensó. *Sé que puedes oírme, diosa de la luna. Tú dentro de mí. Por el poder de la luna y el sol, todas las cosas (a través de nosotros) pueden hacerse.* Por fin, lo creyó. Creía en la unidad que fluía entre ellos. Ella era él. Él era ella, y estaba destinado a ser desde los cimientos de la tierra.

"Te quiero", susurró ella contra sus labios. "Te amo, Leo".

Él retrocedió lo suficiente como para mirarla a la cara, sus ojos oscuros ardiendo con la adoración que ella ahora podía sentir, no sólo conocer. Podía sentir su amor fluyendo hacia él. Podía sentir el amor en sus apasionados empujones dentro de su cuerpo y en la tierna forma en que su pasaje acariciaba a su bienvenido invitado.

En perfecta sintonía, comenzaron el canto juntos. "Yo dentro de ti. Tú dentro de mí. Por el poder de la luna y el sol, todas las cosas (a través de nosotros) pueden hacerse".

El núcleo de Violeta se apretó cuando un segundo pico inesperado la atrapó.

Leontios se aferró a su mano mientras ella se aferraba a él. Él soltó una carcajada de éxtasis. Sus cuerpos se congelaron ante la culminación de su pasión. Su amor alcanzó nuevas proporciones, demasiado grandes para que sus cuerpos pudieran contenerlo. Se derramó de ellos hacia el exuberante follaje del patio interior de Skeon. En el palacio. En la piscina. En el propio cristal, que absorbió la energía, y su molesto gemido aumentó hasta convertirse en un traqueteo alarmante.

Violeta se relajó lentamente en el musgo, su cuerpo se ablandó, pero la sensación de profunda conexión permaneció. Se dio cuenta de que *realmente es parte de nosotros. Es lo que he estado buscando toda mi vida.*

La oscuridad cambió. Se iluminó y un rayo de sol salió disparado hacia el cielo.

Leontios se desprendió del cuerpo de Violeta y se puso de pie, extendiendo una mano hacia ella. "Ven, amor. Tenemos una tarea que hacer".

Relajada, repleta y por fin confiada, Violeta rodeó su mano con la de él y dejó que la ayudara a ponerse en pie. Sus piernas se tambaleaban. Su cuerpo temblaba. Leontios la rodeó con el brazo y la empujó contra su lado, llevándola al borde de la piscina más cercana al cristal y ayudándola a arrodillarse. Ella mojó los dedos en el agua.

Leontios mantuvo su mano en la de ella y la extendió. "Otra vez, Violeta. Dilo conmigo y sabe en tu alma que es verdad. Yo dentro de ti".

Ella reflejó sus pensamientos. "Tú dentro de mí. Por el poder de la luna y el sol, todas las cosas (a través de nosotros) pueden hacerse".

Tocó el cristal.

El calor del sol ardió en su palma, pero su espíritu dentro de ella la amortiguó de su brillo, permitiendo que la energía se arremolinara en ella sin dañarla.

Su espíritu, con su conexión apenas entendida con la luna, llegó a través de él, a través de su mano para tocar y extraer la magia lunar del cristal. Envolvió su extranjería alrededor de su corazón, sus brazos, sus manos, para que no le hiciera daño.

Las conexiones encajaron con un clic audible. Leontios inhaló profundamente y soltó el aliento. Violeta hizo lo mismo. La energía le atravesó y rebotó en su mano. Ella cambió su agarre y enlazó sus dedos con los de él. El poder volvió a surgir. Esta vez, traspasó la barrera de su entendimiento moderno y fluyó a través de ella. A través del canal que ella había creado a través de él. A través del que él había creado a través de ella y hacia el estanque. Un hilillo se convirtió en un arroyo, un arroyo en un río. Un río que se convirtió en una inundación. Los canales se hincharon, a punto de estallar con milenios de energía acumulada.

El estiramiento dolía. Violeta gimió contra el dolor.

Creció.

Las náuseas se agitaron en su estómago. Arqueó el cuello hacia delante para vomitar, y la energía bruta salió de su boca y cayó al suelo. Goteaba de sus ojos como si fueran lágrimas. Goteaba como la leche de sus pechos. Salía por todos los poros. Y aun así, el torrente aumentó hasta que todas las aberturas de su cuerpo fluyeron con poder, y ella se consumió, nada más que un recipiente para la magia que se dejó desatendida, demasiado tiempo.

Demasiado abrumada para gritar, Violeta utilizó sus escasas fuerzas para hundir más su mano en la piscina. *Me estoy muriendo. No puedo sobrevivir a esto, pero no importa. Si tengo que morir, drenaré este maldito cristal con mi último aliento. Después de mi último aliento, lo drenaré con mi cadáver hasta que mi carne se pudra.*

Padre, siento no haberte encontrado. Te quiero. Espero que estés en paz.

A través de un dolor más allá de la imaginación de la humanidad, se arrodilló, inmóvil y consciente, sufriendo, pero sin sentir ningún remordimiento. *Una noche de amor de Leo valía la pena.*

Siglos que probablemente duraron un minuto cada uno se consumieron mientras Violeta sangraba magia en bruto, y sin embargo no murió. Sutilmente, se dio cuenta de que el flujo era menor. Seguía siendo más de lo que su cuerpo podía soportar, pero no de forma tan violenta. Otro eón de agonía y percibió otra reducción. Luego otra. Minuto a minuto, el flujo se redujo de una inundación a un río. De río a arroyo. De un arroyo a un hilillo y, por fin, se detuvo.

Violeta soltó la mano de Leontios y se desplomó sobre el musgo. La inconsciencia la envolvió misericordiosamente en su oscuro abrazo.

204

CAPÍTULO 14

Una sensación de movimiento atrajo a Violeta a la conciencia. Movimiento y dolor. Chilló cuando cada articulación, cada músculo de su cuerpo chilló. Incluso sus huesos y dientes parecían estar a punto de astillarse.

El sol le daba de lleno y se dio cuenta de que su piel ya había empezado a ampollarse. *¿Cuánto tiempo he estado inconsciente?* se preguntó, pero su boca se negó a formular cualquier pregunta. Cualquier sonido que no fuera un grito interminable.

El movimiento continuó, sacudiéndose sobre ella mientras alguien (Leontios, se dio cuenta) la arrastró, medio la llevó hacia la cueva real de Skeon. Hacia la protección del sol.

Estaba lejos, muy lejos, y estaba casi agotado, pero seguía luchando.

Intentó ayudar, tensando los músculos para soportar parte de su peso, pero no pudo. Al enganchar un solo dedo del pie, su agonía se disparó, cortando sus gritos en un sollozo ahogado.

Otro sonido la hizo consciente. Un gruñido. Leontios expresando su dolor, incluso mientras luchaba por sacar a ambos del peligro. *Podría dejarme,* pensó. *Salvarse a sí mismo. No soy lo suficientemente fuerte, y después de todo eso... todo eso... él tampoco lo es.*

Pero, por supuesto, él no la dejaría morir al sol. Por supuesto, debía salvarla, y así continuó su agonía. La prolongó. Aumentándola con cada roca con la que tropezaba. Con cada paso que daba a tientas, hasta que, por fin, la bendita sombra de la cueva se cerró a su alrededor.

La depositó en el fresco musgo junto al arroyo que salía de la cueva y desembocaba en el estanque y, con un chapoteo, se tiró al agua.

Violeta quería estirar la mano. Lo intentó, pero sus músculos volvieron a luchar contra la orden de su mente. Esta vez, se resistió. El musgo alivió su piel. La hierba analgésica que había masticado seguía actuando para atenuar los bordes de su agonía. El hecho de saber que el agua que tenía a su lado tenía propiedades curativas mágicas la impulsó a actuar más allá del dolor. Introdujo una mano en el agua y, como esperaba, le alivió un poco el dolor. Al menos, hasta el punto de que pudo sentir cómo sus tejidos se relajaban y se convertían en un dolor, en lugar de en un auténtico incendio.

Animada, se puso lentamente de lado para poder sumergir su muñeca. Su brazo. Otra embestida. Se sumergió completamente en el agua. Se sintió como en el cielo, calmando su agonía a un dolor casi tolerable. Aunque sabía que estaba lejos de estar bien, al menos podía respirar de nuevo, y sólo surgieron gemidos.

Permaneció en el agua hasta que el ardor de su cuerpo se convirtió en hielo y empezó a temblar.

"Vamos, Violeta", susurró Leontios con dolor. "Debemos salir del agua ahora".

Lo intentó, sin éxito, sus miembros temblorosos no querían salir de la única fuente de consuelo que podía imaginar. Pero el frío empezó a dolerle a su manera, y por fin se levantó, llorando suavemente de dolor. Leontios se unió a ella, atrayéndola contra su cuerpo y acurrucándose a su alrededor.

"Descansa, amor. Lo logramos", murmuró contra su piel.

"Me duele", gimió Violeta. "¿Estoy quemada en pedazos?"

"Tienes una grave quemadura de sol en la espalda", admitió. "No tengo ni idea de cuánto tiempo estuvimos inconscientes a pleno sol y, por supuesto, el drenaje del cristal nos pasó factura. Nos recuperaremos con descanso, comida y mucha agua, pero ahora mismo, los dos estamos malheridos".

"¿Cómo puedo descansar?" Exigió Violeta. "Tengo demasiado dolor".

"No te muevas", instó. "No muevas ni un músculo. Deja que tu cuerpo se relaje. Estoy aquí, aquí contigo. Te tengo. Descansa".

Su voz (todavía hipnótica, aunque rasposa por el dolor) pareció calar hondo en ella. Ella soltó la tensión que había olvidado que mantenía. Sus escalofríos se calmaron y, como él había prometido, su dolor no se intensificó a menos que se moviera. Y cuando se quedó quieta y relajada en sus brazos, descubrió que podía dormir después de todo. Y así lo hizo.

La luna había salido alta, aunque no tan llena como cuando Violeta se despertó. Se encontró sola dentro de la cueva, tumbada en un cómodo lecho de musgo. Intentó incorporarse y gimió cuando los dolores de sus músculos le recordaron que no todo estaba bien. Sin embargo, se sentía mejor de lo que hubiera esperado. Y también con hambre. Aunque su garganta dolorida sufrió un espasmo ante la idea de tragar, sabía que necesitaría fuerzas para curarse, así que rodó sobre el vientre y se puso de rodillas, saliendo a rastras de la cueva en busca de algo que comer.

Encontró la recompensa de fruta que ella y Leontios habían recogido la noche anterior. *Pero, ¿fue así? No tengo ni idea de cuánto tiempo ha pasado.*

El propio Leontios estaba tumbado junto a la piscina, metiéndose uvas en la boca, una tras otra. Se arrastró hasta él y reclamó un puñado de dátiles.

Una extraña sensación de pérdida se cernía sobre el jardín, y se dio cuenta de que era la pérdida del ruido. El cristal estaba en silencio. No, no exactamente silencioso, pero su vibración, apenas perceptible, no causaba angustia.

"No tengo ganas de volver a manejar esa cosa", dijo antes de que un ataque de tos cortara sus oxidadas palabras.

"Creo que podemos dejarlo estar unos meses", convino Leontios mientras recogía agua y la bebía. "Si puede aguantar tantos siglos, un pequeño respiro no hará daño".

El agua parecía fluir desde el estómago de Violeta hasta sus extremidades, donde reponía parte de lo que había perdido en su batalla. "¿Qué hacemos ahora?", preguntó. "¿Cómo podemos recuperar nuestras fuerzas más rápidamente, Leo? ¿Recuerdas que todavía tengo que averiguar qué le pasó a mi padre?"

"Sé que estás preocupada, mi amor, pero debemos esperar y curarnos. No creo que sea prudente que intentemos volver a la ciudad durante algún tiempo. Estamos débiles y debemos reponer fuerzas".

Aunque quería discutir, sabía que era inútil. *Ni siquiera puedes caminar. ¿Cómo se arrastraría por el desierto... y luego por toda la ciudad, ya que Azaan y su coche ya no están disponibles?*

"Supongo que primero debemos comer los dátiles. Son muy nutritivos y nos mantendrán hasta que podamos poner trampas a las liebres del desierto. Una vez que nos sintamos un poco más fuertes, también podremos explorar en busca de más verduras. Eso, junto con el descanso, el agua y el tiempo es lo que necesitamos. Me temo que no será rápido. Ambos estamos peligrosamente agotados".

Violeta frunció el ceño, pero sabía que tenía razón.

En total, Violeta y Leontios tardaron diez días en recuperarse de su calvario lo suficiente como para arriesgarse a cruzar el desierto hasta El Cairo. Aunque el calor había amainado mientras se recuperaban, con máximas de sólo setenta grados durante el día, aun así optaron por viajar de noche, y aunque la luna había menguado considerablemente, Violeta podía ahora canalizar su luz, y brillaba como una linterna.

De vez en cuando, Leontios hacía una pausa en su camino para señalar un nuevo punto de referencia. Prácticamente podía ver cómo sus tatuajes cambiaban para adaptarse a su nueva información.

"Menos mal que tienes un excelente sentido de la orientación", comentó. "No creo que volvamos a perdernos tanto".

"Nunca nos perdimos, Violeta", preguntó. "Siempre supe dónde estábamos. Sólo no estaba segura de la puerta".

Violeta suspiró.

Al final de la noche, llegaron de nuevo a la taberna y se colaron en la habitación. Su modernidad asaltó los sentidos de Violeta como un ruido estridente.

"Me sorprende que hayáis vuelto", dijo el posadero, mirándolos a ambos como si hubiera visto un fantasma. "Con todo lo que ha pasado".

"¿Qué pasó?" Preguntó Violeta.

"Ha habido una rebelión total", gritó un hombre sobre un plato de desayuno. "Manifestaciones y marchas por toda la ciudad. Dicen que las mujeres con sus velos marchan junto a los hombres".

"He oído que el campo está peor", bramó otro hombre.

Violeta negó con la cabeza. "Tenemos que ir muy lejos".

"¿Dónde?"

"El Hotel Shepheard", dijo ella. "Creo que mi padre está allí".

"Puedo llevarte", dijo el camarero.

"No me gusta ir en coche", dijo Leontios.

El camarero se rió a pesar de la tensión que había en la sala. "Si te montaste en el lomo de la máquina de la muerte de Azaan, no me sorprende. Tengo algo que te gustará mucho más".

Mejor resultó ser una carreta tirada por una mula dormida y mansa. No los movía rápidamente por las calles, pero era más cómodo. Violeta se apoyó en el hombro de Leontios y dejó que sus ojos se cerraran con el rítmico repiqueteo de los cascos y el suave chirrido de las ruedas.

Se despertó cuando la carreta se detuvo frente a su destino. "¿Cuánto te debo?" Preguntó Violeta con sueño.

Sacudió la cabeza. "Pásate a tomar una cerveza cuando vuelvas por mi camino. Puedes contarme alguna historia salvaje de tus aventuras".

"Gracias".

Entraron en el comedor y vieron a Ennis y Bilbrey sentados en una mesa, tomando té.

"Hola", dijo Violeta suavemente mientras se acercaba a ellos. "Siento molestaros".

"¿Dónde has estado, muchacha?" Preguntó Ennis.

"Fuera", respondió Violeta. "Surgió una emergencia y tuvimos que ocuparnos de ella inmediatamente. Parece que aquí también ha habido alguna emergencia".

"Oh, sí", aceptó Bilbrey, con los ojos brillando de emoción. "Ahora veremos algo de acción".

"Esa acción es gente que lucha por su patria", le recordó Ennis. "No es una buena forma de entusiasmarse por oprimirlos".

"Eres una anciana, Ennis", dijo Bilbrey, metiéndose un poco de pastel en la boca.

"¿Hubo alguna palabra de mi padre?" preguntó Violeta, desviando su atención de sus diferencias filosóficas.

"Sí", dijo Ennis, y su rostro, ya sombrío, se volvió triste.

A Violeta se le cayó el estómago.

"Los bastardos lo mataron", dijo Bilbrey.

Ennis le dio una patada por debajo de la mesa. "Aprende algo de tacto, hombre. Señora, se lesionó gravemente en el descarrilamiento y no pudo recibir ayuda con la suficiente rapidez. He oído que no recuperó la conciencia, así que no creo que haya sufrido nada. Alguien querrá que decida qué hacer con el cuerpo, y pronto. ¿Necesita que le ayude a hacer los preparativos para su regreso a América?"

Violeta se mordió el labio. "No sé cuáles son mis planes en este momento". Exhaló una respiración temblorosa y el brazo de Leontios la rodeó por la cintura. Los dos hombres se quedaron mirando.

Más allá de preocuparse por lo que pensaban, hizo una última pregunta. "¿Algún equipaje vino por aquí?"

Bilbrey asintió. "Debería estar en tu habitación. Qué suerte que tu baúl tenga tu nombre. Y que hayas reservado dos semanas en el hotel".

Violeta asintió y dejó que Leontios la guiara hacia las escaleras. Al romperse el calor, la habitación ya no permanecía incómodamente cargada. Violeta se hundió en la cama. Se sentía extraña y abultada después de tantas noches en Skeon. Todos los dolores que había soportado durante los últimos diez días se despertaron y comenzaron a torturarla de nuevo. Mientras su cuerpo le dolía, su corazón se sentía entumecido. Su mente zumbaba.

"Se ha ido", dijo en voz baja. "Pobre padre. Mi pobre, pobre padre".

Leontios la abrazó y la empujó hacia el suave colchón, donde la acurrucó contra su pecho. "Ojalá hubiera podido conocerlo", le dijo.

"No le habrías gustado", admitió, asombrada de poder conversar con normalidad después de recibir un golpe tan doloroso. *Debo estar en shock. Eso no durará siempre.* "Eres todo lo que a él no le gusta. Pero te habría aceptado porque eres mi elección. ¿Qué hago ahora?"

"Es posible que quieras pasar un tiempo de duelo en esta habitación. Cuando estés listo, debes hacer los arreglos necesarios para que descanse según las costumbres de tu pueblo. Luego, debes decidir cómo deseas proceder. Espero que te quedes conmigo, en Skeon. Tal vez sería prudente retirarse allí, ya que no deseo veros envueltos en estos disturbios. Por supuesto, ¿podrías querer volver a Pitts-burgh? ¿No era ese el nombre?"

"Es el nombre", convino Violeta, "y no tengo ningún deseo de volver. Aunque tengo una herencia en camino, y hay una casa que vender y varios otros asuntos legales que atender, estoy segura de que se pueden manejar desde aquí, y si piensas que el mundo moderno es extraño, sólo espera a que te muestre un teléfono. Se sorprenderá. Pero todo eso lo haremos eventualmente. Cuando las cosas se calmen. No tengo prisa. Sólo necesitamos algunos artículos pequeños y baratos para equipar a Skeon para la vida a largo plazo. Si me aceptan, prefiero volver a casa, a nuestro hogar".

Ella tragó e inhaló un estremecedor aliento. "Ambos tenemos muchos sentimientos que hemos reprimido demasiado tiempo, y si no tenemos cuidado, como el cristal, pueden romperse. Pero prefiero no hacerlo aquí. ¿No podemos... prepararnos tan rápido como la situación lo permita y luego ir a casa a hacerlo?"

Le dirigió una mirada de aprobación.

Ella devolvió una sonrisa pellizcada. Sentía la cara tan tensa que parecía que su piel se iba a resquebrajar. "La única pregunta es, ¿cómo vamos a llevar todo esto... a través del desierto? Es demasiado pesado para llevarlo.

"Supongo que tendremos que encontrar a alguien con animales de carga que nos ayude".

Violeta levantó una ceja. "¿Permites que la gente sepa dónde está Skeon? ¿Ahora, en medio de una rebelión?"

"¿Tal vez podríamos tomarlas prestadas?", sugirió.

Ella asintió. "Un plan inteligente. O comprarlos, tal vez. Me gustan los animales. No me importaría tener uno o dos. Creo... creo que me gustaría empezar. Esperaré a que lleguemos a casa para desbaratar".

Levantándose, abrió su baúl y sacó munición adicional para su Derringer. "Ya está. Esto es lo más preparado que puedo estar para los disturbios. Espero no tener que usarla".

"Igual que yo", aceptó Leontios. "Me gustaría que estas

personas fueran algún día mis vecinos. No será un comienzo auspicioso si tenemos que defendernos de una turba".

"Entonces será mejor que empecemos ahora mismo", sugirió Violeta, poniéndose en pie con rigidez. Le dolía el cuerpo. "Quizá los empleados del hotel puedan indicarnos la dirección correcta".

"Tal vez".

"Leontios", dijo Violeta, "mientras nos abastecemos, deberías mirar de conseguir un nuevo libro. El anterior ya estaba demasiado lleno. Casi no queda piel en ti que no esté marcada".

"Una idea excelente, mi amor", respondió. "Y tal vez, con el tiempo, me permitas colocar tu fuerza vital en él. Entonces, tú también no envejecerás ni morirás. No creo que pueda soportar perderte".

"Creo que eso estaría bien", dijo Violeta. Dejando de lado su pena y su letargo hasta un momento más apropiado, Violeta tomó la mano de su amado y juntos salieron de la habitación del hotel, con la intención de comenzar una nueva aventura.

Su futuro juntos.

Querido lector,

Esperamos que hayas disfrutado leyendo *Tú Dentro Mío*. Tómese un momento para dejar una reseña, incluso si es breve. Tu opinión es importante para nosotros.

Atentamente,

Simone Beaudelaire y el equipo de Next Chapter

NOTA DE LA AUTORA

Gracias por leer este romance histórico paranormal. Espero que hayáis disfrutado de la caminata por el desierto con Violeta y Leontios tanto como yo he disfrutado escribiendo sobre ellos. Son una pareja realmente especial y fue un placer contar su historia.

Si nota algunas diferencias entre el Pittsburg real y/o Egipto, le ruego que suspenda su incredulidad. Se han tomado libertades para adaptarlas a la historia. No se trata de representar la realidad pictórica de ninguno de los dos lugares, sino de proporcionar una base para una historia fantástica.

Si te ha gustado la historia, por favor, deja una reseña. Incluso un simple "me ha gustado" será suficiente. Los lectores y críticos hacen posible que los autores sigan escribiendo. Sus comentarios son muy apreciados.

Si quieres ponerte en contacto conmigo, estoy disponible por correo electrónico en simonebeaudelaireauthor@hotmail.com o a través de mi sitio web en http://simonebeaudelaire.com O a través del sitio web de Next Chapter en https://www.nextchapter.pub/authors/simone-beaudelaire-romance-author.   Siempre agradezco las opiniones de los lectores, así que no tengas miedo de ponerte en contacto con ellos.

El amor siempre,

Simone Beaudelaire

ACERCA DE LA AUTORA

En el mundo de la palabra escrita, Simone Beaudelairese esfuerza por alcanzar la excelencia técnica al tiempo que promueve una visión del mundo en la que lo sagrado y lo sensual se mezclan en historias de personas cuyas relaciones se basan en la fe pero no son menos apasionadas por ello. Las más de 20 novelas de Beaudelaire, explícitas sin reparos, pero con una clase innegable, pretenden hacer que los lectores piensen, lloren, recen... y se pongan un poco cachondos.

En la vida real, el alter-ego de la autora enseña composición en un colegio comunitario de una pequeña ciudad del oeste de Kansas, donde vive con sus cuatro hijos, tres gatos y su marido, el también escritor Edwin Stark.

Como escritora de romances y académica, Beaudelaire se dedica a promover el valor retórico del romance con la esperanza de superar el estigma asociado al género más femenino de la literatura.

Tú Dentro Mío
ISBN: 978-4-82410-265-2

Publicado por
Next Chapter
1-60-20 Minami-Otsuka
170-0005 Toshima-Ku, Tokyo
+818035793528

8 septiembre 2021